WENSLEY CLARKSON

WENN FRAUEN MORDEN

Morde, die von Frauen begangen wurden
– Ursachen, Motive, Tatverlauf

Deutsche Erstausgabe

WILHELM HEYNE VERLAG
MÜNCHEN

HEYNE ALLGEMEINE REIHE
Nr. 01/8555

Titel der Originalausgabe
HELL HATH NO FURY
Aus dem Englischen übersetzt von Gabriele Lichtner

Redaktion: Werner Heilmann

Printed in Germany 1992
Umschlaggestaltung: Atelier Ingrid Schütz, München
Gesamtherstellung: Elsnerdruck, Berlin

ISBN: 3-453-05687-6

Für Clare,
die so vieles geduldig ertragen hat

Inhalt

Vorwort

»Frauen mit einem Hang zu gewaltsamen Konfliktlösungen scheuen sich nicht davor, anderen Menschen Schmerz zuzufügen. Aber es muß sauber dabei zugehen. Darum ist ihre bevorzugte Waffe Gift.«

Professor Elisabeth Trube-Becker, die 25 Jahre lang die Morde von Frauen studierte.

»Eine Frau, die Vergeltung übt, ist eine immense Bedrohung des Bildes, das sich die Gesellschaft von der Familie und der Position des Mannes darin macht.«

Soziologin Lorraine Radford.

In WENN FRAUEN TÖTEN habe ich versucht, die innersten Gefühle der Personen zu ergründen, die in die hier beschriebenen furchtbaren Verbrechen verwickelt waren. Ich möchte meinen Lesern einen einmaligen Einblick in deren Motivationen ermöglichen.

Im Verlauf meiner Recherchen interviewte ich Polizisten, Psychiater, Ärzte und Sozialarbeiter sowie die Familien vieler Angeklagter und Opfer. In einigen Fällen gelang es mir sogar, mit den Tätern selbst zu sprechen.

Meines Wissens ist dies das erste Mal, daß eine solche Sammlung von Verbrechen derart lebendig und detailliert präsentiert wird.

Ohne Zweifel werden einige Leser Diskrepanzen bemerken zwischen meinen Darstellungen bestimmter Fällen und dem, was anderswo berichtet wurde. Für jeden, der an dem Thema besonders interessiert ist, sind solche Unterschiede immer ärgerlich. Aber ich habe versucht, nur Informationen zu benutzen, von denen ich glaube, daß sie absolut richtig sind. Sollte ich mich doch einmal geirrt haben, so geschah das in gutem Glauben.

Auch wenn sich diese Geschichten wie eine Fiktion lesen, so basieren sie doch alle auf Tatsachen. Um die Darstellungen lebendiger zu gestalten, habe ich an manchen Stellen Beschreibungen eingefügt, die aus meinen Informationen abzuleiten waren (zum Beispiel die Gedanken von Mädchen, die nicht mehr leben), aber die Fakten der Fälle entsprechen immer dem, was wirklich passierte.

1
Die lesbischen Vampirmörderinnen

Das Geräusch zirpender Grillen mischte sich mit dem sanften Plätschern des Flusses. Hin und wieder wurde der Straßenrand von vorbeifahrenden Autos erleuchtet. In den umliegenden Wohnhäusern verkündete das Erlöschen der Lichter, daß ihre Bewohner zu Bett gingen.

Aus der Dunkelheit tauchte eine metallic-grüne Limousine auf und kam mit quietschenden Reifen auf dem staubigen Parkplatz des Lew-Mors Nightclubs zum Stehen. Der zehn Jahre alte Holden Commodore hatte mit Sicherheit bessere Zeiten gesehen. Seine Form war ersonnen von einem Kopf mit gesundem Menschenverstand, dem allerdings jegliches Stilgefühl gefehlt hatte.

Bobby bereiteten derartige Äußerlichkeiten nicht die geringsten Sorgen. Sie war eine knallharte, brutale, maskuline Frau. Sex, Alkohol und Drogen waren ihre Welt. Familiäre Verantwortung oder irgendeine der üblichen häuslichen Angelegenheiten hatten in ihrem Kopf keinen Platz.

Zusammen mit ihren drei Begleiterinnen stolperte Bobby ins Lew-Mors, schon betrunken von mindestens zehn Gläsern Bier, die sie in einer kleinen Bar ganz in der Nähe konsumiert hatte. Beim Betreten des Clubs fiel ihr Blick in den Spiegel des schmutzigen Vorraums, und sie zog eine Grimasse. Sie haßte Spiegel, weil sie darin ein trauriges Abbild ihres Innern sah. Bobby fühlte einen merkwürdigen Schmerz im Kopf. Er hatte jedoch nichts mit der lauten Musik zu tun, die von der Tanzfläche herüberschallte.

Es war ein Schmerz, der aus ihrem eigenen Innern kam. Bobby kämpfte gegen etwas an, aber sie wußte nicht, was es war.

Doch kaum war sie im Club, wurde sie nur noch von ihrem notorischen promiskuitiven Trieb beherrscht.

Schon hatte sie eine attraktive Frau entdeckt, die mit ihrer Freundin in einer Ecke des Raumes saß. Dieser Platz war normalerweise für Frauen auf Partnersuche reserviert.

Das Mädchen war Anfang zwanzig und hatte mittellanges braunes Haar. Ihre bizarre Aufmachung zog viel Aufmerksamkeit auf sich, und genau das war beabsichtigt. Sie trug einen langen schwarzen Mantel, Strümpfe, hochhackige Schuhe und ein weißes Smokinghemd mit schwarzer Fliege. Ihr Aussehen wirkte nahezu satanisch, und das zog Bobby am meisten an.

Ihre Blicke trafen sich sofort. Jede wußte, was die andere dachte. Bobbys Begleiterinnen waren an der Bar und holten Bier, während sie es genoß, schon jetzt zu flirten. Als ihre Gefährtinnen mit den Gläsern kamen, wandte sie dem Mädchen in der Ecke aber den Rücken zu. Später würde sie den Flirt fortsetzen.

Die drei Freundinnen tranken gierig von ihrem Bier. Aber Bobby dachte nur noch an ihre Auserwählte. Ihre lebhafte Phantasie lief auf Hochtouren. Sie sah sie halb angezogen auf dem Bett liegen, wehrlos, gleichzeitig widerstrebend und erregend. Sie wollte sie unbedingt, und sie würde sie haben.

Bobbys sexuelle Triebe kannten kaum Grenzen. Hier saß sie nun und bereitete schon ihre nächste Eroberung vor, obwohl sie vor nur wenigen Stunden auf brutale Art ihre Wohngenossin zur Liebe gedrängt hatte. Beide waren vor ihren Mitbewohnerinnen vom College nach Hause gekommen. Bobby hatte in der Küche von hinten nach dem Mädchen gegriffen und ihren Hals mit Küssen bedeckt. Die andere hatte sich zuerst gesträubt, aber Bobby verfolgte ihr Ziel energisch und kraftvoll. Sie drückte das Mädchen fest auf den Boden, während sie sich in ihren Körper wühlte. Schon nach einigen Minuten war die Sache beendet, und Bobbys sexueller Trieb war befriedigt – fürs erste jedenfalls.

Eine von Bobbys Freundinnen erzählte einen ordinären Witz. Aber alle merkten sehr wohl, daß Bobby gar nicht zuhörte.

»Bobby, hör auf zu phantasieren. Geh einfach rüber und hol sie dir.«

Es war Freitagabend in Brisbane, Australien. Die ganze Stadt war auf den Beinen, um das Wochenende zu feiern. In diesen sonnigen Breiten ist das eine ausreichende Entschuldigung, um eine Menge Sünden zu begehen. Die Ermunterung ihrer Freundinnen genügte Bobby, um die Initiative zu ergreifen. Schon schlug ihr Herz vor Erregung schneller. Sexuelle Begierde durchflutete ihren Körper, obwohl sie noch nicht einmal mit dem Mädchen gesprochen hatte.

Bobby trug schwarze Hosen und ein schwarzes T-Shirt, mit Nägeln verzierte Stiefeletten und eine nickelgefaßte Sonnenbrille, die sie fast immer aufhatte. Sie strahlte nicht gerade Glamour aus, aber in einem Club wie dem Lew-Mors machte sich niemand zum Abendessen fein.

Die Bar war voller »dringender Fälle«, alle hofften, noch am selben Abend einen Partner zu finden, mit dem sie ihre Leidenschaft und ihren Körper teilen konnten. Die Tanzfläche war spärlich beleuchtet. Aus den Lautsprechern dröhnte Soulmusik, zu der die Paare sich langsam drehten.

Bobby wandte sich dem Mädchen zu, und wieder trafen sich ihre Blicke, doch diesmal stand Bobby auf. Als sie selbstsicher zu dem Tisch hinüberging, rutschte Lisa erwartungsvoll auf ihrem Stuhl hin und her. Sie wußte, daß sie dabei war, sich Hals über Kopf zu verlieben.

Die Frauen sprachen eine Weile miteinander. Aber lange hielten sie sich nicht mit Konversation auf, denn sie wußten beide genau, was die andere wollte.

Es war Freitag nacht, der dreizehnte Oktober 1989, eine Unglücksnacht für einige in Brisbane.

Lisa Ptaschinski rollte sich neben ihrer schlafenden Geliebten zusammen. Obwohl die beiden Frauen sich erst vor ein paar Stunden kennengelernt hatten, fühlte sich Lisa mit Bobby bereits so vertraut, als würden sie sich schon seit Jahren kennen. Auf Lisas Handgelenken waren zwei winzige frische Schorfflecken. Lisa betrachtete sie, und wieder stieg ihr das Blut zu Kopf bei der Erinnerung an die sexuelle Erregung, die sie vor kaum einer Stunde empfunden hatte.

Die zwei Fremden waren schon Sekunden nach dem Betreten der Wohnung dabei, jeden Zentimeter ihrer Körper gegenseitig zu erforschen. Nach ihrem ersten Orgasmus wollten beide nur noch mehr.

Da entdeckte Lisa, daß ihre Partnerin gerne ein Spiel spielte, das selbst sie niemals zuvor versucht hatte. Als die beiden Liebenden sich zurücklegten, um sich von ihrem ersten Crescendo auszuruhen, fingen sie an, über Blut zu reden, über den Geschmack, den Geruch, die Farbe. Je mehr sie darüber sprachen, um so erregter wurde Bobby.

Sie war entwaffnend offen: »Ich glaube, ich bin ein Vampir. Ich kann Blut einfach nicht widerstehen – seinem Geschmack, seinem Aussehen. Ich bin völlig verrückt danach.«

Einen Moment lang starrte Lisa wie versteinert Bobby an. Dann überkam sie ein Gefühl der Freude. Ihre Liebhaberin enthüllte ihr schon nach wenigen Stunden ihre verborgensten Gedanken ... Lisa war glücklich und wollte Bobby auf jede nur erdenkliche Art gefällig sein.

Ohne ein Wort stand sie vom Bett auf. Bobbys Gesicht nahm einen enttäuschten Ausdruck an, sie dachte, Lisa wolle gehen. Aber innerhalb von Sekunden war sie zurück. Mit einem spitzen Küchenmesser bewaffnet, sagte sie nur: »Eine Überraschung ...«

Die winzigen Blutstropfen mußten zuerst buchstäblich aus Lisas Venen herausgelockt werden. Aber als ihre Geliebte stärker saugte, spürte Lisa einen leichten, angenehmen Schmerz im Handgelenk. Dann wurde das Saugen noch stärker, und sie konnte fühlen, wie die Erregung in ihr aufstieg. Als Zeichen ihrer Leidenschaft stach Lisa sanft in die Vene ihres anderen Handgelenks und sah ihre Geliebte an, wie sie zu ihr aufschaute. Ein winziger Tropfen Blut lief ihr aus dem Mundwinkel, und sie lächelte befriedigt, wie eine Katze, die von der Sonne genascht hat.

Immer wieder küßte Bobby zwischendurch das zarte Fleisch neben Lisas Handgelenk, als wollte sie ihr versichern, daß sie nicht nur auf ihr Blut aus war, aber schon nach Sekunden kehrte Bobby zu ihrem heißgeliebten Nektar zurück. Sie war fasziniert von Lisas makellosem Teint. Ihre Haut war tatsächlich so vollkommen, wie sie aussah, und fühlte sich weich sie Samt an.

Lisas Beine waren ein wenig geöffnet, während Bobbys Saugen sie tiefer und tiefer berührte. Ihr Atem ging schneller. Bobbys ausgefallenen Wünsche erregten sie genauso wie damals die ersten Tage sexuellen Experimentierens in der Klosterschule in Sydney. Lisa liebte es, jemand anderem Genuß zu bereiten; für sie war das fast wichtiger, als selbst befriedigt zu werden.

Bobby stöhnte jetzt leise vor sich hin – ihre Erregung verursachte ein kehliges Geräusch, das tief aus ihrem Innern kam. Es waren merkwürdige Laute, mal ganz hoch und dann wieder sehr tief, als ob jemand lustvoll um etwas kämpfe.

Das Stöhnen wurde lauter, denn es kam nun von Lisa und Bobby gleichzeitig. Bei Bobby war es Ausdruck reinen Vergnügens, bei Lisa eine besondere Mischung aus Schmerz und Lust. Der Schmerz kam von Bobbys Saugen, das Vergnügen vom Befriedigen ihrer Geliebten.

Als das graue Morgenlicht durch die geöffneten Fenster schien, waren die beiden Liebenden noch immer ineinander versunken, ohne sich ihrer Umgebung überhaupt bewußt zu sein. Sie waren gefangen in einer gefährlichen Welt der Erotik, aus der keine von beiden ausbrechen wollte.

Die Beobachterin betrachtete die Szene. Lisa lag auf dem Rücken, die Handgelenke flach auf dem Bett ausgestreckt, während ihre Partnerin sich an ihrem Blut berauschte.

Keine der beiden bemerkte, daß eine dritte Person das Zimmer betreten hatte. Sie waren so in ihre Leidenschaft und ihren Schmerz versunken, daß sie die Welt um sich herum nicht einmal wahrnahmen.

»Das ist krankhaft«, murmelte die Beobachterin zu sich selbst, angeekelt von der Szene, die sich vor ihren Augen abspielte. Abgestoßen. Und doch auch fasziniert. So blieb sie in dem Zimmer stehen, während die beiden Liebenden sich wanden, sich gegenseitig erforschten und ... tranken.

Am nächsten Morgen hielten die zwei Verliebten sich so oft es ging an den Händen. Bei jedem Händedruck spürte Lisa ein leichtes Stechen in den verschorften Wunden an den Handgelenken. Aber es war ein erträglicher Schmerz, ein Opfer, das sie gern für ihre Angebetete brachte.

Als Bobby das Frühstück machte, erschien die acht Jahre alte Tracey Wigginton vor ihr. Sie erschien Bobby regelmäßig.

»Was machst du da?« fragte sie in der unverblümten Art, die nur Kindern zueigen ist. »Bist du verliebt?«

Bobby war verwirrt. Wie sollte sie ihr Verhalten einem achtjährigen Kind erklären? Liebe ist etwas, wofür Kinder einen Instinkt haben, mit dem sie im allgemeinen richtig liegen.

Die kleine Tracey sehnte sich verzweifelt nach Liebe. Sie war von ihren Großeltern aufgezogen worden, aber es waren nicht wirklich die Eltern ihrer Mutter. Und was die Sache noch schlimmer machte, Tracey wurde von ihrem Stief-Großvater mißhandelt. Am Tag beschimpfte er sie, nachts mißbrauchte er sie sexuell. Niemals würde Tracey vergessen können, wie er in ihr Bett gekommen war. Ihr Leben war ruiniert, und sie sehnte sich nach einem Halt. Daher erschien sie oft auch bei Bobby.

Niemand brachte Tracey echte Gefühle entgegen, so konnte sie sich nur an der harten Wirklichkeit ihrer elenden und kaputten Umgebung orientieren. Manchmal versuchte sie, die verlorene Zeit aufzuholen ...

Nach kurzer Zeit verschwand Tracey genauso plötzlich aus Bobbys Wohnung, wie sie gekommen war ...

Obwohl Bobby und Lisa sich noch nicht einmal vierundzwanzig Stunden kannten, hatten sie schon eine sehr enge Beziehung zueinander. Sie waren sich so nah, daß Bobby beschloß, ihre neue Geliebte ihren Freundinnen Tracey Waugh und Kim Jervis vorzustellen. Lisa sträubte sich zuerst. Warum wollte Bobby, daß sie zwei ihrer anderen Freundinnen kennenlernte? Womöglich waren auch sie Bobbys Geliebte. Lisa fühlte schon jetzt bohrende Eifersucht. Aber Bobby drängte energisch darauf. »Sie werden dir gefallen. Wir werden ein Menge Spaß zusammen haben.«

Tatsächlich verstanden sich die vier Frauen großartig. Lisa mußte zugeben, daß ihre Befürchtungen unbegründet gewesen waren. Es war ihr schließlich sogar gleichgültig, ob Bobby mit einer der beiden geschlafen hatte.

Tracey Waugh war vierundzwanzig, eine arbeitslose Sekretärin. Sie war weiblicher angezogen als ihre Freundinnen und schien überhaupt ein sanfteres Wesen zu haben. Kim, genauso alt, war das einzige Mitglied der Gruppe mit einem Vollzeitjob in einem Fotolabor. Kim war ein hübsches Mädchen, dem viel Aufmerksamkeit entgegengebracht wurde. Jedes Wort, das Bobby äußerte, sog sie begierig auf. Sie war bereit, alles für ihre Freundschaft zu tun.

Als die vier wieder einmal zusammensaßen, eiskaltes Bier tranken und Geschichten aus ihrem Leben austauschten, gestand sich Lisa glücklich ein, daß sie von Bobby und ihren Freundinnen geradezu hingerissen war. Sie hatte sich immer einen sehr engen Freundeskreis gewünscht, nun hatte sie ihn gefunden.

Dann machte Kim einen Witz über Blut. Alle schwiegen. Bobby zog laut die Luft ein. Wären sie in einem Restaurant oder einer Bar gewesen, die Unterhaltung wäre durch die unpersönliche Atmosphäre vielleicht vorangetrieben worden, ohne daß das brisante Thema eine Auswirkung gehabt hätte. Aber die Szene spielte sich in Kims blitzsauberer Vorstadtwohnung in der Gegend von Clayfield in Brisbane ab. Die Stimmung war schon sehr vertraulich, und nun bestand die Chance, noch intimer zu werden.

Bobby stand auf, drehte das Licht herunter und kam zum Tisch zurück. Es war klar, daß sie etwas Wichtiges mitteilen wollte. Sie wandte sich ihrem selbsternannten Schützling Kim zu und sagte ruhig: »Ich möchte dir Angst machen.«

Die anderen drei saßen da und sagten keinen Ton.

Bobby nahm ihre Sonnenbrille ab und schaute einer nach der andren direkt in die Augen.

»Sie versuchte, uns ihrem Willen unterzuordnen«, erklärte Kim später. Bobby wollte ihre Freundinnen beeinflussen, um Macht über sie zu haben.

Aber zunächst sollte Kim ihr »Werkzeug« werden, ihre Botin für alles weitere.

Die Atmosphäre war angespannt. Bobbys Worte hatten ihre Wirkung nicht verfehlt und Kim und Lisa sofort in ihren Bann gezogen. Nur Tracey blieb etwas skeptisch, erinnerte sich aber später: »Ich war nicht in der Lage, irgend etwas zu tun. Sie hatte uns völlig in der Hand.«

Bobby kam direkt zur Sache: »Ich habe satanische Kräfte, und ihr werdet bald alle meine Schülerinnen sein.«

Lisa war fasziniert. Nach dieser Art Erlebnis hatte sie ihr ganzes Leben lang gesucht. Sie war so verletzlich, und sie brauchte dringend jemanden, der sie führte – nun bot ihr Bobby diese Führung.

Bobby stand auf und nahm ein dickes Fotoalbum aus dem Schubfach eines Schrankes. Dann breitete sie die Bilder auf dem Tisch aus. Es waren ungefähr fünfzehn, und alle zeigten Aufnahmen von Grabsteinen auf dem nahen Friedhof von Harrisville.

Bobby war überzeugt, daß jedes der abgebildeten Gräber in der Gewalt des Teufels war. Sie sprach darüber, wie die Toten nachts herauskamen und die Menschen dazu brachten, schlimme Verbrechen zu begehen.

»Das sind die Mittel des Teufels. Das muß euch klar sein«, sagte sie, und ihre fremd klingende Stimme schwankte zwischen leisen, tiefen, hohen und fast schrillen Tönen.

Zu keinem Zeitpunkt stellte auch nur eine der Frauen Bobbys Behauptungen in Frage. Tracey hatte zwar Zweifel, aber sie wußte, daß jetzt nicht die Zeit war, sie zu äußern.

Erst später wurde Tracey die Bedeutung der Tatsache bewußt, daß man alle Vorhänge in der Wohnung zugezogen hatte, obwohl es draußen noch hell war. Damals war für sie die einzige Erklärung, daß Bobby empfindlich gegenüber Sonnenlicht war. Alle wußten, daß sie es haßte, am Tag hinauszugehen.

Bobby war jetzt dabei, die Unterhaltung auf Vampire zu lenken.

»Es gibt sie. Ich weiß es. Ich bin einer«, beharrte sie. »Ich brauche Blut. Ich muß es einfach haben.«

Die Frauen sahen wortlos zu, wie Bobby zum Kühlschrank ging und einen weißen Plastikbeutel vom Fleischladen herausnahm, der mit Blut gefüllt war. Sie stürzte gierig den ganzen Inhalt hinunter, so nachlässig oder vielleicht auch nur so durstig, daß sie dabei ihr T-Shirt mit bespritzte.

In dem Moment entdeckte Tracey die winzigen Schorfflecken an Lisas Handgelenken und lächelte wissend.

»Ich hungere die ganze Zeit nach Blut. Ich brauche es zum Leben«, fuhr Bobby fort.

Sie enthüllte offen, daß sie praktisch Blut von jedem Tier getrunken habe, das von Menschen gegessen wurde. Sie war Stammkundin bei einem halben Dutzend Fleischläden in der Nähe ihrer Wohnung. Die Schlächter gewöhnten sich daran, bei ihrer bizarren Forderung nach großen Mengen Schweineblut nicht mit der Wimper zu zucken. Für Bobby war der Verzehr von Blut zur Besessenheit geworden. Jeden Tag, sagte sie, brauche sie es.

Aber Tierblut konnte ihren Appetit nicht wirklich stillen. Es gab ein anderes, tieferes Bedürfnis. Und die Zeit war gekommen, um es zu befriedigen.

Jede am Tisch war schon das eine oder andere Mal auf Bobbys Verlangen eingegangen. Sie hatten alle den verräterischen Schorf an ihren Handgelenken.

Aber jetzt wollte Bobby mehr als nur eine Tasse davon. Sie wollte es literweise haben. Menschenblut. Und es mußte frisch sein, denn: »Dann ist es reiner und sämiger und schmeckt besser.«

Kaltblütig setzte sie hinzu: »In dem Moment, wo der Kerl zu Boden fällt, wird seine Kehle durchschnitten, und er ist tot.«

Dann unterbreitete sie ihren Freundinnen den Vorschlag: »Helft mir, ein Opfer zu finden.«

Ted Baldock war ziemlich guter Stimmung. Es war Freitag nachmittag, und bald würde seine Arbeit für diese Woche beendet sein. Ein Wochenende lag vor ihm, das zweifellos die zwei Extreme seines Lebens als Vater von fünf Kindern einschließen würde – Trunksucht und Häuslichkeit.

Es war glühend heiß, ungefähr 35 Grad Celsius im Schatten. Brisbane im Oktober war wie ein Julitag in New York. Schweiß lief Teds magere Schultern herunter.

Er hatte es schwer gehabt im Leben. Für ihn gab es kein Büro mit Klimaanlage, wo er sich zurücklehnen und die Hände in den Schoß legen konnte. Seine »Schreibmaschine« war ein Preßluftbohrer, der sich klopfend und hämmernd in den von der Sonne erhitzten Asphalt grub.

Ted hatte seit fast dreißig Jahren hart gearbeitet, um seine große Familie zu ernähren. Er und seine Frau Elaine fanden es manchmal äußerst schwer, durchzuhalten, aber sie hatten alle Höhen und Tiefen überstanden, die ihr Eheleben mit sich brachte. Ted hatte eine dickes Fell, was sich für eine lebenslange Ehe als geradezu ideal erwies. Jetzt, im Alter von siebenundvierzig, begann er sich schon auf seinen Ruhestand zu freuen, seine Rente und die paradiesische Erholung nach den langen Jahren des Schaffens. Vielleicht würde er ein wenig angeln, sicher ordentlich trinken. Aber kein Druck mehr. Keine Anforderungen.

Teds Körper schmerzte vor Erschöpfung nach der harten Woche, die er hinter sich hatte. Er war kein Macho wie viele seiner Kollegen vom Trupp der Straßenarbeiter. Er war ein bescheidener Bursche und neigte nicht einmal dazu, sein Hemd in der Öffentlichkeit auszuziehen, geschweige denn seine Muskeln zur Schau zu stellen. Elaine und viele seiner Freunde draußen im West End Bezirk von Brisbane sagten oft zu Ted, daß man es mit der Zurückhaltung auch übertreiben könne.

Als er den Bohrer zum letzten mal in das Straßenpflaster

rammte, waren seine Gedanken schon beim bevorstehenden Wochenende. Wenn er gewußt hätte, was ihn erwartete, hätte er auf der Stelle aufgehört, daran zu denken.

Der Holden Commodore kam vor Lisas Haus in Leichhardt zum Stehen. Lisa hörte ihre Liebhaberin zweimal auf die Hupe drücken, und als das hübsche braunhaarige Mädchen aus dem Fenster des winzigen Fertighäuschens schaute, trafen ihre Blicke aufeinander. Es war fast das gleiche Gefühl wie vor sieben Tagen, als sie sich das erste Mal getroffen und gegenseitig verführt hatten.

Lisas Hauswirtin Wendy Dugden war neugierig. Sie fühlte Verantwortung für Lisa, seit sie sich vor fünf Wochen im Ipswich General Krankenhaus getroffen hatten. Lisa war die Patientin und Wendy ihre Krankenschwester, die sie unter ihre Fittiche genommen hatte. Die beiden Frauen entwickelten eine echte Freundschaft.

Für Lisa war Wendy eine Mutterfigur. Sie war immer da, wenn sie gebraucht wurde, eine Stütze, an die man sich anlehnen konnte. Wendy und ihre Ehemann Wayne hatten ein einfaches kleines Haus, aber es war sauber und aufgeräumt. Verglichen mit all dem, was Lisa jemals kennengelernt hatte, kam es einem Zuhause am nächsten. Als Lisa ihrer Wirtin von Bobby erzählte, runzelte die Krankenschwester die Stirn. Für sie hörte sich das Ganze nach künftigem Ärger an, aber Lisa war immer eine Person mit vielen Problemen gewesen.

Als Lisa jetzt aus der Vordertür hinaus und zu ihrer wartenden Liebhaberin lief, dachte sie an ihre erste Nacht schrankenloser Leidenschaft zurück. Zu ihrer eigenen Bestätigung kratzte sie an dem Schorf an ihrem linken Handgelenk; sie wollte sich vergewissern, daß jeder Moment der Lust, den sie geteilt hatten, Wirklichkeit gewesen war.

Kaum war Lisa im Auto, tauschten die zwei Verliebten einen innigen Kuß. Lisa spürte die Hitze, die vom Körper ihrer Freundin ausging. Wenn es nicht noch hell gewesen wäre, hätten sie sich vielleicht an Ort und Stelle geliebt.

Wendy beobachtete die beiden von einem Fenster im Erdgeschoß. Der Gedanke, daß sich alles unweigerlich in Tränen auflösen würde, machte sie traurig. Sie hatte es vorher schon mit angesehen. Lisas Leben drehte sich stets um Beziehungen, die immer wieder in Katastrophen endeten.

Als sie sich voneinander lösten, schaute Lisa ihre Liebhaberin an. Bobby hatte einen neuen Haarschnitt und eine neue dunklere, mitternachtsschwarze Haarfarbe, was ihre Züge noch härter erscheinen ließ als bei ihrem letzten Treffen. Sie sah mehr und mehr wie der Vampir aus, für den sie sich selbst hielt.

Lisa bemerkte die Wölbung in der Tasche von Bobbys schwarzer Jacke nicht. Ihre Gedanken kreisten nur um die vor ihr liegende nächste Nacht sexuellen Vergnügens. Und sie wußte, daß für Bobby diesmal ein besonderer Genuß geplant war.

Die Fahrt zum Haus der anderen Mädchen dauerte dreißig Minuten. Während dieser Zeit sagte Bobby immer wieder, wie hungrig sie war. Wie sehr sie sich auf ihr Festmahl freue. Ihr Appetit auf Blut hatte sich offensichtlich noch gesteigert.

Ihr Durst würde bald gestillt sein.

Aber zuerst mußten sie Kim und Tracey aus ihren Wohnungen in Clayfield abholen.

Die beiden Freundinnen sprangen in den Wagen. Sie schwatzen aufgeregt, und auf ihren Gesichtern zeichnete sich gespannte Erwartung ab.

In Kims Jackentasche befand sich ein Taschenmesser mit zehn Zentimeter langer Klinge. Kim hatte es in einem Laden für Armeeausrüstung in Fortitude Valley gekauft, nachdem sie ihre Pläne besprochen hatten.

Ted Baldock streifte im Umkleideraum seine schmutzige Arbeitskleidung ab, bevor er unter die Dusche ging, um sich auf Freitag nacht in der Stadt vorzubereiten. Wie Millionen

Arbeiter in der ganzen Welt legte Ted viel Wert darauf, sich besonders fein zu machen, wenn er ausging. Es war, als würde er sich nach dem blitzsauberen Leben eines Büroangestellten sehnen. Eine schicke Hose und ein gestärktes Hemd zu tragen bedeutete für ihn einen Hochgenuß.

Er war der Meinung, daß es in diesem Leben allen anderen viel besser ging als ihm. Es gab so viele Dinge, nach denen er sich vergeblich sehnte.

Als er sich unter dem starken, heißen Wasserstrahl einseifte, fühlte er die Energie in seine müden Knochen zurückkehren. Ted freute sich auf das erste Glas Bier an diesem Tag. Er fand, daß er es verdient hatte.

Während der letzten sechs Wochen war Ted am Freitag Stammgast im Caledonian Club in Kangoroo Point gewesen, manchmal erschien er dort sogar mit Elaine im Schlepptau. Das Caledonian war eine schäbige und ungepflegte Kneipe, aber Ted mochte die Atmosphäre, und niemand hinderte einen daran, soviel zu trinken, wie man wollte.

Ted hatte die Kneipe durch einen Arbeitskollegen kennengelernt. Sie war für ihn eine großartige Abwechslung nach der öden Woche, die er damit zugebracht hatte, auf den Straßen zu arbeiten und in seinem Haus in West End stumpfsinnige Fernsehsendungen anzuschauen.

Als er den kurzen Weg von den Umkleideräumen der Bauverwaltung zum Caledonian zurücklegte, konnte er förmlich schon das Bier riechen. Das war ein gutes Gefühl. Es würde heute ein großartiger Abend werden, das fühlte er.

Alle vier Mädchen waren sich einig, daß das Lew-Mors genau der richtige Ort war, um diese besondere Nacht zu beginnen und die Vorfreude auszukosten. Bobby konnte es kaum noch erwarten und zählte die Minuten. Es mußte Mitternacht sein, ehe sie zuschlagen konnten. Vorher hatte es keinen Sinn. Alles mußte genau wie in den Draculabüchern sein, die sie so leidenschaftlich gern gelesen hatte, als sie noch zur Schule ging.

Anstatt Bier und Schnaps bestellten die vier Freundinnen

diesmal Champagner. Dies war ein ganz besonderer Abend. Bald würden sie etwas Außerordentliches zu feiern haben.

Die Clubmanagerin war höchst erstaunt. »Sie waren in heller Aufregung«, sagte sie, als sie an diese verhängnisvolle Nacht zurückdachte. Und einige der Stammgäste vermuteten, das Vierergespann plane eine Orgie.

Sie saßen an ihrem Tisch dicht neben der Kabine des Diskjockeys und stießen mit Champagner an – auf Blut. Das Blut eines Menschen, der nicht die geringste Ahnung hatte, daß er ihr Opfer werden würde.

Ted hatte Stunden mit seinem Lieblingsspiel Darts zugebracht. Nach einigen Bieren nahm er es mit jedem auf – und verlor nur noch. Aber das kümmerte niemanden, Ted war ein guter Verlierer, und mit ihm gab es meist einen Grund zum Lachen.

Am Ende des Abends mußte er sich am Tresen festhalten. Oder vielleicht hielt der Tresen ihn fest, Ted selbst konnte das nicht mehr unterscheiden, jedenfalls ließ er ihn nicht mehr los. Diese Art von enormem Bierkonsum war für Ted nichts neues, und die Barkeeper schenkten ihm gerne weiter Alkohol aus, weil er ihnen trotz seines Zustandes nie auf die Nerven ging.

Ab und zu redete er mit einem Bekannten über den Sinn des Lebens, aber das war nur so dahergeredet und hatte nichts mit ernsthafter Freundschaft zu tun. An diesem Abend befand sich in der Kneipe kein guter Freund von Ted Baldock.

Es ging auf Mitternacht zu, was bedeutete, daß es für alle Teds in Brisbane Zeit wurde, sich auf ihren fröhlichen Nachhauseweg zu machen. Als die letzte Bestellung ausgerufen wurde, überzeugte Ted den Barkeeper davon, ihm sein Glas ein letztes Mal vollzuschenken. Er stürzte das Bier schnell hinunter, stolperte in die milde Nacht hinaus und gab sich alle Mühe, seinen Weg nach Hause zu finden.

Elaine war eine liebende, fürsorgliche und geduldige Ehefrau, aber auch sie würde nicht ohne weiteres hinnehmen, daß er nicht gleich nach Hause gekommen war, welche Entschuldigungsgründe er ihr auch weiszumachen versuchte.

Auf der anderen Seite der Stadt leerten Bobby, Lisa, Kim und Tracey ihre zweite Flasche Champagner.

»Was feiert ihr? Liebe, Hochzeit, Ehe?« fragte eine Kellnerin.

Die vier kicherten voller Vorfreude. Bobby bewunderte die wohlgeformten Beine des Mädchens.

»Verraten wir dir nicht, Süße«, gurrte sie verführerisch.

Lisa fühlte bohrende Eifersucht. Bobby hatte schon wieder diese Augen, die ständig auf der Suche waren. Jedesmal, wenn ein hübsches Mädchen vorbeiging, konnte Lisa genau sehen, wie Bobby ihren Körper mit den Augen abtastete und die Möglichkeiten für Sex ausmaß. Sie tröstete sich, indem sie sich in Erinnerung rief, daß Bobby ihr gehörte, wie oft sie sich auch in ihrer Phantasie die Brüste der Kellnerin ausmalen mochte.

Der Champagner zeigte deutliche Wirkung; alle vier spürten, wie er ihnen auf die nur diesem besonderen Getränk eigene Art zu Kopf stieg. Sie fühlten sich sinnlich, sorglos und wagemutig. Die Luft knisterte vor Spannung. Bobby redete die ganze Zeit über von ihrem Hunger, ihrem Appetit, ihrer Besessenheit.

Sie war diejenige Person am Tisch, die als einzige wirklich wußte, was kommen würde.

Als die vier das Lew-Mors verlassen hatten, begann die Jagd. Es war genau Mitternacht. Alles war perfekt. Bobby hatte den erwartungsvollen Blick von jemandem, der gleich einen riesigen Preis gewinnen würde.

»Ich fahre. Dann kannst du jemanden aussuchen«, sagte Lisa, als sie zu Bobbys Wagen kamen. Bobby wollte Lisa zuerst nicht fahren lassen. Sie war der »Mann« in ihrer Beziehung, und es war ihr Wagen. Aber dann sah sie ein, daß Lisas Vorschlag Sinn machte. Niemand anderes als sie selbst konnte das Opfer aussuchen.

Als erstes fuhren sie in gleichmäßigem, langsamen Tempo

in Richtung Stadtbezirk Botanischer Garten. Das war eine Gegend, in der nachts viel los war, gut geeignet für ihre Vorhaben. Zehn Minuten lang fuhren sie durch die Straßen, hielten vor Nachtclubs und Kneipen und warteten auf passende Beute, aber es fand sich keine.

Dann machten sie sich auf den Weg Richtung New Farm Park, und bald entdeckten sie eine einsame Figur, die im Zickzack den Bürgersteig entlangtorkelte. Der Commodore wurde langsamer.

Der Mann drehte sich um und schaute genau in die Scheinwerfer. Er schien ideal für ihren Zweck.

Aber dann tauchte aus einem Durchgang ein anderer Mann auf. Zwei waren zuviel. Es wäre zu schwierig, mit ihnen fertig zu werden. Sie mußten Geduld haben.

Enttäuscht fuhren sie weiter.

Bobby war überhaupt nicht nach Geduld zumute. Sie war hungrig. Sie konnte kaum noch warten. Es war nach Mitternacht, Essenszeit.

Sie beschlossen, nach Kangoroo Point zu fahren. Das wäre vielleicht noch eine Möglichkeit. Es mußte doch jemand zu finden sein.

Die Straßen waren diese Nacht sehr leer und besonders ruhig. Eine Stimmung lag über allem, als hätte ein heftiger Sturm gewütet und eine unheimliche und tödliche Stille hinterlassen. Dünner, unbeweglicher Nebel hing über dem Rand des Wassers und fing das silberne Licht des Mondes ein.

Ted Baldock lag mit dem Gesicht nach unten auf dem Bürgersteig. Er war nicht ganz bewußtlos, hatte aber große Probleme. Blinzelnd wartete er darauf, daß die Dinge wieder in sein Blickfeld rücken und er klar sehen könne. Er versuchte, möglichst tief zu atmen, um sich wieder in die Gewalt zu bekommen. Er mußte es einfach schaffen, den Weg zu Elaine und den Kindern nach Hause zu finden.

Langsam erkannte er wieder etwas und zog sich mit Hilfe eines Laternenpfahls, an den er sich klammerte, mühsam vom Boden hoch. Als er endlich unsicher auf eigenen Füßen stand, schien ihm das grelle Scheinwerferlicht eines Autos direkt in die Augen.

Ted sah nur einen verschwommenen Lichtfleck. Zuerst nahm er nicht einmal dessen Bewegung war, und erst als der Wagen näherkam, erkannte er, daß es sich um ein Auto handelte. Ted wußte nicht, wo er sich befand und wie er hierher gekommen war. Er versuchte krampfhaft, sich zu konzentrieren und fand es schließlich gar nicht so schwer. Die kurze Ruhepause auf dem Bürgersteig hatte ihm eindeutig geholfen, die Gewalt über seine Sinne wiederzuerlangen.

Der Wagen kam näher. Ted versuchte zu begreifen, was das alles bedeuten sollte. Vielleicht könnte er so zu einer Mitfahrgelegenheit kommen, oder vielleicht war es sogar ein Taxi. Er griff in seine Taschen und fühlte Geld. Also winkte er das Auto heran.

In der pechschwarzen Nacht konnte Ted die Größe und Gestalt der Insassen noch nicht einmal erahnen. Aber er war nur ein gutmütiger Betrunkener, der sich an einem Laternenpfahl festhielt, und nichts lag ihm im Moment ferner als Mißtrauen.

»Sollen wir dich mitnehmen?« lockte die Stimme einer Frau. Kim und Bobby waren ausgestiegen. Sie hielten es für das Beste, ihn zum Auto zu begleiten.

Ted zögerte einen Moment.

Er löste sich von dem Laternenpfahl und stolperte auf das Auto zu. Zuerst zögernd, Schritt für Schritt. Dann wuchs sein Vertrauen in seine Fähigkeiten, und er lief gleichmäßiger. Kim öffnete die hintere Wagentür, und er hörte die Stimme einer anderen Frau.

»Komm rein.«

Ein Mädchen half Ted hinein. Er fand sich zwischen zwei attraktiven, langhaarigen Frauen wieder, die Anfang zwanzig waren, und das war ihm alles andere als unrecht. Es erschien nur alles so unwirklich.

Auf dem Vordersitz konnte er nur den Hinterkopf einer

Frau erkennen und den Rücken der ebenfalls weiblichen Fahrerin. Ted wurde langsam nüchterner. Diese Mädchen waren auf Vergnügungen aus, und er konnte sein Glück gar nicht fassen. Sie streichelten ihn, küßten seinen Hals und knabberten an seinen Ohren. Er fühlte, wie er bei der Aussicht auf all die Mädchen einen Steifen bekam. Wer weiß? Vielleicht brachten sie ihn als Teil des Handels sogar noch nach Hause?

»Was hältst du davon, dich mal so richtig zu amüsieren?« fragte ein Mädchen. Ted machte sich gar nicht die Mühe zu antworten. Es gab nur eine Antwort. Er hatte Geld. Aber er war noch nicht einmal sicher, ob sie darauf aus waren. Sie schienen einfach nur ihn zu wollen.

Das Auto hielt dicht neben dem renommierten South Brisbane Yacht Club. Aber alle Segler waren längst schlafen gegangen, der Ort war ruhig, und alles war zur Nacht abgeschlossen.

Mitternacht war vorbei, und Bobby war hungrig, sehr hungrig.

Sie forderte Ted auf, mit ihr zum Flußufer zu gehen, um die Geldfrage zu regeln. Die anderen Mädchen würden dann dorthin kommen. Es sah wirklich so aus, als würde das Teds Glücksnacht werden.

Ted versuchte also von neuem, sich auf eigenen Füßen fortzubewegen, nachdem er sich vor nur ein paar Minuten mühselig zum Auto gekämpft hatte. Aber jetzt hatte er eine gute Motivation, und obwohl er noch immer sehr betrunken war, wirkte sein Gang geradezu zielstrebig. Er wußte, was er wollte, und er meinte auch genau zu wissen, was er gleich von diesen Mädchen bekommen würde.

Als Ted sich auf das Flußufer zubewegte, ging Bobby zum Wagen zurück. Um Ted herum war es jetzt völlig dunkel. Auch das bißchen Licht, das eben noch dagewesen war und von einer etwa hundert Meter entfernten Straßenlaterne kam, war jetzt verschwunden.

Unter seinen Füßen knackten kleine Zweige, die ein Sturm vor kurzem von den Bäumen geweht hatte.

Als Bobby zum Wagen zurückkam, fand sie Kim und Tracey völlig verstört vor. Voller Angst blickten sie Bobby entgegen.

»Können wir ihn nicht einfach hierlassen?« drängten sie. Aber Bobby und Lisa hatten andere Pläne.

Gerade erst hatten sie alle zugesehen, wie die erbärmliche Figur dieses Ted zum Flußufer hinuntergewankt war, voller Vorfreude auf eine leidenschaftliche Nacht. Aber sie wußten alle, daß er nur hier war, um ihrer eigenen Leidenschaft zu dienen.

Bobby war sehr ärgerlich über das Umschwenken von Kim und Tracey; schließlich waren sie sich alle über den Verlauf des Abends einig gewesen. Und nun wurden Mitglieder der Gruppe abtrünnig. Das konnte sie nicht zulassen. Aber die zwei Mädchen weigerten sich trotzdem, Bobby Folge zu leisten.

Mit trotziger Geste schleuderte Kim ihr Messer auf die Armlehne des Vordersitzes. Bobby sah sie böse an, ergriff das Messer und stürmte davon.

Am Flußufer zog sich Ted völlig aus. Trotz all des Alkohols, den er konsumiert hatte, dachte er daran, seine Brieftasche und seine Schlüssel in einen seiner Schuhe zu legen. Keinesfalls wollte er irgend etwas Wertvolles verlieren.

Dann saß er völlig nackt am Ufer und wartete auf das Erscheinen der Frauen. Er gab eine ziemlich lächerliche Figur ab.

Das einzige Geräusch war das sanfte Plätschern des Flusses und hin und wieder ein leises Klatschen, wenn ein Fisch an der Wasseroberfläche auftauchte.

Dann hörte Ted eine Stimme, die ihn aufforderte, einige Meter flußaufwärts zu gehen, wo der Uferstreifen sauberer war. Es war Bobby, die sprach, aber die Stimme klang jetzt schrill und ganz anders als vorher. Ihre Worte waren ein Befehl, dem man einfach gehorchen mußte.

Ted drehte sich um, aber Bobby war schon wieder verschwunden. Natürlich folgte er ihrer Anordnung, denn er ging davon aus, daß sein Gehorsam die Garantie darstellte für das, was er erwartete. Sicher stand der glückliche Moment nun nahe bevor.

Als Ted aufstand, um die paar Schritte zurückzulegen, sah er im Sand etwas liegen, das wie eine Kreditkarte aussah. Er warf sie in seinen Schuh zu den Schlüsseln, damit sie dort sicher lag. Seine Kleider waren ordentlich daneben aufgestapelt. Die Schuhe schienen ein vernünftiger Ort zu sein, um dort seine Wertsachen unterzubringen, wenn man gerade dabei war, sich auf Gelegenheitssex mit ein paar Mädchen einzulassen, die man nie zuvor gesehen hatte.

»Er ist bestimmt zu stark für mich allein.« Bobby drehte sich zu Lisa um. »Du mußt mitkommen.«

Lisa zögerte einen Moment, aber Bobbys durchdringender Blick überzeugte sie von der Notwendigkeit, ihrer Liebhaberin zu helfen. Sie wußte ganz genau, was passieren würde, doch sie hatte es unterstützt, weil sie Bobby befriedigt sehen wollte. Sie konnte ihr jetzt nicht ihre Hilfe verweigern. Sie waren ein Paar, und Lisa war der Ansicht, daß man für seine Geliebte alles tun mußte.

Die beiden Mädchen auf dem Rücksicht sahen entsetzt aus, aber sie sagten nichts. Sie zitterten jetzt vor Angst und hielten sich zur Beruhigung an den Händen. Sie wollten nur noch eines: diesem Alptraum entkommen und in die Wirklichkeit zurückkehren.

Bobby griff nach Lisas Hand. Da war wieder dieser leichte Schmerz von dem Schorf auf ihrem Handgelenk und erinnerte sie an das, was kommen würde. Vorsichtig gingen sie um die Rückseite des Yachtclubs herum zu der Stelle, an der Ted geduldig wartete.

Sie atmeten so leise wie möglich. Lisas Hand war heiß und feucht, Bobbys dagegen kalt, eiskalt, wenn man die Hitze der Nacht bedachte. Beiden Frauen war klar, daß es für das Gelingen ihres Vorhabens entscheidend war, Ted zu überraschen.

Teds Stimmung schlug langsam in Gereiztheit um. Er wollte Sex, aber es tat sich nichts, und jetzt hatte er es satt, an diesem Flußufer zu sitzen. Obwohl sich seine Augen an das schwache Licht gewöhnt hatten, sah er die beiden Personen nicht, die sich ihm von hinten näherten.

Bobby und Lisa konnten jetzt Teds Rücken im Mondlicht deutlich erkennen. Er hatte die schon etwas schlaffe Haut, die viele Männer bekommen, wenn sie sich den Fünfzigern nähern. Zusammengekauert saß er da und schwankte leicht hin und her. Manchmal nickte er fast ein, dann schüttelte er plötzlich heftig den Kopf, um sich selbst wachzurütteln.

Jedesmal, wenn er eingenickt war, sah er sofort lebhafte Bilder vor sich. Dann zwang er sich selbst, wieder aufzuwachen. Er wartete darauf, daß die Orgie endlich wirklich losginge.

Bobby hatte einen blitzenden Gegenstand in jeder Hand, und Lisa konnte in ihren Augen denselben Blick erkennen, der jedesmal darin erschien, bevor sie Sex miteinander hatten.

Einige Meter von Ted entfernt blieben die beiden stehen und zogen leise ihre Kleider aus. Sie wollten sichergehen, daß Ted keinen Verdacht schöpfen würde. Und der Anblick zweier nackter weiblicher Körper in der Dunkelheit würde ihm ohne jeden Zweifel ihre Absichten klarmachen.

Ted veränderte leicht seine Haltung, als die beiden Frauen sich ihm näherten. Er sah sich um und konnte gerade ihre nackten Körper erkennen. Nur kurz schaute er in ihre Richtung, dann wandte er sich wieder dem Fluß zu. Es war unglaublich – zwei attraktive junge Mädchen, mit denen er es gleich treiben konnte. Wenn er das erst seinen Arbeitskollegen erzählte! Glücklich wartete er darauf, daß sie endlich bei ihm wären, er würde auch gerne dafür bezahlen.

Hätte er etwas genauer hingeschaut, dann wären ihm die Messer aufgefallen, die gleich seinen Rücken treffen sollten.

Bobby zitterte jetzt vor Begierde. Sie brauchte Blut. Hier stand sie im Dunkeln am Fluß und war kurz davor zu morden. Etwas in ihr drängte sie, einen unschuldigen Mann umzubringen.

Und sie würde es tun. Nichts konnte sie mehr davon abhalten. Je mehr sie daran dachte, auf welch grausame Art sie selbst aufgezogen worden war, desto weniger Hemmungen hatte sie, einen Mord zu begehen. Sie konnte ihre Gier nicht mehr beherrschen.

Mord wurde von den meisten Menschen als Sünde angesehen. Bobby meinte, es besser zu wissen. Einige wurden mit dem Verlangen nach Blut geboren; anderen war dieses Bedürfnis erst beigebracht worden. Bobby hatte schon oft erzählt, daß sie das Blut lebender Ziegen getrunken hatte, nachdem sie mit 15 Jahren von ihren grausamen »Großeltern« weggelaufen war.

Gott hatte jeden so gemacht, wie er war, und Bobby war auserwählt zu töten. Alles war nur Teil des großen Planes, den ER gemacht hatte. In Bobbys Augen war Töten nur dann eine Sünde, wenn die Geliebte das auserwählte Mordopfer nicht billigte. Sie aber hatten den Mann sogar alle zusammen ausgesucht. Ihre drei Freundinnen wußten, was Bobby vorhatte. Und das gab ihr die Erlaubnis, zu töten.

Die Beobachterin stand am Rande des Flusses und sah zu. Sie war entsetzt. Wie konnte Bobby töten? Sie sollte sich ihrer schrecklichen Taten schämen. Vielleicht war es noch nicht zu spät, sie daran zu hindern? Aber das Tier in Bobby würde die Wahrheit ignorieren. Und das wußte die Beobachterin in Wirklichkeit auch. Sie war machtlos, die Schlächterei zu verhindern. Was im Moment passierte, lag außerhalb ihrer Kontrolle.

Als Bobby schon ganz nahe an Ted heran war, herrschte wieder dieselbe tödliche Stille wie kurz zuvor. Die beiden Mädchen verlangsamten ihre Schritte, als sie sich ihrem Opfer näherten, wie Raubtiere, die sich nachts auf Beutefang befanden. Dann hielten sie einen kurzen Moment inne, um sich auf den entscheidenden Moment zu konzentrieren.

Die Beobachterin bat Bobby jetzt flehentlich innezuhalten, sie rief: »Hör auf, hör auf!«

Bobby hörte, was ihr gesagt wurde. Sie wußte, daß sie dabei war, etwas Unrechtes zu tun. Aber der Trieb war zu stark, um zu widerstehen.

»Halt! Halt! Halt!« schrie die Beobachterin. »Das ist völlig verrückt, krank. Komm zu dir … « Aber die Worte verloren sich im Wind. Für immer.

Bobby stieß in einem langen Seufzer die aufgestaute Luft aus. Ihre Familie hatte ihr niemals ausdrücklich beigebracht, daß Töten unrecht war. Aber natürlich waren sie auch gar keine richtige Familie gewesen. Ihre Stiefgroßeltern hatten nie die moralischen Grenzen gezogen, die jedes Kind so dringend braucht. Statt dessen war sie jedesmal, wenn sie sich falsch verhielt, geschlagen oder mißbraucht worden. Niemand erklärte ihr, warum. Oft war Bobby als Kind in ihr Zimmer eingeschlossen worden, und ihr Großvater war hereingekommen, wenn er sie beschimpfen, schlagen oder Sex mit ihr machen wollte.

Dann wieder gab es Zeiten, in denen Bobbys Familie geradewegs durch sie hindurchschaute, so, als ob sie gar nicht existierte. Niemals bekam sie so etwas wie Wärme, Trost oder Sicherheit zu spüren. Statt dessen wurde ihr gesagt, wie schlecht sie wäre, daß allein schon die Erwähnung ihres Namens ihre Großeltern krank mache, daß sie ein faules, zu nichts zu gebrauchendes böses kleines Balg sei.

Manchmal verprügelten alle beide sie mit einem Gürtel. Jetzt wollte sie es ihnen zeigen, allen wollte sie zeigen, wie schlecht sie wirklich war.

Aber Bobby war auch sicher, daß ihre furchtbare Familie verstehen würde, warum sie sich in dieser Nacht nicht beherrschen konnte. Sie würden ihr niemals vergeben, sondern sie eher noch dazu bringen, die schreckliche Tat auszuführen. Bobby meinte zu wissen, wo der Platz für all diese Verwandten war – und das war ganz sicher nicht der Himmel.

Dann schlugen die beiden Mädchen zu.

Ted versuchte, seinen Körper wegzurollen und schlug um sich, als er auf den Boden fiel, aber er konnte den Angriff nicht abwehren. Er hatte nicht mehr die Kraft dazu. Er pustete und spuckte, als sich sein Mund mit Blut füllte, und schon bald wurden seine Zuckungen weniger heftig und hörten schließlich ganz auf. Fünfzehnmal stieß Bobby ihre zwei Messer in Teds Schultern. Jeder Stoß verursachte ein leises Geräusch, wie das Zerreißen eines Stoffes. Ohne Pause hieb Bobby auf Teds Körper ein. Aus den Wunden floß das Blut, und Bobby hackte wild mit den Messern drauflos. Es war eine Bewegung, als schlüge sie mit den Fäusten auf einen Tisch. Sie konnte nicht aufhören. Ted lag schon bewegungslos auf dem Rücken, aber Bobby ließ noch immer nicht von ihm ab. Sie stach auf seinen Hals und seine Brust ein, um ganz sicherzugehen, daß in dem verstümmelten Körper kein Leben mehr war.

Zu diesem Zeitpunkt des Überfalls war der Wahnsinn auf die Spitze getrieben. Ted konnte sich längst nicht mehr wehren, aber Bobby wurde dadurch nur zu noch wilderen Reaktionen provoziert.

Die ganze Zeit, während sie mit den Messern zustieß, dachte Bobby an ihre Familie. Sie erinnerte sich, wie sie um Liebe gebettelt hatte, aber keiner wollte ihr vergeben, daß sie allen zur Last fiel.

Teds Körper war jetzt nur noch ein Klumpen Fleisch, zusammengekrümmt lag er auf der mit Gras bewachsenen Uferböschung. Kalt und unbewegt schlitzte Bobby mit ihrem Ninja-Messer Teds Kehle von einem Ohr zum anderen auf. Lisa sah ihr fasziniert zu. Der Anblick des nackten Körpers ihrer Geliebten erregte sie. Sie wußte alles über Bobbys Gelüste, und sie wollte zusehen, wie sie befriedigt wurden.

Bobby hockte sich auf den Körper und begann, das Blut aufzulecken und zu trinken, das aus der Kehle des Opfers strömte. Sie wurde von immer mehr Erinnerungen überflutet. Bobby dachte daran, wie sie entdeckt hatte, daß ihre Großmutter nicht ihre Blutsverwandte war, wie ihr gesagt wurde, daß ihre Mutter sie verlassen hatte. Keines ihrer sieben Geschwister war wirklich mit ihr verwandt. Das Leben war ein einziger Betrug gewesen.

Man konnte niemandem trauen.

Bobby drehte und wand ihre Zunge an der Innenseite der

klaffenden Wunde entlang, damit ihr auch kein bißchen Blut verlorenging. Aber es gab mehr als genug davon.

Sie stieß den schweren Kopf zurück, um die Halswunde noch weiter freizulegen. So kam sie besser an das Blut heran. Jetzt verschlang sie sogar Fleischstückchen – in ihrem Blutrausch glich sie einem Hai. Die Haut am Hals der Leiche klaffte auf wie eine Plastikmülltüte, die überfüllt und geplatzt war.

Schließlich drehte Bobby sich zu Lisa um. Ihre Lippen kräuselten sich zu einem Lächeln, dem man ansah, daß sie gesättigt war – jedenfalls in den Moment.

Am gegenüberliegenden Flußufer saß der Geschäftsmann Scott Evans Gable und hörte ein Stöhnen. Als die Lautstärke zunahm und einen ekstatischen Höhepunkt erreichte, lächelte er trocken. Für ihn gab es keinen Zweifel, daß es sich um einen sexuellen Höhepunkt handelte.

Lisa atmete jetzt in kurzen, scharfen Zügen. Bewundernd sah sie zu, wie ihre Liebhaberin sich in dem warmen Fluß wusch. In aller Ruhe ließ Bobby das Wasser über ihre Brüste und Beine laufen, ganz so, als befände sie sich unter einer Dusche oder in einer Badewanne.

Zu Hause durfte sie höchstens einmal in der Woche in einer nur knapp gefüllten Badewanne ein Bad nehmen. Das hier war einfach phantastisch. Ein ganzer Fluß, in dem man sich nach Belieben vergnügen konnte. Ein Wasserstrom, der kein Ende nahm und sogar tief genug war, um darin zu schwimmen.

Einmal war sie zu Hause vom Essen ausgeschlossen worden, weil sie in der Badewanne uriniert hatte. In diesem Wasser hier konnte sie alles tun, wonach ihr zumute war, und keiner konnte sie daran hindern.

Die Blutflecken waren abgewaschen, aber Bobby mußte sich noch um eine andere Angelegenheit kümmern. Ohne Eile ging sie nackt zu dem Leichnam und hob die beiden Messer auf, die sie zum Töten benutzt hatte. Dann wusch sie auch die Mordwerkzeuge liebevoll im Fluß ab.

Die beiden Liebenden standen einen Moment lang neben dem verstümmmelten Körper, eingehüllt von dem scharfen Geruch des Blutes. Diesen Geruch nahm Lisa noch intensiver wahr, wenn Bobbys Atem in ihre Richtung wehte.

Bobby konnte die winzigen Klümpchen aus Blut und Fleisch fühlen, die sich zwischen ihren Zähnen verfangen hatten. Mit der Zungenspitze versuchte sie, diese besonderen Speisereste aus den Zahnzwischenräumen herauszudrücken.

Das erste Mal hatte Bobby Blut geschmeckt, als sie in der Nähe ihres Wohnortes Rock Hampton zufällig in einen Hexerzirkel geriet. Sie war fasziniert gewesen von dem Mann und der Frau, die von den Einheimischen die Hexer genannt wurden.

Die beiden boten ihr einen Platz zum Schlafen an. Bobby gefiel es dort besser als in dem Haus ihrer Pflegegroßeltern. Das Paar zelebrierte oft Tieropfer, manchmal wurden dabei Ziegen geschlachtet. So erfuhr Bobbys Erziehung eine Erweiterung, die ihr eine Vorliebe für Blut hinterließ.

Bobby zog ihre Jeans und ihr T-Shirt an, ihre übliche »Uniform«, wenn sie in der Stadt war. Sie fühlte sich außerordentlich ruhig, verausgabt und zufrieden – wie eine Geliebte, die gerade ihren Höhepunkt erlebt hat.

Hand in Hand gingen Bobby und Lisa zum Auto zurück.

Die Beobachterin sah zu. Sie war fassungslos. Wie konnte man so etwas tun? Ein Gefühl äußerster Verachtung und großen Ekels überkam sie.

Wieder und wieder murmelte sie denselben Satz vor sich hin: »Wie kann man nur so etwas Furchtbares tun.« Aber sie hatte nicht die Macht, etwas zu ändern.

»Ich habe eben Blut getrunken, ich habe eben Blut getrunken!« schrie Bobby immer wieder wie ein kleines Kind, als sie auf dem Weg nach Hause waren.

Die Fahrt war bizarr. Tracey Waugh, den Tränen nahe, saß völlig ernüchtert in einer Ecke des Rücksitzes gedrückt, zu verschreckt, um zu reden. Auch sonst wurde nicht viel gesagt. Alle drei Frauen erinnerten sich später, wie intensiv Bobbys Atem nach Blut gerochen hatte, durchdringend und widerlich. Sie berichteten, daß Bobby ausgesehen und sich verhalten hätte wie nach dem Genuß eines erlesenen Menüs mit mehreren Gängen.

Auf dem Rücksitz eines Polizeistreifenwagens saßen zwei Jungen und zitterten am ganzen Körper. Aber sie hatten nicht etwa Angst, eingesperrt zu werden. Sie hatten soeben die verstümmelte Leiche Ted Baldocks gefunden und standen noch immer unter Schockwirkung.

Einige Meter weiter, hinter der beeindruckenden Fassade des South Brisbane Yacht Clubs, zog Detective Constable Danny Murdoch eine Grimasse. Er war ein gut gebauter Cop mit dem sympathischen Lächeln des ewigen Optimisten; aber dieser Anblick war selbst für seine heitere Einstellung zum Leben zuviel.

»Der Kerl sieht aus, als hätte er zum letzten Mal seinen Kopf benutzt«, bemerkte Detective Constable Barry Devney. Niemand lachte. Es war sechs Uhr morgens, Sonnabend, der einundzwanzigste Oktober. Alle Detectives, die jetzt am Schauplatz dieses furchtbaren Verbrechens standen, waren an ihrem freien Tag hierher gerufen worden, um der Beweisaufnahme des Mordes beizuwohnen.

Das Spurensicherungsteam suchte bereits die Gegend um die Leiche herum nach jedem noch so kleinen Hinweis ab, der ihnen bei der Rekonstruktion der Tat behilflich sein könnte. Murdoch bückte sich, um Teds Kleidung zu inspizieren, die noch immer ordentlich aufgestapelt auf dem Boden lag.

Polizisten sperrten die Gegend mit weißem Plastikband ab. Eine kleine Menschenansammlung stand einige Meter vom Jachtclub entfernt.

Als die Beamten der Mordkommission die Leiche in einen Plastiksack mit Reißverschluß hoben, verzogen einige in der Menge das Gesicht. Aber sie starrten weiter hin, fasziniert von der makabren Szene. Der Tod dieses Menschen berührte sie nicht, denn er war niemand, den sie geliebt hatten. Sie waren nur neugierig, wollten etwas erleben. Dann konnten sie später ihren Freunden erzählen, daß sie eine Leiche am Flußufer gesehen hatten. Sie konnten damit prahlen, wenn das Gespräch in den Bars und Kneipen in Brisbane an diesem Abend ins Stocken geriet.

Murdoch hob Teds abgetragene Schuhe hoch und hörte sofort das unverwechselbare, klappernde Geräusch eines Schlüsselbunds. Er langte in die Schuhe, um die Schlüssel herauszuholen. Dabei geriet ihm auch eine Kreditkarte in die Hände. Der Name darauf war deutlich zu lesen: Tracey Wigginton. Es war Bobbys richtiger Name.

Detective Sergeant Glenn Burton, 40, freute sich auf ein gemütliches Wochenende mit seiner Familie. Er wusch mit seinen drei Kindern das Auto, anschließend würde er seine Frau und die Kinder in den Supermarkt begleiten, was er im Gegensatz zu den meisten Ehemännern gerne tat.

Die Burtons wohnten in Wynnum, und ihr Haus lag an einem besonders malerischen Flecken der Bucht. Die Aussicht war genauso schön wie das Wetter an diesem Tag. Was konnte man sich mehr wünschen?

Glenn tat die letzten Handgriffe an dem Wagen, als er das Telefon läuten hörte. Es war noch ziemlich früh, also waren wahrscheinlich weder Verwandte noch Freunde am Apparat. In solchen Momenten spürte Glenn Burton die Versuchung, das Telefon nicht abzuheben oder sich verleugnen zu lassen.

Aber er war ein aufrechter und verantwortungsbewußter Mann, dem klar war, daß ein Polizist eigentlich niemals wirklich außer Dienst war. Zwischen den verschiedenen Fällen gab es sozusagen nur ruhigere Zeiten.

Es überraschte ihn daher kaum, als eines der Kinder ihm zurief, daß der Anruf für ihn wäre. Es war seine Aufgabe, sich auf den Weg zu machen und die Eigentümerin der in Teds Schuhen gefundenen Kreditkarte festzunehmen.

Schon wenige Minuten später fuhr Glenn nach Enoggera zur Wohnung Tracey Wiggintons. Die Polizei hatte eine einfache Theorie. Ted war von einer ehemaligen Freundin und ihrem jetzigen Geliebten umgebracht worden.

Die Beweise schienen offensichtlich. Es gab die Reifenspuren des Autos und außer Teds eigenen noch die Fußabdrücke zweier anderer Personen. Und dann zeugten die Messerstiche von einer solchen Wildheit, daß man vermutete, daß eine Frau dabeigestanden und zugesehen habe, wie ihr Liebhaber oder Ehemann den Mord ausführte.

Alles schien also völlig klar zu sein, als Glenn und fünf Kollegen leise die Treppen des Apartmenthauses hinaufstiegen, in dem Tracey Wigginton wohnte.

Bobby sah fern. Sie hatte nicht gut geschlafen, vor allem deshalb, weil Lisa die Nacht nicht bei ihr geblieben war. Bobbys drei Mitbewohnerinnen saßen im Wohnzimmer und tranken Kaffee. Es war Sonntag morgen, alle entspannten nur und genossen das Nichtstun.

Als es klopfte, fest und bestimmt, wußte Bobby sofort, wer es war. Sie ging zur Tür und öffnete.

»Tracey Wigginton?« fragte Glenn Burton.

»Bobby« war wieder zu Tracey geworden, zu der Person, die sie im normalen Leben war. Eine acht Jahre alte Tracey, die auf ihre Unschuld verweisen konnte, gab es nicht mehr. Sogar die Beobachterin war verschwunden.

Sie alle waren zurückgekehrt in das Bewußtsein der 23 Jahre alten Studentin der Technischen Hochschule namens Tracey Wigginton. In dem Moment, als die Polizei sie holte, hatte die Aufspaltung ihrer Person in vier verschiedene Figuren keine Geltung mehr. Sie konnte sich nicht länger hinter diesen merkwürdigen Charakteren verstecken.

Alle waren Teil ihres Alterego. Nicht einmal Bobbys Stärke konnte ihr jetzt mehr helfen.

Tracey mußte mit diesem realen Alptraum selbst fertigwerden. Bobby hatte niemals existiert, auch die kleine Tracey nicht, und die Beobachterin war nur ihr gesunder Menschenverstand gewesen, der sie vor dem gewarnt hatte, was sie im Begriff war zu tun.

Aber Glenn Burton gehörte zur Wirklichkeit. Einer Wirklichkeit, in der Tracey Wigginton mit ihrer Freiheit für das schreckliche Verbrechen zahlen würde, das sie verübt hatte.

Bobby war verantwortlich gewesen, als die Messer auf Ted Baldock niedersausten. Bobby trank das Blut und trennte fast Teds Kopf ab, um noch mehr davon zu bekommen. Und Bobby verlockte und verführte Lisa Ptaschinski dazu, sich mit ihr gemeinsam diesen bösen Mächten hinzugeben. Aber jetzt war sie verschwunden, zurückgewichen in die dunklen Tiefen von Traceys verwirrtem Sinn.

Als Tracey die Tür öffnete, war ihr das alles klar, aber sie zuckte nicht mit der Wimper. Mit kaltem Blick starrte sie Glenn Burton direkt in die Augen.

Der Detective ahnte nichts von den Abgründen, die sich hinter diesem Verbrechen verbargen. Er dachte noch immer, er würde die ehemalige Geliebte von Ted Baldock befragen und nicht einen lesbischen Vampir, der vier verschiedene Personen in sich vereinigte und dem nach Mord und Blut gelüstete.

Die Tracey Wigginton des alltäglichen Lebens war eine kalt kalkulierende Mörderin, die ihre Recht kannte. Sie ging zwar ohne Widerstand mit zum Polizeirevier, aber sie dachte nicht daran, ihre abartigen Taten zu gestehen.

Kim Jervis und Tracey Waugh waren voller Unruhe. Beide hatten die Nacht nicht viel geschlafen. Ihr schlechtes Gewissen bedrückte sie. Und nun hatten sie von Bobbys Festnahme gehört.

Waugh hatte am meisten Angst. In ihrer Wohnung in Clayfield weinte sie nach dem Mord an Ted Baldock stundenlang, bevor sie in einen unruhigen Schlaf fiel. Eigentlich hatte sie niemals etwas mit diesem schrecklichen Verbrechen zu tun haben wollen.

Auch Jervis, die ebenfalls in Clayfield wohnte, aber ihre eigene Wohnung hatte, war völlig verängstigt. Und sie hatte sogar noch mehr Grund dazu. Tracey Wigginton hatte als zweite Waffe ihr Messer benutzt, als sie wie wild auf Ted Baldock einstach. Jervis wußte, daß es nur noch eine Frage der Zeit war, wann die Polizei sie holen würde.

Bei Ptaschinski lagen die Dinge ganz anders. Sie hatte dem Mord zugesehen und nicht einmal versucht, Bobby davon abzuhalten. Und in gewisser Weise hatte sie Sie sogar noch dazu ermuntert.

Für Lisa war alles wie ein Spiel gewesen, eine Art Scherz. Selbst jetzt noch, nachdem sie den Mord miterlebt hatte, überlief sie ein Schauer der Erregung, wenn sie nur an ihre Liebste dachte.

Lisa stand so sehr unter Bobbys Einfluß, daß sie bereit war, alles für sie zu tun. Später sagte sie dem Psychiater Dr. Terry Muholland: »Wenn man mit jemandem zusammen ist, dann tut man eben alles, was man kann, um ihn zufriedenzustellen.«

Da war der brutale Sex, ihr Blut, das sie Bobby bereitwillig spendete, der Mord. All das fand Lisa selbstverständlich in einer intensiven Liebesbeziehung. Sie sagte später auch, daß sie völlig verrückt nach Bobby gewesen sei. Und wenn man von einer Liebe besessen ist, kann das durchaus das Urteilsvermögen trüben. Für acht hitzige Tage hatte Lisa den Kontakt zur Realität verloren.

Jetzt mußte sie versuchen, herauszubekommen, ob sie die wirkliche Tracey Wigginton kannte. Nicht die Macho-Bobby, nicht die acht Jahre alte Tracey und ganz sicher auch nicht die Beobachterin. Für Lisa wäre jetzt wichtig gewesen, daß sie Traceys Verhalten hätte einschätzen können – aber das wäre ihr nie gelungen. Sie hätte nicht vorhersagen können, ob Tracey bei der Polizei aussagen würde.

Seit ihrer frühen Kindheit hatte Tracey Wigginton eine tiefsitzende Furcht davor gehabt, in den Spiegel zu schauen. Sie haßte es geradezu, sich selbst anzusehen. Die grausamen Sticheleien ihrer Stieffamilie hatten ihr Selbstvertrauen völlig zunichte gemacht. Sie war selbst überzeugt davon, häßlich zu sein und machte sich schließlich nicht einmal mehr die Mühe, auf ihr Äußeres zu achten.

Oft bestrafte Traceys Familie sie, weil sie sich nicht die Haare gebürstet hatte, bevor sie zur Schule ging. Tracey fing an zu glauben, daß Spiegel die Macht hatten, ihr wahres Selbst zu reflektieren, etwas, dem sie nicht ins Gesicht sehen konnte. Vielleicht hatte ihre Familie ja recht? Vielleicht war sie wirklich schlecht? Sie versuchte, den Gedanken gar nicht erst zuzulassen.

Und nun saß sie bei der Polizei, die sich der langen Reihe ihrer Peiniger anschloß. Tracey wußte genau, wie sie sich verhalten mußte: ruhig und emotionslos.

Glenn Burton war verunsichert. Nachdem sie die Wohnung durchsucht hatten, war völlig klar gewesen, daß sie Lesbierin war und in einer »Lesbenkommune« wohnte, wie die Leute das nannten. Doch sogar als Polizeibeamte später noch einmal in die Wohnung gingen und ein schwarzes Cape und Kleider in ähnlichem Stil fanden, konnten sie sich keinen Reim darauf machen.

»Schwarz ist schließlich heutzutage eine Modefarbe. Es gleich mit Vampiren in Zusammenhang zu bringen, wäre mir etwas übertrieben erschienen«, erklärte Glenn später.

Er versuchte herauszubekommen, wie es dazu kam, daß Ted sich am Flußufer ausgezogen hatte. Ob er erwartet hatte, daß Tracey Sex mit ihm machen würde? Die Wigginton sagte gar nichts. Sie weigerte sich einfach zu sprechen.

Glenn befürchtete, daß dies ein besonders schwieriger Fall war. Er stand Tracey Wigginton gegenüber, während sie an einem der zwei Schreibtische saß, die in dem weißen Aufenthaltsraum des Wooloon Gabba Polizeireviers standen.

Das warme Mittagssonnenlicht fiel durch die Bürofenster, und Tracey blinzelte nervös und rutschte in ihrem Stuhl hin und her. Es war nicht die Gegenwart des Polizisten, die sie beunruhigte, sie fühlte sich nur in dem direkten Sonnenlicht unwohl. Es war ein bißchen wie ihre Angst vor Spiegeln, als fiele das Licht auf ihre dunkle Seele und machte sie so sichtbar. Ihr Verhalten schürte das Gerücht, daß Vampire in das Verbrechen verwickelt seien. Der Skandal erschütterte bereits ganz Brisbane.

Ironischerweise war Bobby an diesem Tag gerade relativ gut angezogen. Sie trug eine hübsche weiße Bluse und Jeans, und trotz des strengen Haarschnitts strahlte sie eine gewisse Weiblichkeit aus.

Sie war jetzt schon länger als vier Stunden auf dem Revier, aber mehr als ihren Namen und ihre Adresse wußte Glenn nicht. Er glaubte noch immer, daß sie Traceys Freund finden mußten, der den Mord seiner Meinung nach ausgeführt hatte.

Die Vorstellung von einer Frau, die ein willkürlich ausgewähltes Opfer tötete, ergab für ihn keinen Sinn. Männer waren die kalten, skrupellosen Mörder! Sie waren diejenigen, die häufig völlig Fremde als ihre Opfer auswählten. Keine Frau konnte ein solch brutales Verbrechen begehen. Oder doch?

Tracey Waugh konnte den Druck nicht länger ertragen. Sie war immer das am wenigsten zur Gruppe passende Mitglied gewesen; niemals war sie genauso begeistert wie die anderen, immer zurückhaltender. Sie dachte sogar voller Besorgnis daran, daß die Wigginton vielleicht plante, sie zu ihrem nächsten Blutopfer zu machen. Waugh war in der vergangenen Nacht auf dem Rücksicht des Wagens den Tränen nahe gewesen.

Voller Angst hatte sie gespürt, wie Tracey Wigginton sie musterte. Sicher stellte sie sich schon den Geschmack ihres Blutes vor. Oder war sie darauf aus, sie sexuell zu benutzen?

Waugh bat Jervis flehentlich darum, sich zusammen mit ihr der Polizei zu stellen. Völlig verängstigt saßen die beiden Frauen in Jervis' winzigem Apartment, und der Gedanke an das Geschehen der letzten Nacht und seine Folgen ging ihnen nicht mehr aus dem Kopf. Die nervliche Anspannung wurde immer unerträglicher. Sie konnten nicht einmal recht glauben, daß all das wirklich passiert war. Würde Tracey Wigginton sie beim Verhör belasten?

Im Haus von Wendy und Wayne Sugden begann Lisa, sich das Gleiche zu fragen. In einem Moment stellte sie sich vor, daß Bobby-Tracey durch die Tür käme und sie wie immer überwältigt von ihr wäre. Dann erinnerte sie sich an den Blick des Entsetzens auf dem Gesicht des Mannes, als die ersten tödlichen Stiche ihn trafen.

Die Sugdens wußten, daß Lisa etwas quälte. Sie wollten die Wahrheit wissen und hatten die feste Absicht, sie aus ihr herauszulocken. Lisa hatte ihnen schon alles über Tracey erzählt, und sie machten sich Sorgen. Nicht nur über die lesbische Beziehung, sondern über die Tatsache, daß Lisa sich so leicht beeinflussen ließ. Sie schien sich geradezu wohl zu fühlen, wenn jemand anderes sie beherrschte, und das tat Tracey ganz offensichtlich.

Die Sorge der beiden steigerte sich noch, als Lisa ihnen von Traceys Lust auf Blut erzählte und davon, daß sie behauptete, ein Vampir zu sein. Jetzt wußten sie nach einem weiteren Blick auf Lisas jämmerliches Gesicht, daß etwas nicht in Ordnung war. Sie schien wie in Trance, ohne Kontakt zu ihrer Außenwelt.

Trotzdem waren die Sugdens völlig schockiert, als es schließlich aus Lisa hervorbrach: »Tracey hat jemanden umgebracht.«

Wendy Sugden war fassungslos. Zuerst verstand sie die volle Bedeutung von Lisas Äußerung nicht.

»Ein Tier?«

Lisa murmelte nur: »Einen Mann.«

Wendy und ihr Ehemann wollten nicht glauben, was sie hörten. Aber sie wußten instinktiv, daß es wahr sein mußte. Dann hatten sie kaum noch Schwierigkeiten, Lisa davon zu überzeugten, sich der Polizei zu stellen.

Weniger als eine Stunde später kamen auch Tracey Waugh und Kim ins gleiche Polizeirevier. Bis zu ihrem Erscheinen hatte Tracey Wigginton in unerschütterlichem Schweigen dagesessen und sich standhaft geweigert, zur Klärung des Falles beizutragen.

Wenn die anderen drei Frauen nicht von sich aus zur Polizei gegangen wären, hätte Tracey vielleicht niemals überführt werden können.

Um ein Uhr früh am nächsten Morgen verließ ein erschöpfter Glenn Burton das Polizeirevier, um zu seinem Haus an der Bucht zurückzukehren. Er hatte das Verbrechen aufgeklärt, vielleicht das fürchterlichste, das jemals von Frauen verübt worden war.

Im Oktober 1990 wurde Tracey Wigginton vom Obersten Gericht in Brisbane des Mordes an Ted Baldock für schuldig befunden und zu lebenslanger Haft verurteilt.

Auch Lisa Ptaschinski wurde im Februar 1991 des Mordes für schuldig befunden und ebenfalls zu lebenslanger Haft verurteilt.

Beim gleichen Gerichtsverfahren wurde Kim Jervis des Totschlags für schuldig befunden und zu acht Jahren Haft verurteilt.

Tracey Waugh wurde für nicht schuldig befunden und freigesprochen.

2
Die Zwillingsschwestern

Es war keine besonders große Sache, eben eine ganz normale Hochzeit. Aber Graham und Gillian Philpott wollten es auch gar nicht anders haben.

Als sie aus dem ruhigen Standesamt der Vorstadt in das helle Sonnenlicht des Herbsttages hinaustraten, waren sie vor allem erleichtert, es nun endlich in die Tat umgesetzt zu haben. Sie kannten sich schließlich gut genug, nachdem sie nun schon seit fünf Jahren zusammenlebten. Das wurde nicht mehr unbedingt als Sünde angesehen, trotzdem hatte es Graham als Bankmanager vorgezogen, so zu tun, als seien sie verheiratet. Warum sollte er dem bigotten Klatsch Nahrung geben, in dem die spießigen Nachbarn gern schwelgten?

Es machte einfach keinen guten Eindruck, wenn ein 45jähriger, erst kürzlich geschiedener Vater von drei Kindern mit einer hübschen, 21 Jahre alten Angestellten seiner Bankfiliale ohne Trauschein zusammenlebte.

Denn Mungo Park Way, bei Orpington in Kent, war ein typischer Vorort. Die Fenster waren auch tagsüber mit Stores verhängt, und die Rasenflächen waren immer akkurat gemäht. Man legte Wert auf eine Fassade von Ehrenhaftigkeit und Korrektheit, was sich auch immer dahinter verbergen mochte.

Graham Philpotts Haus war ein klassisches Beispiel für die Architektur der frühen 70er Jahre: funktional, praktisch und ohne jeden Stil. Die Garage war direkt an das Haus angebaut, was in Mungo Park Way eine nützliche Sache sein konnte.

Jetzt waren Graham und Gillian also endlich verheiratet. Nach zwei fehlgeschlagenen Ehen wollte Graham noch einmal von vorne anfangen. Und mit Gillian fühlte er sich wieder um vieles jünger.

Sie ihrerseits band sich mit einer tadellosen Vergangenheit an einen mehr als doppelt so alten Mann. So war es verständlich, daß ihre Eltern nicht gerade begeistert von der Heirat waren.

Ihr Vater, Polizeibeamter im Ruhestand, nahm es philosophisch. »Sie scheinen glücklich zu sein«, meinte er nur. Gillian war alt genug, um selbst zu entscheiden, wen sie heiratete.

Als das Brautpaar die Hochzeitsparty verließ, wurde es von wenigen Verwandten und Freunden fröhlich verabschiedet. Gillian sah in ihrem schulterfreien Hochzeitskleid mit Spitzenschleier atemberaubend gut aus. Abgesehen davon war sie sowieso eine attraktive Frau mit markanten Gesichtszügen, die man entweder besonders reizvoll fand oder überhaupt nicht mochte.

Immer war sie tadellos gekleidet und versprühte auf enthusiastische Art ständig und überall Fröhlichkeit. Durch ihr geselliges Verhalten hatte sie auch die Aufmerksamkeit ihres Kollegen Graham auf sich gezogen. Dessen Haare lichteten sich schon, und er trug immer einen Anzug desselben Stils, meist aus grauem Flanell. Er sah aus wie ein typischer Bankmanager.

Bereits einige Monate, nachdem Gillian bei der Bank angefangen hatte, waren sie ein festes Paar. Sie hielten sich in der Öffentlichkeit an der Hand und küßten und umarmten sich, wenn sie jeden Tag im selben Vorortszug morgens in die Stadt und abends wieder zurückfuhren. Niemand hatte etwas dagegen, solange es ihre Arbeit nicht beeinträchtigte – und daß Letzteres nicht eintrat, dafür sorgte Graham schon.

Nach fünf Jahren hatte Gillian ihn nun endlich davon überzeugt, daß sie genauso gut heiraten könnten. Inzwischen hatten sie gelernt, zusammenzuleben, die Gewohnheiten des anderen zu akzeptieren und seine Gesellschaft zu schätzen. Wahrscheinlich waren sie viel besser auf die Ehe vorbereitet als die meisten anderen Paare. Aber obwohl sie schon so lange zusammengelebt hatten, bedeutete die Heirat für Graham und Gillian doch etwas Besonderes. Sie wollten, daß die Zeremonie so verlief, daß sie ihnen als ein Moment großen Glücks in Erinnerung bleiben würde. Graham und Gillian waren denn auch in einer Stimmung der Vorfreude, als Gillians Schwester Janet nur ein paar Tage vor der Hochzeit in Tränen aufgelöst bei ihnen erschien. Beiden tat es gerade jetzt besonders leid, sie in solchem Kummer zu sehen, und selbstverständlich boten sie ihr Trost und Hilfe an.

Für Janet war eine besonders intensive Liebesbeziehung zu Ende gegangen, und sie sah ihr ganzes Leben in Scherben liegen. Es war nur natürlich, daß sie sich trostsuchend an ihre Zwillingsschwester wandte.

Gillian und Janet sahen nicht absolut identisch aus, aber ihre Gesichtszüge waren sich doch erstaunlich ähnlich, Nase, Augen, Mund und die Gesichtsform glichen sich. Traf man diejenige Schwester auf der Straße, die man nicht kannte, war man sicher, sie vorher gesehen zu haben.

Sie zogen sich nicht gleich an, denn sie verabscheuten die übliche Verpflichtung, der so viele Zwillinge zu unterliegen schienen. Gillian und Janet sahen sich ganz bewußt als Individuen und wollten als solche behandelt werden.

Eher fühlten sie sich dazu angespornt, aus eigener Kraft erfolgreich zu sein, gerade weil sie Zwillinge waren. Während ihrer Kindheit hatten sie darunter gelitten, daß alle Welt von ihnen erwartete, daß sie sich wie Zirkusclowns aufführten. Die Leute versuchten meist, aus zwei Personen eine zu machen. Beide ärgerten sich darüber so sehr, daß sie sich gegenseitig versprachen, später mit ihren eigenen Kindern anders umzugehen.

Es war also nicht erstaunlich, daß Gillian und Janet als Erwachsene eigene Wege gingen. Doch trotz des Abstands, den sie voneinander hielten, hatte Janet den gleichen Beruf wie ihre Schwester und arbeitete sogar bei derselben Bank, nur in einer anderen Filiale.

Daher verwunderte es die Hochzeitsgäste an diesem Tag nicht, als Janet bei ihrer Schwester und ihrem frisch angetrauten Ehemann auf dem Rücksitz der Limousine Platz nahm. Der Chauffeur fuhr die drei direkt zum Flughafen London.

Gillian war erleichtert gewesen, daß Graham keine Einwände gegen ihren Vorschlag erhoben hatte, Janet in ihre Flitterwochen auf dem wunderschönen Bali mitzunehmen. Ihre Schwester würde ihnen den Urlaub bestimmt nicht verderben. Vielleicht wäre es sogar nett, weibliche Gesellschaft zu haben. Graham konnte manchmal fürchterlich gesetzt und langweilig sein, und nach allem, was sie gehört hatte, war Bali einfach traumhaft. Es sah so aus, als würde dies die Reise ihres Lebens werden.

Anfangs war Graham Philpott von dem Vorschlag seiner Frau schon ein wenig befremdet gewesen. Es irritierte ihn, daß sie gerade diese romantischen Ferien nicht alleine verbringen würden. Aber als Gillian ihm klarmachte, welche Qualen ihre Schwester durchlitt, sah er ein, daß es herzlos wäre, ihren Wunsch abzulehnen. Außerdem würde Janet bereits nach 14 Tagen wieder nach London zurückkehren, so daß sie noch eine ganze Woche für sich allein hätten.

Als sie auf ihrem Flug ins Paradies nebeneinander im Flugzeug saßen und sich unterhielten, betrachtete Graham Janet genauer. Die beiden Zwillingsschwestern sahen sich tatsächlich sehr viel ähnlicher, als er anfangs wahrgenommen hatte. Wenn man sich mit Janet unterhielt, war es, als redete man mit einer anspruchsvolleren Version von Gillian. Janets Gesichtszüge waren auch nicht ganz so hart. Sie gab sich lässiger und gleichzeitig damenhafter in der Art, wie sie sich anzog und benahm. Prüfend musterte Graham die Figur Janets, ihre Haltung, ihre Aufmachung. Es waren ihre Augen, die ihn am meisten beeindruckten. Sie hatten etwas Einladendes, und manchmal glaubte er bei ihrem Blick, sie könne seine Gedanken lesen.

Janet besaß etwas, was ihrer Schwester fehlte. Graham war sich nicht sicher, was es war, aber er wollte es gerne herausfinden.

Graham und Gillian bewohnten die Flitterwochensuite. Das Hotel war äußerst luxuriös. Jederzeit standen ihnen freundliche Dienstboten zur Verfügung, Essen, Getränke und sogar Massagen. Dazu strahlte den ganzen Tag die Sonne.

Abends gingen die beiden Neuvermählten barfuß den endlosen, palmengesäumten Strand entlang, und der goldene Sand knirschte leise unter ihren nackten Füßen.

Bali ist oft als ein »Morgen im Paradies« bezeichnet worden. Und es ist ohne Zweifel eine bezaubernde Insel und einer der magischsten Orte der Welt. Eingestreut zwischen Palmenhainen liegen winzige Dörfer, in denen die Balinesen zahllose Tempel zu Ehren ihrer vielen Götter gebaut haben. Jeden Abend nach Sonnenuntergang finden traditionelle balinesische Tänze statt. Die Insel ist wirklich der ideale Ort zum Entspannen und bestens geeignet, um dort die Flitterwochen zu verbringen.

Die Neuvermählten langweilten sich nie, ständig gab es etwas Schönes zu unternehmen. Und dann war da ja auch noch Janet. Sie war fröhlich, machte Scherze und spielte eine Art Hostessenrolle für die beiden Liebenden. Sobald sie das Gefühl hatte, im Weg zu sein, verschwand sie und ließ Graham und Gillian allein.

Je weiter die Flitterwochen voranschritten, desto häufiger bestanden Graham und Gillian darauf, daß Janet ihnen Gesellschaft leistete. Sie wollten ihr Bestes tun, damit sie sich wohl fühlte, schließlich waren es auch ihre Ferien.

So wurde Janet zu einem wichtigen Teil aller Unternehmungen. Keine Mahlzeit fand ohne sie statt. Alle drei lachten und scherzten über dieselben Dinge, und ihr Verhältnis war ausgesprochen harmonisch.

Graham war allmählich überzeugt davon, daß durch Janets Gegenwart diese schöne Zeit sogar noch angenehmer wurde. Eigentlich machte sie das Zusammensein mit Gillian noch erfreulicher.

Jedenfalls tauchte sie immer häufiger in seinen Gedanken auf, er konnte gar nichts dagegen tun. Jedesmal wenn er Gillian ansah, sah er gleichzeitig Janet. Vielleicht war es auch nur, weil sie sich so sehr ähnelten.

Anfangs tat er es als natürliche Zuneigung zur Schwester seiner Frau ab. Sie waren Zwillinge, war es also nicht selbstverständlich, daß er sie beide attraktiv fand? Er beobachtete

Janet, wie sie in den Swimmingpool tauchte. Jedes winzige Detail ihres Körpers erforschte er mit seinem Blick, und ständig verglich er Janet mit Gillian.

Janet hatte eine bessere Haltung, ihre Brüste waren fester und ihr ganzer Körper schien wohlgeformter.

Sowohl Graham als auch Gillian tat es leid, daß Janet nun bald zurückfliegen würde. Beide genossen ihre Gesellschaft sehr, nur aus völlig anderen Gründen.

Sie beschlossen, am Abend vor ihrer Abreise besonders gut essen zu gehen. Es war ein bißchen wie eine Abschiedsparty. Gillian war traurig. Die Gesellschaft ihrer Schwester würde ihr fehlen während dieser langen, heißen, sonnigen Tage am Strand.

Die drei saßen in einer Ecke des Restaurants, und Graham brachte einen Toast auf seine Schwägerin aus. Janet lächelte ihn daraufhin herzlich an. Er schaute ihr tief in die Augen, dankbar für ihr strahlendes Lächeln, denn diese Reaktion bedeutet ihm sehr viel. Gillian stutzte. Stirnrunzelnd sah sie Graham an, doch dann tat sie ihren kurz aufkeimenden Verdacht als lacherlich ab, und die Abschiedsparty ging in gelöster Stimmung weiter.

Graham erzählte einen Witz, und beide Schwestern lauschten aufmerksam jedem seiner Worte. Nach der Pointe lachten beide herzlich, und Janet faßte nach Grahams Arm. Sie war einfach froh, daß ihr Schwager ein so netter Mensch war, immerhin gehörte er jetzt zur Familie.

Als ihre Hand sanft seinen Arm drückte, war es daher nur ein Zeichen der Zuneigung zu ihrem neuen Verwandten – aber für Graham bedeutete es mehr. Er hielt es für den Beweis, daß Janet dasselbe für ihn empfand, wie er für sie.

Wenn sonst irgend jemand seinen Arm auf diese Art gedrückt hätte, er hätte sich nichts dabei gedacht, aber da sie es war, mußte es etwas bedeuten. Sie flirtete bewußt mit ihm, Graham konnte es in seinem Gefühlszustand nicht anders deuten.

Janet hatte nicht die mindeste Ahnung, was Graham in diesem Moment dachte, sonst hätte sie bestimmt nicht ein paar Minuten später unabsichtlich mit ihrer Schuhspitze sein Bein berührt. Es war eine zufällige, völlig harmlose Bewegung, keinesfalls ein Zeichen von Zuneigung. Um jedoch nicht grob zu erscheinen, zog sie erst nach und nach ihren Fuß wieder zurück.

Bei Graham rief die Berührung an seinem Bein einen völlig anderen Eindruck hervor. Er sah dies als den nächsten Versuch, ihm zu sagen, daß er ihr gefiel, daß sie es nicht erwarten konnte, ihn in England wiederzusehen, damit sie sich in einer wilden, leidenschaftlichen Umarmung finden konnten.

Er hob die Augen und sah sie an, als ihre Schuhspitze einen Moment auf seinem Bein ruhte. Verständnisvoll lächelte er sie an, vorsichtig, damit Gillian es nicht bemerkte. Als Janet den Ausdruck in seinem Blick sah, zog sie sofort ihren Fuß zurück, aber es war schon zu spät.

Grahams verhängnisvolle Leidenschaft hatte begonnen.

Am nächsten Morgen waren alle drei in melancholischer Abschiedsstimmung. Graham und Gillian fuhren beide mit zum Flughafen, um Janet zu verabschieden. Es war, als würden sie einer Verwandten Lebewohl sagen, die auf die andere Seite der Welt auswanderte, und nicht einer Schwester, die sie schon in sieben Tagen wiedersehen würden.

Gillian hatte es eigentlich überflüssig gefunden, Janet zum Flughafen zu bringen, aber Graham hatte darauf bestanden. Er sagte zu seiner Frau, daß er von ihr dasselbe erwarten würde, wenn die Situation umgekehrt wäre. Aber das war nur ein Vorwand. Er empfand jetzt glühende Leidenschaft für Janet und hätte jedes Mittel benutzt, nur um eine weitere Stunde in ihrer Gesellschaft zu verbringen, neben ihr im Taxi zu sitzen, ihr Parfüm zu riechen, sie lächeln zu sehen, zu fühlen wie ihr Bein das seine streifte und vielleicht sogar beim Abschiedskuß ihre Lippen zu spüren.

Als Gillian ihre Schwester herzlich auf die Wange küßte, bevor sie durch die Paßkontrolle ging, spürte Graham in sich die Erregung wachsen, während er die Umarmung und den Kuß schon fühlte, den er gleich erhalten würde. Es war seine erste Gelegenheit, Janet in den Armen zu halten.

Als schließlich die Reihe an ihm war, auf Wiedersehen zu sagen, fühlte er sich wie ein Schuljunge, der gleich seinen ersten Kuß erleben würde. Nach all den Tagen und Nächten des Phantasierens sah er sich nun plötzlich der Realität gegenüber. Er war verlegen und unbeholfen, und beinahe war ihm die Situation peinlich.

Er beugte sich hinunter, um Janet sanft auf die Wange zu küssen und wünschte sich gleichzeitig sehnlichst, seinen Mund zu ihren Lippen zu führen, die mit genau dem richtigen Ton roten Lippenstifts betont waren. Er war sicher, daß ihr Mund einen Moment lang in Erwartung bebte – aber er konnte nicht mehr tun, als ihre Wange mit seinen Lippen streifen. Gillian sah zu, in vollkommener Unwissenheit über die Gefühle ihres Mannes. Eine kurze Sekunde lang verharrte Graham mit seinen Lippen dicht an Janets Wange und sog ihren Duft ein. Dann – bei dem Gedanken an seine junge Braut, die daneben stand – löste er sich und machte einen Schritt zurück. Gillian hatte nichts Auffälliges bemerkt.

Als Janet durch den Zoll ging, sahen beide ihr nach. Sie ahnte nicht, welch tiefgreifende Wirkung sie schon auf das Leben der beiden gehabt und welche Tragödie sie ohne Absicht in Gang gesetzt hatte.

Graham war immer unheilbar romantisch gewesen, und von jetzt ab war er noch mehr von seiner Phantasie in Anspruch genommen. Wenn Gillian sich mit einer Bemerkung oder Frage an ihn wandte, hörte er es oft gar nicht, er war wie in Trance. Aber dies hier war kein Traum. Er war in den Flitterwochen – und gleichzeitig völlig von einer anderen Frau gefangengenommen.

Graham riß sich aus seiner Benommenheit. »Laß uns einen Drink an der Flughafenbar nehmen.«

Er hatte diesen Vorschlag mit einem Hintergedanken geäußert, denn er wollte unbedingt dabeisein, wenn Janets Flugzeug abhob. Wie ein Kind, das ein riesiges Flugzeug sich in den Himmel erheben sieht und auf ein Winken aus einem der winzigen runden Fenster wartet, glaubte Graham, sie könnte herausschauen und ihn dort unten sehen.

Er fing schon an, jeden Sinn für die Realität zu verlieren, wußte er doch nicht einmal, auf welcher Seite des Flugzeugs sie saß. Wie um alles in der Welt sollte sie ihn sehen können? Aber solche Zweifel hatten für Graham keine Bedeutung.

In betrübtem Schweigen saßen er und Gillian an einem Tisch in der Bar. Grahams Augen wandten sich jedesmal der Rollbahn zu, wenn die Motoren eines Flugzeugs kurz vor dem Abheben aufheulten. Da er eine Sonnenbrille trug, bemerkte Gillian seine außergewöhnliche Aufmerksamkeit aber kaum.

Schließlich tauchte Janets Flugzeug auf dem Rollfeld auf. Graham sah, wie die Motoren es vorwärtstrieben, schneller und schneller auf das Ende der Rollbahn zu. Für den Bruchteil einer Sekunde schien seine Bewegung unterbrochen zu sein, und Graham hielt angstvoll den Atem an. Es würde doch keine Katastrophe geben … bitte, mein Gott, nein. Aber die kurze Verzögerung war ein normaler Vorgang beim Starten, und Grahams Anspannung löste sich, als das Flugzeug abhob und gleichmäßig an Höhe gewann.

Er starrte durch seine Sonnenbrille, bis die Maschine aus seinem Blickfeld verschwunden war. Ihm war zumute, als drehte sich sein Magen um. Eine ganze Woche lang würde er sie nicht sehen, er wußte nicht, wie er das durchstehen sollte. Sein Schmerz war so groß, daß er sich krümmte.

Gillian sah ihn besorgt an. Zum Glück konnte sie hinter der dunklen Sonnenbrille seine Augen nicht sehen, sonst hätte sie Tränen darin entdeckt.

Graham hielt sich ein Taschentuch vors Gesicht und schnaubte kräftig. Seine Frau hatte Mitleid mit ihm, denn sie hielt sein Verhalten für die Reaktion auf einen plötzlichen Heuschnupfenanfall.

In dieser Nacht lag Graham Philpott hellwach neben Gillian im Bett. Sie war schon lange eingeschlafen, aber er kam nicht zur Ruhe.

Er sah Janet vor sich, jede Minute, jede Sekunde. In ihrem Bikini stand sie an der Bar, ein Lächeln im Gesicht. Sie winkte ihm zu, umarmte ihn, ihre Finger glitten über seine Brust.

Graham hatte keinen Appetit mehr. Gillian erzählte er etwas von einer Magenverstimmung. Aber er wußte genau, daß sein Appetit in dem Moment zurückkehren würde, in dem er Janet wiedersähe.

Er war angespannt und nervös, konnte es nicht erwarten, der Zwillingsschwester seiner Frau erneut gegenüber zu stehen, sie in seinen Armen zu spüren, sie zu lieben.

Nachdem er in der heißen Balinacht stundenlang wachgelegen hatte, schlüpfte Graham vorsichtig aus dem Bett. Die einzigen Geräusche waren das ständige Summen der Klimaanlage und das Zirpen der Grillen.

Graham schlich zu dem kleinen Sekretär und nahm das Hotelbriefpapier hervor. Er starrte aus dem Fenster, während er versuchte, seine Gedanken in Worte zu fassen. Nach einigen Minuten begannen die Sätze zu fließen.

»Als ich Dich ansah, war Dein Blick so wundervoll, während ich Deine Wange streifte.«

Einen Moment lang hielt er inne und überlegte, ob das, was er geschrieben hatte, einen Sinn ergab. Dann fuhr er fort:

»Es war ein so zärtlicher Ausdruck in Deinen Augen, und ich glaube, das muß wohl das erste Mal gewesen sein, daß ich ganz sicher wußte, daß ich mich total in Dich verliebt hatte.«

Es war ein ungeschickter Satz, aber sie würde wissen, was er meinte.

Graham Philpott schrieb stundenlang. Er vertiefte sich so darin, daß er sich nicht einmal mehr sorgte, was er Gillian sagen würde, wenn sie aus ihrem Schlaf erwachen sollte. Das Bett stand nur etwa drei Meter von ihm entfernt.

Glücklicherweise schlief sie jedoch fest, ohne die geringste Ahnung von dem leidenschaftlichen Liebesbrief zu haben, den ihr Ehemann währenddessen an ihre Zwillingsschwester schrieb.

Janet war nicht am Flughafen, um sie abzuholen. Das war die erste Enttäuschung. Er wünschte sich so sehr, sie zu sehen. Er brauchte sie so sehr. Aber wenigstens hatte er die Briefe, die er ihr geben konnte.

Dann war sie nicht zu Hause, als er versuchte, sie anzurufen.

Vielleicht wollte sie ihn gar nicht? War es möglich, daß ihre Loyalität gegenüber ihrer Schwester größer war als ihre Gefühle für ihn?

Graham war beunruhigt. Er wollte keine von beiden aufgeben. Aber falls er wählen müßte, so hatte er schon beschlossen, daß Janet an erster Stelle käme. Sie mußte einfach seine Geliebte werden, und er glaubte fest daran, daß die Erfüllung seiner Sehnsucht nur eine Frage der Zeit wäre.

Dann geschah etwas, das seine wildesten Phantasien zu bestätigen schien. Janet fragte, ob sie bei ihnen im Haus wohnen könne. Die Trennung von ihrem langjährigen Freund hatte eine traumatische Wirkung auf sie gehabt, sie würde damit allein nicht fertig und brauchte Gesellschaft. Für Gillian als Schwester war es selbstverständlich, Janet aufzunehmen.

Graham konnte seine Aufregung kaum verbergen. Als Janet eines Abends bei ihnen eintraf, trug er alle ihre Taschen die Treppe hoch in das Gästezimmer und verteilte sie sorgfältig und liebevoll im Zimmer.

Janet war überrascht. Normalerweise machten sich Männer nicht solche Mühe. Aber sie dachte nicht weiter darüber nach.

Ihr aufkommender Argwohn an dem Abschiedsabend in Bali war längst vergessen, und im Moment war sie nur dankbar, daß die beiden sie aufgenommen hatten. Ihr kam gar nicht in den Sinn, daß Graham ernstlich in sie verliebt sein könnte. Gillian hatte dagegen bereits den Eindruck, daß das Verhältnis zwischen ihnen allen sich irgendwie verändert hatte.

Einige Wochen später nahmen sie eine Einladung zur Party eines Nachbarn an. Es war eine seltene Freude für die

Zwillinge; Graham saß das Geld nicht gerade locker, und die Gelegenheit, sich feinzumachen, gab es höchstens ein- oder zweimal im Monat. Als Janet in einem hübschen roten Kleid die Treppe herunterkam, sah Graham von der Diele aus zu ihr hinauf.

»Janet ... du siehst großartig aus. Was für ein hübsches Kleid. Du hast es wirklich raus, dich schönzumachen!«

Er lächelte bewundernd, und sein Blick haftete wie ein Magnet an ihrem Körper, als sie sich einmal im Kreis drehte, um das Kleid zur Wirkung zu bringen.

Kompliment über Kompliment entströmte seinem Mund, während Gillian neben ihm stand. Zu ihr hatte er nicht ein einziges Wort über ihr Aussehen gesagt. Sie war verletzt und fühlte sich vernachlässigt, aber noch führte sie sein taktloses Benehmen auf Gedankenlosigkeit zurück.

Parties in Orpington waren im allgemeinen eine recht seriöse und langweilige Angelegenheit, und als Gillian, Graham und Janet in der Doppelhaushälfte ihres Nachbarn auftauchten, brachten sie eine Brise frischen Wind in die öde Runde. Die Männer waren in der Mehrzahl, und die meisten von ihnen schon mittleren Alters.

Gepflegt, aber sexy gekleidet, zogen die beiden Schwestern eine Reihe begehrlicher Blicke auf sich. Graham genoß die Aufmerksamkeit. Er fühlte sich, als würden ihm nun die beiden hübschesten Mädchen des Orts gehören.

Es kamen immer mehr Gäste, und die Party kam in Schwung. Die Gastgeber stellten die Musik lauter, und die Lieder der 60er Jahre ließen in Graham viele emotionsgeladene Erinnerungen aufsteigen, während er zusah, wie einige Paare im vorderen Zimmer tanzten. Der Alkohol hatte das sonst so gesetzte Vorstadtverhalten aller aufgelockert, und man schien sich tatsächlich sehr gut zu amüsieren. Gillian schlenderte in einen anderen Raum, um mit einer Freundin zu reden, so daß Graham mit Janet allein blieb. Einen Moment lang herrschte verlegenes Schweigen. Er fand keine Worte. Seine Liebe zu ihr war so überwältigend, daß ihm nichts mehr einfiel. Alles hätte lächerlich geklungen. Aber er konnte auch schlecht inmitten einer überfüllten und lebhaften Party mit den Worten »Ich liebe dich« herausplatzen. Janet legte sein Schweigen als Schüchternheit aus, daher entschloß sie sich, das Eis zu brechen.

»Wollen wir tanzen?«

Die Frage war vollkommen unschuldig gemeint, aber so vernarrt wie Graham in Janet war, klang sie wie eine wundervolle Bestätigung seiner kühnsten Träume.

Dabei würden sie nicht einmal eng zusammen tanzen, das hätte Janet gar nicht in Erwägung gezogen; denn inzwischen wußte sie, daß er für sie schwärmte, es war einfach nicht mehr zu übersehen. Sie hoffte nur, daß sich das wieder legen würde.

Während sie tanzten, registrierte Graham hingebungsvoll jede ihrer Bewegungen. Er war wie gebannt vom Drehen ihrer Hüften und der Bewegung ihrer Schenkel und konnte seine Augen nicht von ihr lassen. Wie viele Männer tanzte er sehr verhalten, und sie hatte keine Ahnung, daß er ihren sich zum Rhythmus der Musik bewegenden Körper beobachtete, während er sie begehrte und sich vorstellte, wie sie einander leidenschaftlich liebten. Aber als sie ihn dann ansah, offenbarten seine Augen alles. Sein Blick hatte etwas Sengendes, und obwohl sie ihm seinen Alkoholkonsum als Entschuldigung zugutehielt, fühlte sie sich unwohl. Sie mochte es nicht, von einem Mann derart angestarrt zu werden, schon gar nicht von ihrem Schwager.

Für Graham gab es nun kein Zurück mehr.

Wenn man von einer verzehrenden Liebe besessen ist, verliert man den Blick für die Realität. Das normalste Verhalten legt man als bedeutungsvoll aus und sieht in jeder Bewegung einen Beweis für die Zuneigung des anderen.

Später nahm Graham für Janet eine Kassette auf und schrieb die folgenden Worte über diesen schicksalhaften Tanz: »Es war das erste Mal, daß ich Gelegenheit hatte, mit Dir zu tanzen, wie ich es mir schon so lange so sehr gewünscht hatte. Mein Gott, ich kann es immer noch fühlen. Ich glaube, es war der schönste Tanz, den ich je erlebt habe.

Ich bewegte mich in der Art, wie Dein Körper sich bewegte, und antwortete auf jede Deiner Regungen. Wenn irgend jemand meine Augen beobachtet hätte, dann hätte er gewußt, wie sehr ich Dich liebe.«

Auch für Gillian Philpott wurden die Zeichen nun allzu offensichtlich. Sie hatte die gute Samariterin gespielt und ihre Schwester bei sich wohnen lassen; jetzt wurde ihre Gastfreundschaft mißbraucht, und Janet begann eine Affäre mit ihrem Ehemann. Gillian konnte sich einfach nicht vorstellen, daß die Beziehung nur einseitig war, und so entwickelte sich in ihr ein zerstörerischer Haß auf die beiden.

Es war Dezember 1989, Gillian war erst seit einem Jahr verheiratet, und schon wünschte sie manchmal, sie hätte die Ehe niemals geschlossen. Alles ging seitdem schief.

Die Heirat war für beide nur eine Formalität gewesen, die ihrer Liebe und ihrem Zusammenleben einen offiziellen Charakter geben sollte. Sie erwarteten dadurch keine Veränderungen, aber jetzt schien es, als sei mit dem Trauschein ihr Schicksal besiegelt worden. Mit ihrer Beziehung ging es bergab, seit sie von ihren Flitterwochen zurückgekehrt waren. Graham wurde ihr gegenüber immer unaufmerksamer, während er Janet ständig mit Lob überhäufte.

Und dann kam es vor, daß Gillian ein Zimmer betrat, in dem Graham und Janet sich aufhielten, und sofort herrschte Schweigen, als hätten die beiden bis zu diesem Moment Heimlichkeiten ausgetauscht. Beim gemeinsamen Essen reagierte Graham auf alles, was Janet sagte, mit größter Aufmerksamkeit und sah ihr dabei tief in die Augen. Gillian saß daneben, als störe sie nur.

Auch nachts im Bett hatte Graham kein Interesse mehr an ihr. Gillian kam zu dem gleichen Schluß, zu dem Tausende von Frauen auf der Welt jeden Tag kommen. Sie war überzeugt, daß er etwas mit einer anderen Frau haben müsse –, und sie glaubte, daß diese Frau Janet war.

Aber bis jetzt hatte sie keinen Beweis dafür. Niemals hatte sie gesehen, daß die beiden sich berührten, sich küßten oder gar mehr. Die Qual der Ungewißheit erschien ihr am schlimmsten. Wenn sie es erst einmal sicher wüßte, könnte sie wenigstens versuchen, ihr Leben neu zu gestalten und einen anderen Mann zu finden. Sie konnte noch einmal von vorne anfangen, sie war erst 27, bei weitem jung genug, um einen neuen Mann kennenzulernen, der sie heiraten und glücklich machen würde. Aber ohne Beweis war es schwierig, die Sache überhaupt anzusprechen.

Einmal nahm sie sich ein Herz, als sie mit Janet allein war, während Graham draußen das Auto wusch.

»Hast du eine Affäre mit ihm? Sag mir die Wahrheit.«

Janet war völlig überrascht. Sie hatte nicht geahnt, was in ihrer Schwester vorging. Ihr war wohl klar, daß Graham irgendwie für sie schwärmte, aber das fand sie albern und nicht der Rede wert. Für sie selbst kam es überhaupt nicht in Frage, mit ihm eine Beziehung anzufangen. Und sie hatte Graham auch nicht ein einziges Mal ermutigt. Was sich in seinem Kopf abspielte, war eine andere Sache.

Sie versicherte Gillian, daß sie sich keinerlei Sorgen machen müsse, was auch immer sie befürchtete.

Trotzdem hatte Janet Angst davor, daß die Atmosphäre im Haus sich von nun an verschlechtern würde. Gillian beobachtete das Verhalten der beiden weiterhin mißtrauisch und wartete auf einen Hinweis, der ihre Vermutung bestätigte. Sie war immer mehr überzeugt davon, daß ihre Schwester log. Wie konnte Graham dermaßen verliebt in sie sein, wenn sie seine Gefühle nicht erwiderte?

Die Gedanken an ein mögliches Verhältnis der beiden gingen Gillian nicht mehr aus dem Kopf.

Janet und Graham hatten das Haus verlassen, um zusammen Weihnachtseinkäufe zu machen. Unterwegs würden sie jede Gelegenheit haben, sich ihre Zuneigung zu zeigen, sich anzufassen, sich womöglich zu küssen und sich ihre gegenseitige Liebe zu beteuern. Vielleicht versprach Graham Janet sogar, daß er seine Frau verlassen würde?

All diese Gedanken gingen Gillian durch den Kopf, als sie

nachmittags allein im Haus saß. Sie mußte jetzt einfach wissen, ob ihr Verdacht begründet war. Ihr Mißtrauen quälte sie, und diese Qual konnte sie nicht mehr ertragen. Es mußte einen Weg geben, um die Wahrheit herauszufinden.

Entschlossen ging sie hinauf in Janets Schlafzimmer. Sie hatte keine Schuldgefühle, als sie systematisch die Taschen ihrer Schwester durchwühlte. Es mußte einen Beweis geben – irgendeine Spur dafür, daß die beiden etwas miteinander hatten. In einem Koffer fand sie unter einem Haufen Kleider einen Briefumschlag, in dem sich eine Karte befand. In Gillians Kopf formten sich die Worte: »Das ist es!«

Die Außenseite der Doppelkarte sah wie eine ganz normale Weihnachtskarte aus, aber drinnen stand klar und deutlich: »Für meinen Liebling. Ich wünsche Dir zu Weihnachten alles Gute. Ich bin so glücklich, mein Leben nun immer mit Dir verbringen zu können.«

Gillian begann zu weinen. Jetzt, wo sie die Wahrheit herausgefunden hatte, tat es ungeheuer weh. Vielleicht hätte sie doch nicht danach suchen, hätte weiter in der Hoffnung leben sollen, daß ihre Ehe noch zu retten wäre. Jetzt war sie mit den Tatsachen konfrontiert, und alles lag unwiederbringlich in Scherben. Aber sie hatte es ja unbedingt wissen wollen.

Die Tränen strömten über ihr Gesicht. Das Gefühl, betrogen worden zu sein, tat unendlich weh. Aber sie mußte sich zusammennehmen, denn jetzt wollte sie gleich diese niederträchtigen Heuchler mit dem Beweis ihres Betruges konfrontieren.

Gillian ging wieder hinunter und wartete darauf, daß die beiden von ihrem Einkaufsbummel zurückkämen. Dann würde sie es ihnen zeigen. Sie würde ihnen sagen, was sie von ihnen hielt, und herausfinden, wie es weitergehen solle.

Endlich hörte Gillian, wie sie den kurzen Gartenweg zum Haus entlang kamen. Janet lachte. Offensichtlich erzählte Graham ihr etwas, und wie immer reagierte sie voller Herzlichkeit darauf. Gillian beobachtete die beiden durch die Stores, und Wut stieg in ihr auf; die zwei sahen so glücklich zusammen aus.

Als sie hörte, wie der Schlüssel im Schloß der Vordertür gedreht wurde, bereitete sie sich innerlich auf ihren Angriff vor. Dieses Mal konnten sie es nicht leugnen. Was konnte diese Weihnachtskarte anderes sein als ein Zeichen ihrer Liebe zueinander.

Janet und Graham sahen auf und lächelten, als Gillian in der Diele auf sie zukam. Aber sie merkten sofort, daß etwas nicht in Ordnung war. Gillian war dunkelrot vor Wut. Die Tränen hatten schon lange aufgehört zu fließen, ihren Platz hatten Wut und Zorn eingenommen. Jetzt war der Moment gekommen.

»Janet muß aus dem Haus!«

Janet war wie vor den Kopf geschlagen. Wie konnte ihre Zwillingsschwester, ihr eigenes Fleisch und Blut, so etwas sagen?

Graham war nicht überrascht. Er hatte gewußt, daß es eines Tages so weit kommen würde. Jetzt trieb er die Sache auf die Spitze und nahm damit Gillian den Wind aus den Segeln.

»Dann mußt auch du gehen.«

Seine Stimme war ruhig und gefaßt. Die Worte klangen fast sanft, aber sie hatten einen drohenden Unterton.

Graham drehte den Spieß um. Jetzt sah es so aus, als wäre Gillian diejenige, die etwas Unrechtes tat.

Einige Sekunden lang starrten die drei sich schweigend an.

Die Wut, die sich in Gillian angestaut hatte, verwandelte sich in Furcht – Furcht davor, ihr Zuhause und ihren Ehemann zu verlieren. Tief in ihrem Herzen hatte sie doch noch gehofft, daß sie durch diese Konfrontation Janet aus dem Haus treiben und dann mit Graham noch einmal von vorne anfangen könne.

Aber jetzt war ihr Bild von den Geschehnissen auf den Kopf gestellt. Sie war verwirrt. Sie wußte, daß sie im Grunde ihres Herzens Graham noch immer liebte, was auch mit ihrer Schwester geschehen sein mochte.

»Bitte, Graham, ich liebe dich, bleib bei mir«, bat sie ihn. »Mach Schluß mit Janet.«

Gillian war jetzt völlig verzweifelt. Ihre Schwester war nach oben gerannt, um ihre Sachen zu packen, und hatte das Paar allein gelassen.

»Von mir aus kannst du Affären haben, so viel du willst, wenn ich dir nicht genüge. Aber du wirst nie wieder eine Frau finden, die all das für dich tut, was ich getan habe.«

Gillian wurde jetzt hysterisch. Ihr Gesicht verzerrte sich, krampfhaft bemühte sie sich, nicht zu weinen.

»Ich werde alles tun, was du willst, damit unsere Ehe bestehen bleibt. Du mußt mir glauben. Ich liebe dich so sehr.«

Graham Philpott reagierte nicht auf ihre Bitten. Statt dessen sagte er nur kalt: »Ich möchte, daß wir uns scheiden lassen.«

Doch vorerst ließ Graham seine Frau weiterhin im Haus wohnen. Sie mußte allerdings in das Gästezimmer ziehen, in dem vorher ihre Schwester Janet geschlafen hatte. Allen Nachbarn in Mungo Park Way schienen Graham und Gillian in diesem Dezember so eng miteinander verbunden zu sein wie eh und je. Sie gingen auf einige Parties in der Gegend und wirkten wie ein normales Ehepaar. Niemals verrieten sie, daß ihre Ehe eigentlich zerbrochen war.

Janet hatte das Haus am Tage ihrer großen Auseinandersetzung verlassen. Von der ganzen Episode war sie genauso verletzt wie amüsiert. Graham überschüttete sie weiterhin mit Karten und Briefen. Seine obsessive Liebe war durch die Szene im Haus in keiner Weise gedämpft worden, vielmehr machte er sich Gedanken über eine Zukunft mit Janet. In einer seiner vielen Karten stand: »Danke für das schöne Jahr, das Du mir geschenkt hast. Es ist wunderschön, mit Dir zusammenzuleben.« Unterschrieben hatte er mit »Dein Dich liebender Graham«.

Gillian und Graham verstellten sich weiter vor ihrer Umgebung. Sie täuschten jeden und ließen alle in dem Glauben, daß sie so glücklich wie immer waren.

Der Weihnachtstag war eine Katastrophe. Sie sprachen

kaum miteinander. Diese Tage im Jahr, die eine besondere Zeit der Freude sein sollten, wurden für Graham und Gillian zu einer Zeit des Schweigens.

Die einzige Unterbrechung der schrecklichen Situation in ihrem Heim waren für beide die Gesellschaften, die sie in der Gegend besuchten. Kaum waren sie auf einer Party angekommen, trennten sie sich und gesellten sich zu unterschiedlichen Gruppen. Es war ein absurdes Leben. Zu Hause sprachen sie nicht miteinander, in der Öffentlichkeit zeigten sie eine lächelnde Fassade.

Dieses Leben blieb nicht ohne Auswirkungen für Graham und Gillian. Sie standen unter ständiger Anspannung, und es kostete immer mehr Kraft, ihre wirklichen Gefühle nicht zu zeigen.

Es war am 30. Dezember. Graham und Gillian brachten es gerade noch zustande, genügend Worte miteinander zu wechseln, um zu vereinbaren, daß man die Party eines Nachbarn besuchen wolle. Wie üblich trennten sie sich dort schon Sekunden nach ihrer Ankunft und hielten sich bei verschiedenen Gruppen auf.

Trotzdem erweckten sie den Eindruck, sich noch zu lieben, wie andere Gäste später erzählten. In einem Gespräch sagte Graham zu einem Freund: »Wir denken daran, nach Bali zu fahren, um dort zweite Flitterwochen zu verbringen.« Vielleicht dachte er dabei insgeheim an Janet? Jedenfalls war es eine erstaunliche Bemerkung, wenn man die Umstände zu diesem Zeitpunkt bedenkt.

Gillian mag ihn wegen seiner fanatischen Liebe zu Janet gehaßt haben, trotzdem sehnte sie sich weiter danach, den Rest ihres Lebens mit ihm zu verbringen. Sie wünschte sich so sehr, wieder von ihm geliebt und begehrt zu werden. Obwohl sie seit Wochen nicht mehr im selben Bett schliefen, hatte sie noch immer Hoffnung.

Der Druck, dem beide ausgesetzt waren, führte an diesem Abend dazu, daß Graham und Gillian sehr viel tranken.

Es war zwei Uhr dreißig am nächsten Morgen, als sie schließlich in ihr Haus stolperten.

Christine English, die durchdrehte und ihren Liebhaber Barry Kitson außerhalb des Live And Let Live-Pubs in Colchester (Haus) tötete.

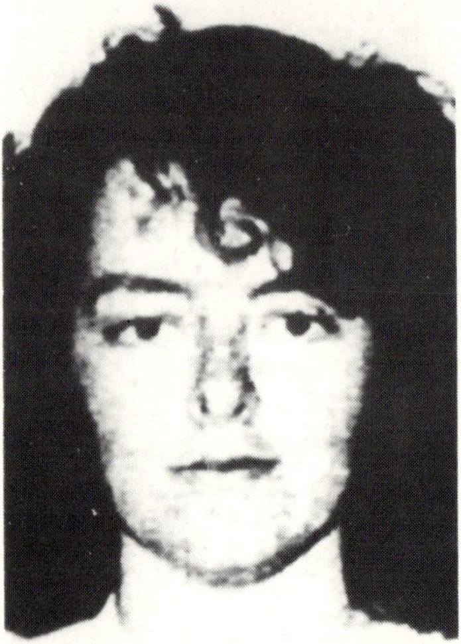

Unschuldig: Tracey Ann Waugh

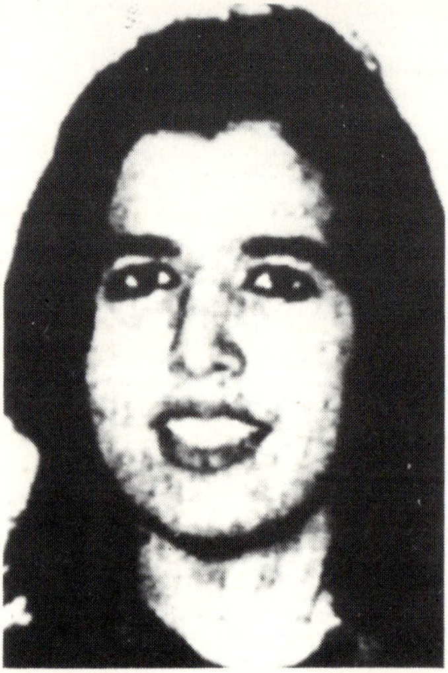

Schuldig: Kim Jervis

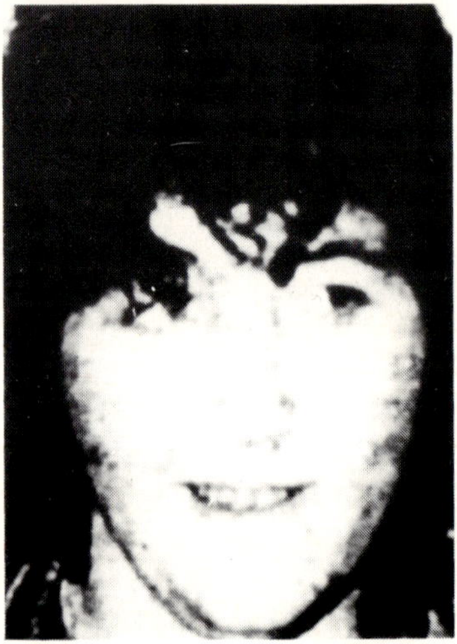

Schuldig: Lisa Ptaschinski

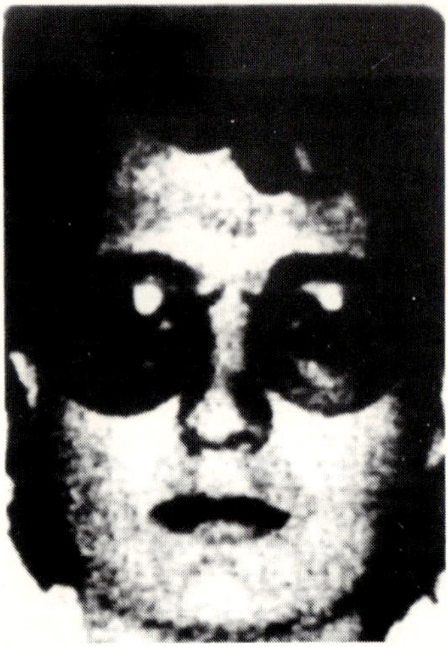

Schuldig: Tracey Wigginton

Die vier angeklagten lesbischen Vampirmörderinnen.

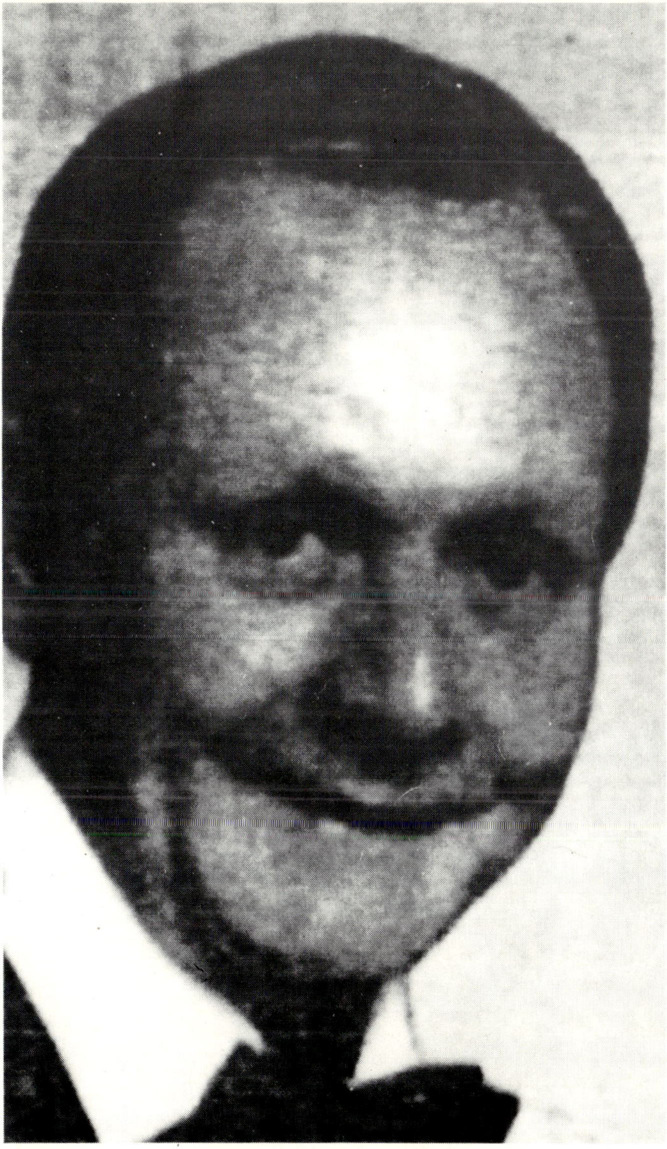

Edward Baldock, das Opfer der lesbischen Vampirmörderinnen.

Die Lehrerin Pamela Smart, die den 16jährigen Schüler William Flynn (rechts) dazu anstiftete, ihren Mann Gregory Smart zu töten.

Graham suchte Streit.

»So geht es nicht weiter«, sagte er, »ich empfinde überhaupt nichts mehr für dich, du bist mir einfach egal. Wir müssen uns scheiden lassen.«

Sie standen in der Diele. Er sprach hart mit ihr, ohne jedes Mitleid.

Gillian dagegen hatte Sehnsucht nach ihm. Sie hätte in dieser Nacht so gerne mit ihm geschlafen und seinen Körper dicht an ihrem gespürt. Sie wollte die Wärme und Sicherheit spüren, in der beide sich so viele Jahre lang geborgen gefühlt hatten.

»Kann ich mit in dein Bett kommen? Bitte!«

Er antwortete nicht.

»Bitte laß mich heute Nacht bei dir schlafen. Ich werde dich nicht bedrängen. Ich berühre dich nicht, wenn du es nicht willst.«

Aber Graham dachte nur an Janet.

»Ich will dich nicht mehr. Verstehst du das denn nicht?« Er schrie sie jetzt heftig an. »Ich will dich nicht mehr.« Graham wiederholte es immer wieder.

Trotz seiner feindseligen Art versuchte Gillian erneut, ihm auf jede Weise zu Gefallen zu sein, alles zu tun, um ihn zurückzugewinnen.

»Ich bitte Janet, wieder hier einzuziehen. Ich tue alles.«

»Ich verachte dich. Du hättest Janet nie hinauswerfen dürfen.«

Gillian fuhr fort, ihn zu beschwören: »Aber das ist es doch nicht wert, acht glückliche Jahre aufzugeben?«

Sie versuchte jetzt, an seine Rationalität zu appellieren, die ihn für seine Arbeit so geeignet machte, bei der er immer richtig und angemessen handelte. Aber Graham wollte nur noch eines: die Scheidung.

»Ich habe schon einmal ein Haus und mein Geld verloren. Aber dieses Mal hast du auf nichts ein Anrecht.«

Das war für Gillian der Tropfen, der das Faß zum Überlaufen brachte. Sie kämpfte um seine Liebe, und er machte aus der leidenschaftlichen Auseinandersetzung einen Streit um Geld. Damit war klar, wie weit sie voneinander entfernt waren. Es bewies, daß er ein kalter, berechnender Mann war und nicht mehr die liebenswerte Person, die sie einst gekannt hatte.

Er schrie immer lauter, und es ging nur noch um Geld. Sie löste die rosafarbene Kordel ihres Hausmantels und schloß fest ihre Faust darum – nur für alle Fälle.

Graham verlor jetzt völlig die Kontrolle. Was er sagte, wurde immer verletzender. Dann kam er torkelnd auf Gillian zu und faßte sie beim Hals. Sie wußte nicht, ob er nach ihr griff, weil er fiel, oder ob er sie würgen wollte. Aber sie packte die Bademantelschnur mit beiden Händen und schlang sie um seinen Hals. Er schnappte nach Luft, als die Kordel seine Luftröhre zuschnürte. Nichts würde Gillian jetzt mehr aufhalten. Die Hoffnung auf ein Fortbestehen ihrer Ehe war endgültig verloren, dafür hatte Graham gesorgt. Gillian Philpott zog den Gürtel fester und fester zu. Sie konnte sehen, wie seine Augen aus den Höhlen traten. Verzweifelt versuchte er, sich zu befreien. Aber das Überraschende ihres Angriffs hatte Gillian einige Sekunden Vorsprung gegeben, in denen sein Schicksal besiegelt worden war. Er hatte einfach nicht mehr genügend Kraft, sich gegen sie zu wehren.

Sie zog noch einmal heftig an dem Gürtel – und ihr Ehemann war tot.

Es war alles so schnell gegangen … einige Sekunden stand Gillian regungslos da. Was hatte sie getan? Als ihr die Tragweite ihrer Handlung dämmerte, überkam sie Panik, Trauer, Verzweiflung und Entsetzen. Sie hatte Graham getötet, den Mann, den sie einst so sehr geliebt und mit dem sie die glücklichsten Tage ihres Lebens verbracht hatte.

Aber er war selber schuld. Er hatte seinen Tod herausgefordert und ihn schließlich bekommen.

Gillian schaute auf seinen zusammengekrümmten Körper, und ihr kam in den Sinn, daß sie etwas tun mußte, damit es aussähe, als hätte er Selbstmord begangen. Dann wollte auch sie sterben.

Sie nahm all ihre Kraft zusammen und hob seinen leblosen Körper auf, indem sie ihre Arme unter seine Achseln schob. Dann zog sie ihn mit aller Macht die Treppe hoch zu den Stangen des Treppengeländers und befestigte ein anderes, längeres Stück Kordel um seinen Hals.

Das andere Ende knotete sie fest um einen Geländerstab des Treppenabsatzes.

Es war keine einfache Aufgabe, seinen schweren Körper über den Rand des Geländers zu heben. Minutenlang mühte sie sich ab, bis sie es schließlich unter Aufbietung ihrer ganzen Willenskraft fertigbrachte, ihn über den Rand zu kippen.

Ermattet setzte sie sich einige Minuten im Schlafzimmer auf das Bett und versuchte, sich zu sammeln, damit sie den nächsten Schritt planen konnte. Sie dachte an Graham, daran, was er ihr bedeutet und wie er sie zum Schluß behandelt hatte. Das gab ihr die Kraft weiterzumachen. Sie nahm ein Blatt ihres Briefpapiers mit Briefkopf heraus und überlegte einige Sekunden, was sie schreiben sollte. Es war nicht so schwierig.

»Wir konnten nicht ohne einander leben. Wir wollten zusammen sterben. Bitte laßt uns zusammen, darum bitte ich euch inständig. Wir lieben uns so sehr.«

Und jedes Wort war ehrlich gemeint.

Gillian Philpott griff nach dem Fläschchen Tabletten in dem kleinen Medizinschrank. Sie würde es tun. Es gab nichts mehr, wofür es sich zu leben lohnte.

Sie hatte einen schrecklichen Alptraum hinter sich, und nun war es Zeit, sich zu verabschieden und diese Welt mit all ihren unlösbaren Problemen hinter sich zu lassen. Der Brief war geschrieben. Jetzt mußte sie es zu Ende bringen.

Sie mühte sich mit dem kindergesicherten Deckel des Fläschchens ab, und die verstreichenden Sekunden schienen ihr wie eine Ewigkeit. Verzweifelt versuchte sie, an die Tabletten heranzukommen. Schließlich schaffte sie es, den Deckel zu öffnen, und setzte die Flasche an ihre Lippen. Die bitter schmeckenden Pillen fielen weich in ihren Mund. Dann nahm sie einen großen Schluck aus der Whiskyflasche, die auf dem Tisch neben ihr stand. Diese Prozedur wiederholte sie mehrere Male, bis sie die etwa 30 Tabletten geschluckt hatte. Dann setzte sie sich hin, um zu sterben.

Das Zusammenziehen ihres Magens deutete sie als Zeichen dafür, daß die Tabletten nun in ihren Blutkreislauf gelangten und sie tödlich vergifteten. Sie hoffte, daß es schnell gehen würde – doch plötzlich wurde sie von einem Gefühl schrecklicher Übelkeit erfaßt. Ihr Magen verkrampfte sich in unkontrollierbaren, zuckenden Bewegungen. Einen Moment später war der bittere Geschmack der Pillen wieder in ihrem Mund. Viele Male nacheinander mußte sie sich übergeben, bis ihr Magen völlig leer war.

Sie mußte etwas anderes finden. Noch immer war sie fest entschlossen, mit allem Schluß zu machen.

Es war früh am Morgen des 31. Dezember 1991. Gillian Philpott versuchte, sich auf den Straßenverkehr zu konzentrieren, als sie in ihrem Ford Orion die Landstraße A entlangfuhr, auf der viel Betrieb war. Schließlich näherte sie sich den Klippen von Beachy Head, einem malerischen Flecken an der Küste von Sussex, berühmt für den Reiz, den er auf Selbstmörder ausübt. In Gedanken ging sie noch einmal ihren Plan durch.

Diesmal durfte es keine Panne geben. Sie wollte zu Graham in den Himmel, wenigstens gab es dort keine Janet.

An diesem Tag standen viele Schaulustige auf der Plattform hoch über dem Meer. Sie beobachteten die Drachenflieger, die sich majestätisch vom Rand der Klippen in den Himmel schwangen.

Gillian hielt das Lenkrad umklammert, als der Wagen die leicht ansteigende Rasenfläche erklomm, die zum Rand des Kliffs führte. Ihr Fuß trat das Gaspedal ganz durch. Dies war der schlimmste Moment, die Zeit kurz vor dem Sterben.

Der Wagen schoß vorwärts, als der Motor aufheulte. Der Sturz ins Unbekannte näherte sich.

Niemand beachtete den Ford. Alle Augen waren auf die Drachenflieger geheftet, die sich in die Lüfte schwangen.

Gillian hatte ein sonderbares Gefühl, als das Auto dem Klippenrand nahekam. Es war eine Mischung aus Hochstimmung und Angst. Sie war erleichtert, daß nun bald alles zu Ende sein würde, aber gleichzeitig hatte sie furchtbare Angst vor dem Schmerz, den sie vielleicht erdulden mußte, bevor sie endlich tot wäre.

Dann passierte es. Das Auto erhob sich über den Rand des Abgrunds. Gillian flog durch die Luft. Jetzt konnte sie nichts mehr tun, um das Schicksal aufzuhalten.

Sie fühlte noch, wie ihr Kopf auf das Lenkrad schlug, als das Auto aufprallte, dann wurde ihr schwarz vor Augen.

»Da liegt ein Auto in den Büschen!«

Die aufgeregte Stimme des Drachenfliegers hallte über den Rasen.

Der Amateurfotograf David Payne reagierte sofort und lief zu dem Platz, auf den der Flieger gezeigt hatte.

Zwei Polizisten folgten ihm nur Sekunden später und kletterten zu dem Ford Orion hinunter. Gillian war in einer erbärmlichen Verfassung, aber sie hatte keine schweren Verletzungen erlitten. Das Auto war nur etwa 5 Meter tief auf einen Felsvorsprung gefallen, der aus der Klippe herausragte.

Bald danach ergab eine gerichtsmedizinische Untersuchung, daß Graham Philpott ermordet worden war.

Im Gerichtshof Old Baileys wurde Gillian Philpott im Januar 1991 des Totschlags an ihrem Ehemann für schuldig befunden und zu zwei Jahren Gefängnis verurteilt. Ihre Schwester Janet bestritt mit Nachdruck, jemals sexuelle Beziehungen zu Graham Philpott gehabt zu haben.

3
Die schwarze Witwe

Winnacunnet High School war genau einer der Orte, von denen Pädagogen träumen.

Die Schule lag am Rande des ruhigen Städtchens Hampton in New England und genoß den Ruf, eine der besten High Schools im Nordosten der Vereinigten Staaten zu sein. Hier gab es keines der üblichen städtischen Probleme wie Gewalt oder Schulschwänzerei. Die Menschen lebten einfach in Frieden und paßten sich bereitwillig den herrschenden Normen an.

Die Gegend war geprägt von weißen, einzeln stehenden Häusern mit ordentlich gemähten Rasenflächen davor, die den augenscheinlichen Beweis für diese Harmonie lieferten. Makellos saubere Straßen selbst im Zentrum des Bilderbuchortes waren ein Ausdruck des Stolzes der Bürger auf ihre Stadt. In der relativ kleinen, eng zusammengehörenden Gemeinde kannte jeder jeden. Im ganzen Ort herrschte eine Atmosphäre der Vertrautheit, durch die jeder sich sofort zu Hause fühlte.

Alles in allem repräsentierte die Gegend einen Teil des amerikanischen Traumes von einer funktionierenden Gesellschaft. Es gab hier praktisch keine Verbrechen und noch weniger Skandale.

Der Erziehung maßen die Bürger von Hampton einen besonderen Stellenwert zu; die Heranwachsenden sollten die Regeln der Gesellschaft nicht nur befolgen, sondern auch verinnerlichen. Während viele von ihnen schon mit sechzehn ihren eigenen Wagen bekamen, gab es andererseits eine strenge Vorschrift für den Verkauf von Alkohol: Jeder, der noch nicht dreißig Jahre alt war, mußte sich beim Kauf von Spirituosen ausweisen.

Die Eltern taten alles, um ihrer erzieherischen Verantwortung gerecht zu werden. Sie hielten ihren Kindern ständig Vorträge über die Gefahren von Alkohol und Drogen und achteten darauf, daß keiner von ihnen aus dem Rahmen fiel.

Genauso ging es in den Klassen der Winnacunnet High School zu. Die strengen Moralvorschriften mußten buchstabengetreu befolgt werden, und jede Abweichung wurde hart bestraft. Aber inmitten all dieser Disziplin gab es trotz allem die Rebellen: die Jugendlichen, die genau das Gegenteil von dem wollten, was ihre Familien sich wünschten und erhofften; die Teenager, die der Meinung waren, daß alle diese Regeln und Vorschriften nur dazu gemacht worden waren, um gegen sie zu verstoßen.

Bill Flynn, Patrick Randall und Vance Lattime hatten genug von den ständigen Vorschriften ihrer Eltern. Sie hatten es satt, sich immer nur anzupassen – anders zu sein war genau das, was sie wollten.

Als die drei fünfzehnjährigen an einem kalten Novembertag auf dem Schulhof herumlungerten, schien es für sie wenig Erfreuliches im Leben zu geben. Prüfungen standen bevor, und der Leistungsdruck wurde immer stärker. Sie hatten jedoch eine tiefe Abneigung gegen das Lernen und die Schule, die gleichzeitig Grundlage ihrer Freundschaft war.

Jedesmal, wenn einer von ihnen in der Klasse Schwierigkeiten bekam, sahen sie darin ein besonderes Zeichen ihrer Individualität. Ja, die jeweils anderen beiden waren voller Stolz, wenn ihr Freund bestraft wurde. Für sie bedeutete das nur eine weitere Bestätigung ihres Wunsches, so schnell wie möglich die Schule zu verlassen. Das war allerdings nicht einfach.

Das Kollegium von Winnacunnet übte einen unerbittlichen Druck auf die Schüler aus, das weiterführende College zu besuchen. Es war nicht wichtig, ob es ein akademischer oder sportlicher Zweig war, aber man erwartete von ihnen, mit besten Leistungen zu glänzen. Bill, Patrick und Vance hatten jedoch nicht vor, sich diesem Druck zu beugen. Sie wollten sich von der Mehrheit ihrer hart arbeitenden Klassenkameraden unterscheiden, und um ihre Gemeinsamkeit und gleichzeitig ihre Verschiedenartigkeit von allen anderen zu dokumentieren, nannten sie sich »Die drei Musketiere«.

»So werden alle wissen, daß wir anders sind«, sagte Bill. Er war zum selbsternannten Führer der Gruppe geworden.

Bill, Patrick und Vance hatten mehr Interesse an Mädchen als an Kunstgeschichte. Sie vergnügten sich damit, über die möglichen sexuellen Fähigkeiten ihrer Lieblingsmädchen zu reden, auch wenn sie sie noch nicht einmal berührt hatten.

»Hey. Würdest du nicht gerne mal ... « Bill versuchte, aus seinem stilleren Freund Vance eine Antwort herauszulokken. Sie sprachen darüber, was sie gerne mit einer besonders sexy aussehenden blonden Klassenkameradin machen würden, die von der anderen Seite des Schulhofs in ihre Richtung schaute. Es sah aus, als würde sie sie ermutigen. Vielleicht erriet sie ja, worüber sie redeten?

Die Jungen grinsten. Die Vorstellung war aufregend. Es machte ihnen Spaß, die Reaktion des Mädchens als Einladung zum Sex zu deuten, obwohl sie bisher kaum mehr als ein paar Worte mit ihr gewechselt hatten.

Das Mädchen flirtete in Wirklichkeit nur mit ihnen auf jene unnachahmliche Weise, die nur Teenagern zueigen ist. Mit ihrem Blick ermutigte sie die jugendliche Vorstellungskraft, würde sich jedoch nie zu mehr bereitfinden.

Die drei Musketiere waren alle noch unberührt. Aber das mochten sie fast vor sich selbst nicht zugeben, geschweige denn vor ihren Klassenkameraden. So erzählten sie sich erfundene Geschichten von sexuellen Eroberungen und hofften, daß dies ihre Freunde davon überzeugen würde, was für erfahrene Männer sie waren.

»Vielleicht ist sie nur hinter deinen Muskeln her, Vance«, sagte Bill, als er bemerkte, wie sehnsüchtig Vance in die Richtung der hübschen Klassenkameradin starrte.

Aus der entgegengesetzten Ecke des Schulhofes wurden die drei Jungen von einer Frau beobachtet. Aber das bemerkten sie nicht.

Die nächste Unterrichtsstunde würde gleich beginnen, nach Ansicht der drei nur eine weitere sinnlose Zeitverschwendung. Sie teilten sich schnell noch eine Zigarettenkippe in einem Winkel des großen, grau betonierten Schulhofes, und alle waren sich wieder einmal einig, daß es für sie mehr im Leben geben mußte als die blöde Schule.

Noch immer beobachtete die Frau das Dreiergespann; sie wartete auf den idealen Moment, um sich ihnen zu nähern. Als es läutete, traten die drei Musketiere hastig ihr heimliche Zigarette aus und gingen zu der großen Tür, die in den Hauptkorridor der Schule führte.

»Hallo Billy.« Die Lehrerin Pamela Smart hatte die Jungen eingeholt.

Bill war verlegen, und das wiederum war ihm peinlich vor seinen Kameraden. Es war schön und gut, über Frauen zu reden, aber es war etwas ganz anderes, wenn sie vor einem standen.

Er hatte Pamela Smart zum ersten Mal am gestrigen Abend getroffen. Sie leitete an der Schule einen Selbsterfahrungskurs und erschien Bill sehr reif und erwachsen, obwohl nur fünf Jahre zwischen ihnen lagen. Er hatte sich dabei ertappt, wie er unaufhörlich auf ihre Beine schaute, als sie sich gegen den Lehrertisch lehnte – tolle Beine für eine Lehrerin, fand Bill, und außerdem hatte sie ein sehr hübsches Gesicht mit einem modischen Haarschnitt.

Er hatte versucht, unter ihrem lose sitzenden Strickpullover etwas von ihren Brüsten zu erkennen, und als er nachts in seinem Bett lag, dachte Bill an ihre Oberschenkel, deren Konturen sich unter dem engen Rock abgezeichnet hatten. Natürlich konnte er sich von einer Frau in ihrer Position nichts erhoffen, und außerdem machte der Ehering an ihrem Finger ganz deutlich, daß sie niemals etwas anderes für ihn sein würde als eine der Figuren in seinem Gedächtnisvorrat, deren Bild auf Verlangen seine Phantasie anregte.

Und nun näherte sie sich ihm hier auf dem Schulhof.

»Würdest du bitte nach dem Unterricht in mein Büro

kommen, Bill? Es ist wichtig«, sagte sie fast kühl. Dann ging Pamela Smart in entgegengesetzter Richtung davon.

Die zwei anderen Musketiere kicherten.

»Hey, Bill Baby. Paß auf, das wird dein Glückstreffer.«

Sie amüsierten sich, weil Pamela ihn »Billy« genannt hatte, im Gegensatz zu dem männlicheren Bill. Aber die Jugendlichen zogen Bill nur auf, nie hätten sie geglaubt, daß ihre Spöttelei jemals Wirklichkeit werden könnte. Bill war im Gegenteil wütend, daß er nach dem Unterricht noch in der Schule bleiben mußte. Er wollte niemals auch nur einen Moment länger in diesen grauen Wänden verbringen als absolut nötig.

Aber er war auch verwirrt, weil er sich nicht vorstellen konnte, was Pamela von ihm wollte. Sie hatte keine Erklärung gegeben, ihre Aufforderung war ein Befehl gewesen, als hätte sie jeder Erwiderung vorbeugen wollen. Er hatte einfach nur zu gehorchen, aber er verstand nicht warum.

Pamelas Büro in der Winnacunnet High School war nur ein kleiner Raum, dessen Wände mit Regalen bedeckt waren, die sich unter der Last von Schulbüchern bogen. In der Mitte war gerade Platz genug für zwei Stühle und einen Tisch, auf dem eine Schreibmaschine stand.

Pamela war an der Schule der Luxus eines eigenen Büros vergönnt, weil sie als Lehrerin für Medienkommunikation neben dem Unterricht noch andere Aufgaben wahrnahm. Sie verfaßte Pressemitteilungen über Schulereignisse und leitete sie an die lokalen Zeitungen und Rundfunksender weiter.

Allerdings war es schwierig, eine Veröffentlichung zu erreichen, und manchmal fragte sie sich, ob sich die Mühe des Schreibens überhaupt lohnte. Kaum etwas von ihrem Material wurde jemals verwandt. Sie hatte die Stelle als Lehrerin nur wegen ihrer besonderen Kenntnisse der Medienlandschaft und ihrer guten Kontakte bekommen, aber diese Nebenaufgabe war ihr eher lästig.

Ihr Interesse an Medien war von ihrer Arbeit als Diskjokkey bei einem der lokalen Hardrock-Sender ausgelöst worden. Pamela spielte dort in einer regelmäßig ausgestrahlten Sendung ihre eigene, spezielle Mischung lauter und wilder Musik für ein Publikum, das ihre Bemühungen sehr zu schätzen wußte. Es war ein Teilzeitjob ohne Bezahlung, aber die Möglichkeit, ihre Lieblingsgruppe Van Halen wieder und wieder abspielen zu können, war ihr Belohnung genug. Für Pamela bedeutete das eine Möglichkeit, die Uhr zurückzustellen und ihre Teenagerzeit wiederzubeleben, was sie in letzter Zeit immer häufiger tat.

Die Mannschaft des Radiosenders freute sich über Pams Besuche, denn sie gab sich immer große Mühe, besonders sexy auszusehen. Meist trug sie hautenge Jeans und viel Leder.

Pam liebte die dumpfen Bässe und die kreischenden Schrilltöne der Heavy Metal Musik. Wenn sie sich nicht wohl fühlte und Heavy Metal hörte, ging es ihr gleich wieder besser. Sie vergötterte Van Halen und hätte alles getan, um die Gruppe persönlich zu treffen.

Aber in Pams Charakter gab es auch sanfte, soziale Züge, die in scharfem Kontrast standen zu ihrer Leidenschaft für die eher brutalen Klänge des Heavy Metal. Sie mochte ihre Tätigkeit an der Schule, die darin bestand, für Teenager Kurse anzubieten, die ihnen helfen sollten, Selbstvertrauen zu entwickeln. Schließlich war sie selbst dem Teenageralter noch nicht lange entwachsen und wußte genau, wie schlecht man sich gerade in dieser Zeit fühlen konnte. Ihrer Meinung nach spielte die Phase zwischen Kindheit und Erwachsensein eine besonders wichtige Rolle in der psychischen Entwicklung eines Menschen.

Die letzten Monate in Pamelas Leben waren sehr gefühlsbetont gewesen. Im vergangenen Mai hatte sie ihre College-Liebe Greg geheiratet. Sie waren in ein bequemes Apartment im nahe gelegenen Derry, New Hampshire, gezogen. Greg arbeitete als Vertreter und war daher oft unterwegs. Für Pamela war das ein Problem, denn sie war nicht gern allein. Das war ein weiterer Grund gewesen, warum sie sich entschlossen hatte, die Kurse an der Schule anzubieten.

Am letzten Abend hatte sie genau bemerkt, wie Bill Flynn ihren Körper studierte. Aber Bill sah das trockene Lächeln nicht, das in dem Moment um ihre Lippen spielte.

Für Pam war es natürlich nicht neu, daß ein Junge sie im Kurs auf diese Art anschaute. Als junge weibliche Lehrerin wurde sie von vielen Schülern begehrt. Die Jugendlichen stellten sich vor, was sie mit ihr anstellen würden, zogen sie mit den Augen aus und phantasierten sich Bettgeschichten zusammen.

Pam amüsierte das nur. Als sie noch Schülerin gewesen war, hatte sich selbst leidenschaftlich gern auf dem Schulhof geflirtet. Sie liebte es, ihre Mitschüler zu reizen, indem sie einen Knopf offenließ oder einen Schmollmund zog. Das machte ihr richtig Vergnügen und stärkte ihr Selbstbewußtsein. Jetzt vermißte sie die Aufmerksamkeit, sie sie damals von allen Jungen erhalten hatte; es war nicht mehr dasselbe, wenn man erst einmal erwachsen war. Alle erwarteten, daß man sich dann seriös benahm, und man konnte sich keine Verrücktheiten mehr leisten.

Pam dachte oft an diese Zeiten zurück, während sie die Jugendlichen auf dem Schulhof eifersüchtig beobachtete. Sie wünschte, sie könnte noch einmal so sein wie sie.

Als Pam an diesem Morgen Bill auf dem Schulhof beobachtete, reizte es sie, etwas zu unternehmen, um ihn auf sich aufmerksam zu machen. Er war ein wirklich gut aussehender Junge mit seiner Mähne welligen, dunklen Haars und den meerblauen Augen. Sie hatte beobachtet, wie er und seine Freunde mit dem blonden Mädchen auf der anderen Seite des Schulhofes flirteten, und sie wünschte sich, daß Bill sie bemerken und mit ihr flirten würde. Er tat es jedoch nicht.

Und nun hatte sich ihn ganz allein für sich in ihrem Büro.

»Setz dich, Bill«, sagte Pamela, nachdem der Teenager den Raum betreten hatte.

Bill war nervös. Er konnte sich noch immer keinen Reim darauf machen, warum Pamela ihn länger bleiben ließ. Vielleicht hatte sie am gestrigen Abend bemerkt, wie begehrlich er sie angeschaut hatte und wollte ihn jetzt zur Rechenschaft ziehen? Wenn das der Fall sein sollte, wäre es ihm furchtbar peinlich. Es war eine Sache, diese schmutzigen Gedanken zu haben, aber eine ganz andere, von dem Objekt seiner Phantasie damit konfrontiert zu werden.

Pamela und Bill wechselten ein paar Worte, dann holte sie einen Umschlag hervor, den sie ihm reichte. Er fragte nicht, warum, er war viel zu perplex und nahm ihn einfach.

»Ich hoffe, sie gefallen dir«, war alles, was sie sagte.

Durch die Form des Umschlags war Bill klar, daß Fotos darin sein mußten. Vielleicht wollte sie, daß er sich entspannte und zeigte ihm deshalb Fotos von ihrer Familie, bevor sie ernsthaft mit ihm reden würde? Alles wurde immer unerklärlicher. Warum um alles in der Welt zeigt sie mir jetzt Fotos? wunderte sich Bill in Gedanken.

»Na los, mach schon, sieh sie dir an«, drängte Pamela.

Bill zögerte einen Moment, bevor er das Päckchen öffnete. Nichts von allem, was im Moment passierte, machte irgendwie Sinn. Es war einfach lächerlich.

Er wollte Pamela gerade eine Frage stellen, als sie wiederholte: »Also los. Mach auf.« Er tat, was ihm gesagt wurde – und als er die Fotos aus dem Umschlag nahm, erstarrte er. Seine Augen klebten an dem obersten Bild. Bill war sprachlos, er konnte es einfach nicht glauben. Bild für Bild zeigte Pamela genau so, wie er sie sich die letzte Nacht vorgestellt hatte. Nur hatte sie sogar eine noch bessere Figur. Er wußte gar nicht, daß Lehrerinnen so phantastische Körper haben konnten.

Auf den Fotos hatte sie einen winzigen Bikini an, und der Ausdruck in ihrem Gesicht war eindeutig. In ihren Augen lag ein sinnliches Leuchten, das klar sagte: »Komm her. Ich will dich.« Bill fragte sich, ob diese Fotos aufgenommen worden waren, kurz bevor sie mit jemandem geschlafen hatte. Die Atmosphäre auf den Bildern schien darauf hinzuweisen.

Ihr Körper war einfach großartig, besser, als man es sich im Klassenraum jemals vorstellen konnte. Seine Freunde würden ihm nicht glauben, wenn er ihnen das erzählte.

Bill konnte nur mit Mühe seine Hände ruhig halten. Er

war nervös und noch immer völlig durcheinander. Hier saß er im Büro seiner Lehrerin in der Schule, während sie ihm eine Reihe der erotischsten Bilder zeigte, die er jemals gesehen hatte. Sie waren vielleicht nicht so gut fotografiert wie das Soft Porno Magazine, daß er vor ein paar Tagen bei einem Freund durchgeblättert hatte, aber dafür handelte es sich hier nicht um irgend so ein Püppchen, dessen Name unter dem Bild wahrscheinlich noch nicht einmal stimmte; in diesem Fall saß das Modell ihm gegenüber.

Pam beobachtete seine Reaktion mit großem Interesse. Bill rutschte unruhig auf seinem Stuhl hin und her. Pamela war klar, daß sie es war, die ihn jetzt lenken mußte. Womöglich war er sogar noch unberührt, seine Reaktion sah ganz danach aus.

Pamela stand auf und ging auf die andere Seite des Tisches zu Bill hinüber. Benommen sah er sie an, unfähig zu begreifen, was passierte. Die Fotos hielt er noch immer mit seinen feuchten Händen umklammert.

Genau in diesem Zustand wollte sie ihn haben. So war sie die Dominierende und konnte ihn mit jeder ihrer Handlungen so beeinflussen, wie sie wollte. Sie konnte entscheiden, was passieren würde und was nicht, und er hatte ihr nur zu gehorchen.

Jetzt lehnte sie sich in genau der gleichen Art an den Tisch, wie sie es am Abend zuvor getan hatte. Es war eine absichtlich provozierende Stellung.

Im Kopf wiederholte sie immer wieder die Zeilen ihres Lieblingssongs von Van Halen »Hot For Teacher«. Das Lied handelte davon, wie eine Lehrerin ihren Schüler verführt.

Pam bewegte leicht ihre Hüften, um ihren eng sitzenden Rock höher zu schieben. Bill verstand jetzt, daß seine Lehrerin gestern jede seiner Reaktionen bemerkt hatte. Und offensichtlich hatte sie seine Blicke genossen. Hatte er jetzt womöglich die Gelegenheit, seine Phantasien in die Wirklichkeit umzusetzen?

Pam strich ihm sanft übers Haar, während ihre andere Hand kleine Kreise um die Innenseite seines Ohrläppchens zog. Dann deutete sie auf die Fotos und sagte: »Such das aus, das dir am besten gefällt.«

Für Bill war jedes einzelne Bild fast zu heiß zum Anfassen, und eines erschien ihm so sexy wie das andere. Er war im Moment gar nicht mehr an den Bildern interessiert, er wollte das Modell.

»Du sollst das Beste aussuchen, Bill«, wiederholte Pam ihre Aufforderung, nur klang sie jetzt wie ein Befehl, so daß Bill trotz seiner Verwirrung gehorchte. Er zeigte ihr ein Bild, auf dem sie auf allen vieren kniete und von hinten aufgenommen war. Es war unglaublich provokativ.

An dem Tag, an dem Pamela für die Fotos posiert hatte, war es ihr Ziel gewesen, so sexy wie möglich zu agieren. Sie hatte ihren Körper gedreht und gebogen, damit die Botschaft für den Betrachter der Fotos eindeutig wäre. Als sie dann die Bilder ihrer Freundin Tracey Collins zeigte, fragte sie immer wieder: »Glaubst du, daß sie sexy genug sind? Sag mir, daß sie es sind. Sag's mir.«

Sie hatte gehofft, daß die Bilder ihren Ehemann Greg anregen würden. Statt dessen war er entsetzt und verlangte von ihr, die Fotos zu vernichten. Sein Ziel im Leben war Seriosität, und er mochte die Schlüpfrigkeit der Fotos nicht. Pamela war enttäuscht und verletzt. Trotzig dachte sie bei sich: »Na gut, wenn er die Bilder nicht mag, werde ich jemand anderen finden, dem sie gefallen.«

Bill saß in ihrem Büro und war sich noch immer nicht sicher, ob er träumte oder ob alles Wirklichkeit war. In einem Moment entschied er für sich, daß alles nur ein Traum sein konnte. Sofort begaben sich seine Gedanken auf Wanderschaft, und er begann zu phantasieren. Dann fühlte er, wie Pamelas Hand ihn streichelte, und alles wurde plötzlich wieder ganz real.

Mit einem Mal zog Pamela ihre Hand von Bills Ohrläppchen weg. Sie hatte draußen vor dem Büro Stimmen gehört. Er riß sich aus seinem erotischen Trancezustand. Es hatte etwas länger als bei Pamela gedauert, bis er die Störung registriert hatte.

»Mach dir nichts draus, Bill. Das nächste Mal werde ich dir gehören«, flüsterte Pam.

Am nächsten Tag trottete Bill über den Schulhof und konnte es noch immer nicht glauben. Hatte sie ihm wirklich diese Fotos gezeigt? Seine Kameraden, die anderen zwei Musketiere, machten sich Sorgen um ihn. »Was ist los, Bill? Bist du krank oder was?« fragte Vance.

Bill war mit seinen Gedanken anderswo.

Er mußte dauernd an sie denken. Die Möglichkeit, mit seiner Unerfahrenheit Schluß zu machen, war gestern so nah gewesen, und doch auch wieder so fern. Aber trotz aller Zweifel hoffte er jetzt auf die Chance, sein erstes Sexerlebnis mit einer richtigen Frau zu haben und nicht mit einer kichernden Klassenkameradin, die genauso wenig Erfahrung hatte wie er selbst.

Und Bill empfand sogar noch viel mehr für Pamela. Er sah sie nicht nur als Verführerin, die mit ihm ihre eigenen sexuellen Wünsche befriedigen wollte, sondern malte sie sich als schöne Frau aus, die eigentlich mehr von ihm wollte als nur seinen jungen, geschmeidigen Körper.

Deswegen hatte Bill sich entschlossen, die Regeln des Freundschaftsvertrages der drei Musketiere zu brechen und den anderen beiden vorerst nichts von dem Treffen mit ihr zu erzählen. Denn wenn sie herausfinden sollte, daß er geredet hatte, würde er seine Chance sicher für immer verlieren.

Auf der anderen Seite des Schulhofs stand wieder Pamela und beobachtete die Jungen voller Erwartung. Dieses Mal wurde sie sofort von Bill bemerkt. Pamela lächelte zufrieden; diese Aufmerksamkeit hatte sie gewollt, nun bekam sie sie.

Einige Minuten später trafen sich Bill und Pamela im Korridor. Sie berührte sanft seinen Arm und sagte: »Komm heute abend zu mir nach Hause.« Dabei reichte sie ihm ein Stück Papier mit ihrer Adresse. Damit war die entscheidene Verabredung getroffen, jetzt war es nur noch eine Frage der Zeit.

Pamela hatte diesen Moment schon seit langem in Gedanken geplant. Sie hatte die einsamen Nächte vor dem Fernseher so satt, bei denen nur der Hund ihr Gesellschaft leistete. Immer wieder hatte sie Greg gebeten, sich eine andere Arbeit zu suchen, damit er mehr bei ihr sein konnte. Er hatte ihr nur geantwortet, daß das nicht so einfach wäre, wie sie dachte. So hatte sie sich damit abfinden müssen, wenigstens die Hälfte des Jahres die Nächte allein zu verbringen.

Einmal die Woche hatte sie ihre Heavy Rock Radio Show. Das war eine Abwechslung, die ihr viel Spaß machte. Sie war begeistert von der Musik und bewunderte die Leute, die beim Sender arbeiteten. Deren Leben erschien ihr viel interessanter als ihr eigenes, das sie als öde und langweilig empfand.

Als sie vor vielen Jahren ihren Mann Greg zum ersten Mal auf einer Teenagerparty getroffen hatte, kam er ihr vor, als sei er genauso wie sie. Sie mochte sein schulterlanges Haar, und da er genauso begeistert von Heavy Metal Musik war wie sie selbst, empfanden sie sofort eine starke Gemeinsamkeit. Ganze Nächte waren sie damals mit Freunden unterwegs gewesen.

Greg sah aus wie Jon Bon Jovi, und manchmal benahm er sich auch so. Damals mochte sie diesen Hauch von Bösem an ihm. Es war eine so glückliche Zeit für Pamela gewesen … Meistens kleidete sie sich im Heavy Metal Look und hatte großen Spaß daran. In ihren Lederjacken und -röcken mit Nieten, zu denen sie oft Netzstrümpfe trug, wirkte sie sehr sexy auf ihre ganze Umgebung, aber sie wollte gar nichts anderes als Greg treu zu sein. Sie fuhren zu Rockkonzerten im ganzen Land, und wie Millionen anderer Teenager tanzten sie wild und ekstatisch die Nachte durch.

Dann nahm Greg die Arbeit als Versicherungsvertreter an und schnitt seine lange Locken ab. Er wollte die Uhr vorwärts drehen und erwachsen werden, während Pamela gerade jetzt jung und sorgenfrei bleiben wollte.

Sie nahm den Teilzeitjob beim Radiosender an und nannte sich selbst die »Königin des Metal«. So konnte sie weiter ihre

Van Halen-Lieder spielen und dachte viel über deren Botschaften nach, die sie noch immer inspirierten.

Während Greg eine sichere Berufskarriere und ein hübsches Zuhause anstrebte, hing Pamela also nach wie vor an ihrem Heavy-Metal-Teenagerleben mit ausgeflippten Freunden und nächtelangen Partys.

Vor einigen Wochen hatten sie einen fürchterlichen Streit gehabt, als Greg ankündigte, daß er mit einigen Bekannten zum Skilaufen fahren würde. Pam war wütend. Wie konnte er sie schon wieder allein lassen, nachdem er so viele Nächte nicht zu Hause gewesen war? Sie schrien sich gegenseitig an, und Pamela warf Greg an den Kopf, daß sie wünschte, sie hätten nie geheiratet.

»Du bist ein langweiliger Yuppie geworden. Du bist nicht mehr der Mann, den ich geheiratet habe!«

Für Greg bedeutete das eine schmerzliche Beleidigung, und er rächte sich sofort. Ohne nachzudenken platzte er damit heraus, daß er vor einigen Wochen mit einer anderen geschlafen hatte und beschrieb auch noch Einzelheiten der Affäre, um seiner Frau besonders weh zu tun.

Pamela brach zusammen. Das Gefühl, betrogen worden zu sein, verletzte sie zutiefst. Greg bereute seinen Ausbruch sofort und fügte erklärend hinzu: »Ich war damals wirklich sehr betrunken. Ich wußte nicht, was ich tat.«

Aber in Pamelas Augen war das keine Entschuldigung. Ihr Schmerz verwandelte sich in Wut, und von diesem Tag an wuchs ihr Haß auf ihn wie ein Krebsgeschwür, das nach und nach die inneren Organe zerstört.

Und nun wartete Pamela auf ihren 15 Jahre alten unberührten Schüler, um ihm Unterrichtsstunden in Liebe zu geben. Allein die Vorstellung, was sie mit Bill alles tun würde, erregte sie schon, während sie noch allein in ihrer bescheidenen Zwei-Zimmer-Wohnung saß.

Alles war bis ins kleinste Detail geplant. Ihr Ehemann hatte sie verletzt, jetzt wollte sie ihre Rache. Sie war an diesem Abend zum Video Shop gegangen und hatte »Neuneinhalb Wochen« ausgeliehen. Pamela hatte den Film vorher schon einmal mit Greg gesehen, und sie waren sich einig gewesen, daß es ein sehr aufregender Streifen sei. Nun würde er hoffentlich denselben Effekt auf Bill haben. Der Kühlschrank war mit Bier gefüllt, damit der Teenager leichter in die richtige Stimmung kommen würde.

Die Bühne war bereitet. Es fehlte nur noch der andere Spieler.

Der war im Moment äußerst nervös. Die gespannte Erwartung war jetzt der sehr realistischen männlichen Angst gewichen, daß er beim Liebesakt versagen könnte. Schließlich hatte er nie zuvor Sex gehabt. Was würde passieren, wenn er zu früh kam? Wie sollte er wissen, welche Teile ihres Körpers die sensibelsten waren? Ihm war klar, daß er davon abhängig war, wie sie ihn führen würde.

Als er schließlich an ihrer Tür läutete, wünschte er fast, nicht hier zu stehen. Noch könnte er sich schnell umdrehen und wieder nach Hause entwischen, um der Peinlichkeit zu entgehen, daß er keine Erfahrung hatte. Er befürchtete allen Ernstes, daß sie glaubte, er hätte mindestens schon mit drei oder vier Frauen geschlafen.

Aber Pam war sich seiner Unerfahrenheit inzwischen völlig bewußt. Gerade das machte ihr Spaß, diejenige zu sein, die ihm alles beibrachte. Sie war in bester Laune, eben weil sie jeden Moment ihres Zusammenseins bestimmen konnte. Sie hatte die Macht über ihn.

Als sie die Wohnungstür öffnete, strömte ein Schwall der Erregung durch ihren Körper. Sie wußte, daß er wild darauf war zu lernen, sie andererseits konnte es kaum erwarten, seine Lehrerin zu sein. Auch Bill durchzuckte Erregung. In den wenigen Augenblicken, die es gedauert hatte, bis sie die Tür öffnete, hatte seine Stimmung sich um 180 Grad gedreht. Sein Schuldgefühl und seine Hemmungen hatten sich in nichts aufgelöst. Jetzt war er nur noch darauf aus, sie zu haben. Es würde die Erfüllung sein. All diese Ängste vor dem Sex waren dumm gewesen, jetzt war er begierig darauf, konnte es nicht mehr erwarten.

Pams halblanges Haar war nicht mehr zurückgebunden, statt dessen fiel es jetzt lose in ihr Gesicht. Ihr Make-up war sorgfältiger als in der Schule. Die Lippen glänzten. Vorher waren sie ihm etwas dünn vorgekommen, jetzt waren sie viel voller, lockender. Sie fuhr sich mit der Zungenspitze über die Oberlippe. Ihr eng sitzender Rock endete höher über dem Knie als alle Röcke, die sie in der Schule getragen hatte. Dazu trug sie fleischfarbene Strumpfhosen, oder waren es Strümpfe? Er konnte nicht erwarten, es herauszufinden. Die obersten Knöpfe ihrer Bluse waren nicht geschlossen, so daß er ihren Brustansatz und ein Stück ihres Büstenhalters sehen konnte.

Pam und Bill waren noch nicht einmal in der Wohnung, aber schon knisterte die Atmosphäre vor erotischer Spannung. Das jedenfalls spürte Pamelas Freundin Cecilia Pierce deutlich. Sie saß auf dem Sofa im Wohnzimmer, als das Paar aus dem Flur hereinkam.

Bill war völlig perplex. Was machte Cecilia hier? Hatte er alles falsch verstanden? War Pamelas Benehmen am letzten Abend vielleicht nur ein schlechter Scherz gewesen? Wie konnte sie gleichzeitig eine Freundin einladen, wenn sie vorhatte, ihn zu verführen? Es machte einfach keinen Sinn.

Ein Ausdruck offensichtlicher Enttäuschung erschien auf Bills Gesicht, für beide Frauen deutlich zu erkennen.

»Hey, Bill«, sagte Pam, »ich habe einen ganz heißen Film da, den wir uns zusammen ansehen können.«

Aber Bill hörte ihr gar nicht zu. Seine Gedanken überstürzen sich. Hatte er sich den Vorfall im Büro nur eingebildet – oder konnte es sein, daß er heute abend mit beiden Frauen im Bett landen würde? Was das erst für eine Erfahrung wäre!

Erst einmal saß er nun mit beiden auf dem Sofa, und alle drei starrten gebannt auf das Video »Neuneinhalb Wochen«.

Am Anfang des Films ist Elizabeth zu sehen, die von Kim Basinger dargestellt wird, wie sie den nach Sex verrückten Mickey Rourke zurückweist und sagt: »Du glaubst wohl, du kannst alles mit mir machen?«

Bill betete an diesem Abend in Pams Wohnzimmer, daß er genau das mit ihr tun könne.

Und in dem Film dauerte es auch nicht lange, bis Rourke seine Begehrte bekommt, und zwar in einer Sexszene, von der man sagt, daß sie eine der heißesten in Hollywoods Geschichte ist.

Bill sah mit offenem Mund zu, wie der von Rourke gespielte John die Augen von Elizabeth verband. Vielleicht wollte Pam, daß er das auch mit ihr tat?

Die Atmosphäre in dem Zimmer war angespannt. Die Blicke der drei klebten am Fernsehschirm, als John einen Eiswürfel aus dem Glas Whisky nahm und die eiskalten Wassertropfen auf Elizabeths Körper fallen ließ. Dann bewegte er den Würfel über ihre Lippen, bevor er damit ganz sanft über die Brustwarzen der schönen Schauspielerin strich. Schließlich strich er mit dem Eiswürfel zwischen seinen Zähnen am Saum ihres Höschens entlang.

Es war eine außergewöhnliche Szene, absichtlich so angelegt, um die Erregung der Zuschauer bis zum Äußersten zu steigern. Und an diesem Abend wurde dieser Effekt hundertprozentig erreicht.

Pam plante im Kopf schon in jeder Einzelheit, wie sie Bill dazu bringen würde, in ihrem Schlafzimmer die Handlung des Films nachzuahmen. Und als Kim Basinger als Teil einer anderen Verführungsszene für Mickey Rourke einen heißen Striptease hinlegte, hoffte Bill, Pam würde später dasselbe für ihn tun.

Völlig gefangengenommen sahen die drei zu, wie Mickey Rourke mitten auf der Straße Kim Basinger im Regen gegen die Wand drückte. Ströme von Wasser ergossen sich über die beiden Stars, während sie mindestens sechs verschiedene Positionen ausprobierten.

»Wow. Er hat einen großartigen Körper«, kicherten die beiden Frauen wie Schülerinnen, während die Kamera den Konturen von Rourkes Körper folgte.

Einen Moment lang war Bill peinlich berührt beim Anblick der nackten männlichen Formen und schaute weg.

Aber schon sah er wieder gebannt zum Fernseher, als Kims Figur bis ins letzte genüßlich gezeigt wurde.

Es war eindeutig einer von Pams Lieblingsfilmen. Sie bewegte sich unruhig hin und her, kreuzte die Beine und stellte sie wieder nebeneinander. Ihr enger Rock rutschte immer höher ihre Hüften hinauf. Sie merkte es, aber es war ihr egal. Sie spürte sogar den kühlen Luftzug zwischen ihren Beinen.

Bill wußte, daß es peinlich wäre, wenn er jetzt aufstehen mußte, denn er hatte eine sicher nicht zu übersehende Erektion. Er schaute zu Pam hinüber. Der Rand ihrer Strümpfe war zu sehen und darüber ein Stück ihres nackten Oberschenkels. Gleichzeitig sahen sie Kim zu, wie sie in schwarzen Strümpfen und einem hautengen Kleid masturbierte, während sie sich vorstellte, daß sie es mit Rourke trieb.

Pamela hatte Cecilia vorher gesagt, daß sie Bill einladen würde und ihr ziemlich eindeutig signalisiert, was sie mit ihm vorhatte. Aber sie wollte, daß Cecilia als eine Freundin fungieren würde, falls irgend jemand unerwartet vorbeikommen sollte. Es war eine merkwürdige Situation, denn Cecilia hätte eigentlich besser zu ihm gepaßt, sie war gerade sechzehn. Aber sie hatte verstanden, daß Pam sie als Ausrede brauchte für den Fall, daß Greg früher von seinem Skitrip zurückkommen würde.

»Das hat dir hoffentlich ein paar Anregungen gegeben, Billy.« Der Film war fast vorbei, aber jetzt begann in der Wohnung erst die eigentliche Handlung.

Auf dem Fernsehschirm verließ Kim ihren Mickey, nachdem sie zum letzten Mal eine seiner perversen Forderungen abgelehnt hatte. Sie hatte beschlossen, die Sache zu beenden, bevor es zu spät dafür wäre.

Als der Abspann lief, stand Pamela auf und ging in die Küche. Cecilia lächelte. Sie wußte, daß sie nur eine Nebenrolle spielte, aber das störte sie nicht.

Bill hatte es die Sprache verschlagen. Er hoffte inständig, daß seine Erwartungen erfüllt würden. Die Sexbotschaft des Films war nicht zu übersehen, aber noch immer verstand er nicht, wie das mit Cecilia zusammenpaßte.

Er brauchte nicht lange auf die Erklärung zu warten. Als Pamela aus der Küche zurückkam, trug sie eine Schale mit Eiswürfeln und nahm ihn bei der Hand.

»Komm mit, ich zeige dir die anderen Zimmer.«

Bill konnte einfach nicht fassen, daß es nun wirklich so weit war. All diese Träume – und jetzt taten sie es tatsächlich.

Pamela hatte die Situation unter Kontrolle. Bill wußte, was er zu tun hatte, als sie sich aus ihrem Rock schälte und die Bluse abstreifte. Darunter kam türkisfarbene Seidenunterwäsche zum Vorschein.

Als sie den Gürtel seiner Hose öffnete, fühlte er sich wieder wie ihr Schüler. Es war eine nette Geste von ihr, denn er war so unsicher, er wollte geführt werden. Und sie erschien ihm so wissend, so stark.

Am Anfang war Bill seine eigene Nacktheit peinlich, aber er verlor sehr schnell seine Hemmungen, als Pamela im Dämmerlicht des Schlafzimmers begann, jeden Zentimeter seines Körpers zu erkunden.

Die halbleere Eiswürfelschale stand auf dem Bettisch. Bill hatte die eiskalten Stücke über ihren ganzen Körper verteilt. Er war fasziniert, wie steif ihre Brustwarzen wurden, als er sie mit den Eiswürfeln berührte.

Langsam schob er sie über jede Kurve ihres Körpers und leckte dann das Wasser mit seiner Zunge auf, was Pamela geradezu in Krämpfe der Erregung versetzte. Das war das einzige Mal, daß Bill Herr der Situation war.

Er legte jetzt den Rest der Eiswürfel wieder in die Schale, denn er war wild danach, zum wirklichen Liebesakt zu kommen. Er verstand, daß das Vorspiel wichtig war, aber jetzt wollte er das Eigentliche. Pamela bestand jedoch noch immer darauf, daß er das Spiel mit den Eiswürfeln fortführte. Sie wollte, daß er sie erst in seinen Mund steckte und dann winzige Tröpfchen auf ihren Körper laufen ließ, genau wie im Film.

Für Cecilia war es Zeit zu gehen. Sie konnte sich gut vorstellen, was im Schlafzimmer nebenan passierte. Um aus der

Wohnung zu gelangen, mußte sie an der Schlafzimmertür vorbeigehen, fühlte sich aber nicht schockiert von Pamelas Verführungstechnik, sondern war eher eifersüchtig.

Denn auch Cecilia war von dem Film erregt worden, nur hatte sie niemanden, um die Handlung nachzuspielen. Als sie sich an der Tür vorbeischlich, die einen Spalt offenstand, konnte sie deutlich die beiden nackten Körper auf dem großen Bett sehen. Sie waren ineinander verschlungen und bewegten sich auf und ab. Es war ein Anblick, den sie niemals vergessen würde.

Endlich bekam Bill das Eigentliche. Wild und heftig liebten sie sich auf dem Bett, beide völlig in Ekstase.

Es war einfach eine großartige Erfahrung – Sex mit einer älteren, erfahrenen Frau!

Pamelas Phantasie zum Anstacheln und Befriedigen ihrer Lust war grenzenlos. Und ihr »Liebessklave« hatte ihr dabei zu dienen und alles zu tun, was sie wollte.

Im Hintergrund spielte Van Halens »Hot For Teacher«.

Und Pamela tat, wovon ihre Lieblingsgruppe sang.

Jetzt wollte sie es auf dem Fußboden mit ihm machen. Er mußte gehorchen, als sie ihn auf sich herabzog und dabei erneut führte, weil er noch immer ungeschickt war.

Als ihre Körper sich rhythmisch auf dem dicken Florteppich bewegten, stellte Pamela sich Mickey Rourke vor. Sie wußte, daß sie ihren Höhepunkt erreichen würde, wenn Bill nur halb so gut wie Mickey war.

Am nächsten Morgen plagten Bill Schuldgefühle. Er hatte Angst davor, Pam wiederzusehen. Nachdem er nun wirklich Sex mit ihr gehabt hatte, wußte er nicht, wie er sich weiter verhalten sollte. Mußte er so tun, als sei nichts gewesen, oder sollte er womöglich die Affäre noch eine Stufe weiter vorantreiben und ihr richtiger Liebhaber werden?

Eigentlich konnte er sich nicht vorstellen, daß eine Frau sich ihm so wie gestern Pamela hingeben würde, wenn sie nicht gleichzeitig viel für ihn empfand. Er hatte von Prostituierten gelesen und von Sex, den man mitmachte, weil der Partner oder die Partnerin es so wollte. Aber Pamela war nicht so. Man konnte also nur einen Schluß ziehen: Zwischen ihnen beiden mußte etwas Besonderes sein.

Bill, in der letzten Nacht zum Mann geworden, stand auf seinem Stammplatz in der Ecke des Schulhofs und empfand eine merkwürdige Mischung aus Hochgefühl und Deprimiertheit. Die Freude über die sexuelle Erfahrung war mit Schuldgefühlen gemischt.

Aber als er spürte, wie Pamela jetzt von der anderen Seite des Schulhofs zu ihm herüberschaute, war er mit einem Schlag aus seinen widersprüchlichen Gefühlen herausgerissen. Dieses Mal wartete sie nicht wie am vorigen Tag bei der Eingangstür, sondern kam direkt auf ihn zu. Die zwei anderen Musketiere zogen sich zurück, als sie sich näherte. Instinktiv spürten sie, daß zwischen ihrem besten Freund und seiner Lehrerin eine besondere Beziehung bestand. Diesen Moment hatte Pam den ganzen Morgen lang geübt. Jetzt war es soweit.

Zuerst wußte Bill gar nicht, wo er hinschauen sollte. Offensichtlich hatte Pamela geweint. Ihre Wimperntusche war verwischt, und sie sah aus, als wäre sie eine andere Person als der Vamp, den Bill noch vor ein paar Stunden erlebt hatte.

Sie sprachen leise, flüsterten fast, um zu verhindern, daß die neugierigen Ohren der Kinder, die in ihrer Nähe standen, etwas hörten.

»Ich habe solche Sehnsucht nach dir, Bill«, stieß Pamela hervor.

Bill wußte nicht, was er sagen sollte; sie erklärte ihm ihre Liebe.

»Ich brauche dich, ich brauch dich immer. Ich will niemanden anderen. Ich will nur dich.«

Obwohl Pamela die ganze Zeit über fast weinte, strahlte sie noch immer Autorität aus. Sie war seine Lehrerin. Es gab keine Möglichkeit, ihr irgend etwas zu verweigern. Wenn sie nur ihn wollte und sonst niemanden, dann war das für ihn eben in Ordnung.

Aber trotzdem stimmte irgend etwas nicht. Sie schien auf noch etwas anderes hinauszuwollen, als gäbe es noch einen anderen Grund für ihre Tränen. Es dauerte nicht lange, bis er wußte was los war.

»Wir müssen Greg loswerden. Das ist die einzige Möglichkeit.«

Erschrocken wich Bill zurück. Vielleicht hatte er nicht richtig verstanden? Aber Pamela meinte es todernst. Sie wollte Greg aus dem Weg schaffen, und sie befahl Bill das für sie zu tun.

Das Auto parkte in einer engen Nebenstraße, weit von der Hauptstraße entfernt. Es war acht Uhr abends. Die Fenster waren völlig beschlagen, und der Wagen schaukelte sanft, gerade nur soviel, daß man es bemerken würde, wenn man dicht daneben stand.

Im Auto liebten sich Pamela und Bill. Es war nicht so bequem wie das erste Mal, aber es war genauso leidenschaftlich.

»Bill, wenn du mich wirklich liebst ... «

Bill war wie vor den Kopf gestoßen. Er war gerade 16 Jahre alt geworden, und jetzt instruierte ihn seine verheiratete Freundin, wie er ihren Ehemann töten sollte. Sie stieß die Worte zwischen Küssen und tiefen Atemzügen hervor.

»Es muß so aussehen wie ein Einbruch. Nimm ein paar Sachen aus dem Schlafzimmer mit. In der Kommode liegt ein bißchen Schmuck. Die Polizei wird denken, Greg hat die Einbrecher überrascht. Es ist ganz einfach. Und mach nicht so viel Schmutz. Es muß sauber und schnell gehen. Du mußt eine Pistole benutzen, dann wird der Teppich eben schmutzig.«

Sie befahl die Ermordung ihres Ehemannes, und ihre Hauptsorge dabei galt dem neuen Wohnzimmerteppich.

»Und paß auf, daß der Hund nicht im selben Zimmer ist. Ich möchte nicht, daß er Angst hat.«

Pam hatte immer gesagt, daß sie Tiere Menschen vorzog, woran nach dieser Bemerkung nicht mehr zu zweifeln war.

Dann bekam Bill wieder, wonach er sich so sehr sehnte: Sex von einer Frau, die wußte, wie man es machte. Und wenn er dafür einige unangenehme Aufgaben erfüllen mußte, dann war das eben so.

Er wollte, daß sein Unterricht bei Pam niemals enden würde.

Vance Lattime ging leise auf Zehenspitzen die Treppe in seinem Haus hinunter, damit niemand von der Familie wach wurde. Als er den Weg durch den Flur zum Arbeitszimmer seines Vaters zurücklegte, fragte er sich, ob das, was er im Begriff war zu tun, sich wirklich lohnte.

Vor nur ein paar Stunden hatte sein bester Freund Bill Flynn ihn und das dritte Mitglied der Musketiere, Patrick Randall, davon überzeugt, daß sie mit ihm zusammen den kaltblütigen Mord an Pamelas Ehemann Greg ausführen sollten.

Als sie den Plan besprachen, war Pamela dabeigewesen. Sie meinte, daß alles ganz einfach sein würde, aber Vance war sich dessen nicht so sicher. Bill und Pamela jedoch überredeten ihn schließlich. Sie wußten, daß Vances Vater eine große Waffensammlung zuhause hatte.

Der Teenager zögerte einen Augenblick, bevor er vorsichtig den Glaskasten öffnete und behutsam den 22er Revolver herausnahm. Der Preis für Greg Smarts Kopf war für jeden von ihnen 2400 Pfund – war das genug für einen Mord? Pamela hatte das Geld, das sie aus Gregs Lebensversicherung bekommen würde, Bill und seinen Freunden versprochen. Bedingung war Gregs Tod.

Als Vance die Sammlung der Waffen anschaute, die wie in einem Schaufenster vor ihm lag und ihm jetzt Angst einflößte, dachte er daran, daß er den Ehrenschwur der Musketiere abgelegt hatte. Sie waren füreinander da und würden sich in jeder Situation helfen. Er hatte keine Wahl.

Bill, Vance, Patrick und ihr Fahrer Ray Fowler fuhren auf der Straße Richtung Derry. Alle waren nervös. Gleich würden sie der tatsächlichen Situation gegenüberstehen, und das versetzte sie in Angst und Schrecken. Während Ray fuhr, instruierte Bill die anderen, welche Rolle sie zu spielen hätten.

Niemand hörte richtig zu. Sie hatten nicht mehr die Fähigkeit zur Konzentration. Schließlich waren sie keine kaltblütigen, professionellen Killer, sie waren Schulkinder, die im Bann einer berechnenden Verführerin standen.

»Scheiße. Laßt uns umdrehen!« Bill wurde mit einem Mal die Ungeheuerlichkeit ihres Vorhabens bewußt. Für einen Moment erkannte er die Absurdität der Situation, er wollte seine wirklichen Gefühle für Pamela noch einmal überprüfen. Vielleicht benutzte sie ihn nur, um ihren Ehemann umzubringen. Womöglich ließ sie ihn wie eine heiße Kartoffel fallen, wenn der Mord erst ausgeführt war!

Es war das erste Mal, daß Bill an der Frau zweifelte, die ihn verführt hatte und nach der er jetzt völlig verrückt war.

»Es tut mir leid, daß wir jetzt erst kommen. Wir haben uns irgendwie verfahren. Ich wußte nicht mehr, in welcher Straße du wohnst.«

Das war eine schwache Ausrede, denn Bill wußte es genau. Aber etwas anderes viel ihm unter den Umständen nicht ein. Vance und Patrick standen betreten neben ihm vor der Wohnungstür zu Pams Apartment. Jetzt hatten sie bald mehr Angst vor ihrer Reaktion als vor der Aussicht, jemanden zu ermorden.

Pamelas Augen blitzten vor Wut.

»Du liebst mich nicht! Du hast dich absichtlich verfahren!« schrie sie Bill an und ignorierte völlig die Anwesenheit der beiden anderen Jungen.

Bill hatte Angst, daß sie mit ihm Schluß machen würde. Es wäre entsetzlich für ihn, wenn diese leidenschaftliche Affäre zu Ende ginge ... Andererseits könnte er dann ein reines Gewissen behalten.

Daher hoffte Bill teilweise, daß dies vielleicht das Ende ihrer Beziehung bedeuten würde. Er machte sich über viele Dinge Sorgen, die mit dieser verbotenen Liebe zusammenhingen. Alles erschien ihm so gefährlich, so riskant. Aber das Schuldgefühl, das ihn sonst nicht in Ruhe ließ, verschwand in dem Moment, wo er Pam nur ansah. Wenn er daran dachte, wie wunderbar es gewesen war, mit ihr zu schlafen, dann hüllte ihn ein Gefühl von Sicherheit ein, und alles erschien plötzlich ganz einfach.

Pamela streichelte jetzt sanft Bills Nacken. Die zwei anderen Jungen sahen peinlich berührt zu, als ihre Lehrerin vor ihren Augen liebkoste und küßte. Pam wurde sich ihrer Gegenwart bewußt, führte Bill in die Küche und sagte den anderen, sie sollten draußen bleiben.

Bald liebten sich Pamela und Bill überall in der Wohnung: auf dem Boden des Wohnzimmers, in der Küche, auf der Treppe und schließlich auch im Schlafzimmer.

Pamelas ursprünglicher Ärger über Bill hatte sich jetzt in Lust verwandelt. Ihre Wut über den offensichtlich gescheiterten Versuch, ihren Mann umzubringen, machte sie noch wilder.

Bill konnte es kaum fassen. Sie barst vor sexueller Begierde. Beim ersten Mal zog sie nicht einmal ihre Kleider aus, auch nicht ihre schwarzen Lacklederschuhe mit den Pfennigabsätzen.

Sie war wie wild, wollte mehr und mehr. Nachdem sie schließlich beide einen Orgasmus gehabt hatten, war Pam wie ausgewechselt. Ihr Ärger war verflogen, wie aus ihr herausgeströmt, während sie einander liebten. Sie schien vollkommen befriedigt, jedenfalls für den Moment.

Als sie entspannt nebeneinander auf dem großen Doppelbett lagen, streichelte sie sanft Bills Brust und schaute ihn liebevoll an. Bill spürte, daß sie noch etwas von ihm wollte. Es war dasselbe Gefühl, das er gehabt hatte, als sie vor ein paar Tagen auf dem Rücksitz ihres Autos lagen.

Und diesmal wußte er schon, was sie im Sinn hatte.

»Ihr müßt es noch einmal versuchen. Es muß klappen. Wenn nicht, können wir uns nicht mehr treffen.«

Bill drehte sich der Magen um, als Pam ihn wieder an diese unangenehme Sache erinnerte. Er war so verrückt nach ihr. Gerade noch hatte er gehofft, daß dieser wahnsinnige Plan nicht wieder auftauchen würde …

Er hätte es besser wissen müssen.

Greg Smart war allein in dem Apartment in Derry und räumte das Wohnzimmer auf. Pamela sollte sich wohlfühlen, wenn sie am späten Abend von einer Schulkonferenz zurückkäme.

In letzter Zeit gab sich Greg besonders viel Mühe, nett zu Pamela zu sein, denn er wollte wiedergutmachen, was er mit seiner Beichte angerichtet hatte. Er fand selbst, daß es falsch war, mit einer anderen Frau geschlafen zu haben. Es war einfach so passiert, ohne großes Nachdenken, eigentlich war es gar nicht wichtig gewesen. Er liebte Pamela, und er wollte es ihr beweisen. Jetzt freute er sich auf den Abend, an dem er mit ihr zusammen feiern und diese bittere Erinnerung auslöschen wollte.

Greg war so in seine Gedanken versunken, daß er das Scheppern eines Fensters auf der anderen Seite der Wohnung gar nicht bemerkte.

Während die drei maskierten Gestalten zum Wohnzimmer schlichen, dachte Greg gerade darüber nach, welche Freunde er noch anrufen könnte, um sie zu einer Party einzuladen.

Als die drei Musketiere ins Zimmer stürzten, war er völlig überrascht.

»Nehmt alles, was ihr wollt.« Greg war nicht so dumm, sich mit drei Jugendlichen anzulegen, von denen einer bewaffnet war.

Bill fühlte sich durch die Waffe und die damit verbundene Macht, jemanden herumkommandieren zu können, in Hochstimmung. Jetzt konnte er mit Greg machen, was er wollte, so wie Pamela sonst mit ihm. Er hatte das Gefühl, das erste Mal in seinem Leben Herr über sein Schicksal zu sein.

»Gib mir den Ring, du Jammerlappen.«

Den Ring wollte Bill mehr als alles andere. Er wollte, daß er eines Tages für immer ihm gehören würde.

Gregs Antwort machte aus der Szene eine Farce:
»Meine Frau bringt mich um, wenn ich ihn euch gebe.«
Einer der Jungen kicherte. Bill und seine Freunde konnten es nicht fassen. Pamela wollte seinen Tod, und er hatte nicht die leiseste Ahnung davon.
»Gib ihn her!«
Bill gab sich Mühe, drohend zu klingen, aber Greg blieb hartnäckig.
Damit hatte er sein eigenes Todesurteil unterschrieben.
Bill spannte den Hahn des Revolvers.
»Auf die Knie, los!« schrie er den erschrockenen Ehemann seiner Geliebten an.
Dann richtete er den Revolver auf Gregs Hinterkopf und sprach vier Wörter:
»Lieber Gott, vergib mir.«
Greg Smart fiel nach den Schüssen vornüber, und die drei Musketiere flohen hastig.

Pamela sah phantastisch aus in Schwarz. Die Strümpfe mit Nähten lieferten bei einer so düsteren Gelegenheit genau die richtige Portion Sex. Sie trug sogar dieselben schwarzen Lacklederpumps, die sie anbehalten hatte, als sie Bill neulich so leidenschaftlich geliebt hatte.

Beim Begräbnis von Greg Smart stellte seine trauernde Witwe nun ihre schauspielerischen Fähigkeiten unter Beweis. Wie sie mit gesenktem Kopf dastand, als der hölzerne Sarg in Gregs letzte Ruhestätte im Erdboden herabgelassen wurde, sah sie aus, als würde ihr das Herz brechen. Die sogenannte »Maiden of Metal« erregte bei ihrer Familie und ihren Freunden, die um die Grabstätte versammelt waren, tiefstes Mitleid.

Als der Priester von Gregs tragischem Tod durch die Hand unbekannter Einbrecher redete, vergoß Pamela Tränen. Bevor der Sarg mit Erde bedeckt wurde, ließ sie einen Strauß Rosen darauf fallen.
»Gott hab ihn selig ...«

Die drei Musketiere standen in ihrer Ecke auf dem Schulhof. Sie hatten noch immer selbst nicht ganz begriffen, was sie getan hatten – es war einfach ungeheuerlich.

Die Schlagzeilen in den Zeitungen beschäftigten sich schon nicht mehr mit Gregs Tod. Pamela Smart kam noch nicht wieder zur Schule und weinte zu Hause ihre falschen Krokodilstränen. Das ganze Unternehmen war nach Plan verlaufen, und jetzt wollten die Teenager ihr Geld. Schließlich hatten sie ihre Arbeit ordentlich ausgeführt.

In der Schule kamen Gerüchte auf. Man erzählte sich, daß Greg Smart vielleicht gar nicht von Dieben getötet worden war …

»Er war tot mehr wert als lebendig«, brüstete sich Patrick Randall gegenüber seinen Klassenkameraden.

Der gewaltsame Tod von Pamelas Ehemann war das Gesprächsthema auf dem Schulhof, dort, wo vor einigen Monaten das ganze Geschehen seinen Anfang genommen hatte.

Vance Lattime schreckte schweißgebadet aus dem Schlaf hoch. Wieder einmal hatte er diesen fürchterlichen Alptraum gehabt, in dem er das Gesicht Greg Smarts sah. Es wirkte völlig lebendig, und es machte Vance schreckliche Angst.

Mehr als die beiden anderen Musketiere wurde Vance ständig von Schuldgefühlen gequält, die nicht mehr nachließen. Während die anderen Jungen ungeduldig darauf warteten, daß Pamela mit ihnen in Kontakt treten und ihnen endlich ihren Lohn überreichen würde, fing er an, die furchtbare Tat zu bereuen.

Vances Eltern glaubten, daß es Probleme mit Mädchen wären, die dem Jugendlichen zu schaffen machten. Vergeblich versuchten sie, ihm über seine Sorgen hinwegzuhelfen, doch kein Zuspruch änderte etwas an seinem depressiven Zustand.

Vance konnte die Last des schrecklichen Geheimnisses einfach nicht mehr ertragen. Er wußte auch, daß an der Schule schon Vermutungen angestellt wurden, was hinter dem Mord an Greg stecken könne. Sicher würde bald die Polizei an seine Tür klopfen.

Eines Morgens brach Vance zusammen. Unter Strömen von Tränen erzählte er seinen erschrockenen Eltern alles, was passiert war.

Sein Vater ging sofort zur Polizei.

Pamela nahm die Neuigkeit von der Gefangennahme der drei Musketiere gelassen auf. Ganz bestimmt würde sie nicht in Panik ausbrechen und gestehen.

Sie saß in Derry in ihrem ehemals glücklichen Eheheim mit ihrer besten Freundin Cecilia und fühlte sich bemerkenswert ruhig.

»Wem werden sie wohl glauben? Einem sechzehnjährigen oder mir, einer Lehrerin mit gutem Ruf?« fragte sie zuversichtlich. »Ich werde bestimmt davonkommen, mach dir keine Sorgen. Niemals werde ich irgend etwas zugeben.«

Pech für Pamela, daß sie den Kassettenrekorder nicht bemerkte, den Cecilia unter ihrer Kleidung versteckt hatte.

Am 22. März 1991 wurde Pamela Smart von einem Gericht in Exeter, New Hampshire, die Verantwortung für den Mord an ihrem Ehemann zur Last gelegt. Sie wurde zu lebenslänglicher Haft verurteilt.

Bill Flynn, Patrick Randall und Vance Lattime gestanden, Greg Smart getötet zu haben. Ihre lebenslänglichen Strafen wurden auf 28 Jahre reduziert, weil sie durch ihre Aussagen dem Gericht geholfen hatten, Pamela Smart zu überführen.

4
Kritische Tage

Christine English haßte den Beginn des Tages.

Jeden Morgen türmte sich vor ihr ein Berg von Pflichten auf, die erledigt werden mußten: die Kinder für die Schule fertig machen, dafür sorgen, daß sie etwas zum Frühstücken aßen, die Betten richten, das Haus saubermachen. Es war eine lange Reihe lästiger Arbeiten, die kein Ende nahm.

Und dazu kam noch Barry.

Hatte sie erst ihre beiden Söhne auf den Schulweg gebracht, mußte sie sich um ihn kümmern. Er spielte bald eher die Rolle eines dritten Kindes als die ihres Liebhabers.

Sie waren jetzt seit vier Jahren zusammen, aber manchmal kam es ihr vor, als wären es schon vierhundert. Ihre Gefühle füreinander schwankten zwischen Haß und Verliebtsein, und nie gab es eine Sicherheit, wie es weitergehen würde.

Christines Freunde sagten ihr immer wieder, daß sie verrückt wäre, mit einem sechs Jahre jüngeren Mann zusammenzuleben. Aber Christine fühlte sich mit Barry so jung, und wenn er wollte, konnte er der liebevollste, fürsorglichste Liebhaber der ganzen Welt sein.

Sie wollte nicht auf das hören, was ihr alle sagten. Solange die guten Zeiten nur die schlechten überwogen, war sie glücklich.

Seit einiger Zeit machte sie sich aber doch Gedanken, ob das Zusammensein mit Barry die viele Mühe noch wert wäre. Er hatte begonnen zu trinken; anfangs war er jeden Abend im Pub gewesen und hatte ziemlich viel Bier konsumiert, und seit etwa einem Jahr war er sogar zu Wodka übergegangen.

Fast jede Nacht war er jetzt betrunken oder doch nahe daran. Manchmal war er in diesem Zustand amüsant, aber es kam auch vor, daß er sich nicht mehr unter Kontrolle hatte und aggressiv wurde, und dann machte er Christine richtiggehend Angst.

Barry hatte Probleme mit seiner Arbeit. Wie bei vielen Selbständigen waren seine finanziellen Belastungen sehr hoch. Er besaß eine Konzession für eine Bäckerei, doch obwohl das Geschäft nicht schlecht ging, warf es lange nicht so viel ab, wie Barry erwartet hatte.

Sein Leben war zu einem ständigen Kampf geworden, und die Flasche war für ihn der einzige Weg, dem zu entkommen. Wenn Barry trank, verschwanden der Druck und die Belastung, wie groß sie auch sein mochten.

Abends saß er im Pub an der Bar und redete mit seinen Trinkkumpanen über alles, nur nicht über sein Geschäft. So konnte er sich von seiner Anspannung befreien. Trinken war für ihn die willkommene Rettung.

Kam Barry dann nach Hause zu Christine, wurde er nach und nach wieder nüchtern, und jede Nacht mußte er sich eingestehen, daß das, was er tat, nur ein Ablenkungsmanöver von seinen Problemen war. Eigentlich wußte er genau, daß es keine Lösung darstellte, sein Gehirn ständig unter Alkohol zu setzen, und daß er so nicht weitermachen konnte.

Er mußte etwas tun, um aus dem Dilemma herauszukommen. Aber was? Christine hätte ihm gerne einen Vorschlag gemacht, aber sie wußte nicht, wie sie Barry von ihrer Idee überzeugen sollte. Vor vielen Jahren, nach der Geburt ihrer zwei Söhne, war sie selbst immer häufiger von extremen Stimmungsschwankungen geplagt worden. Zuerst tat sie diese sehr lästigen Zustände als vorübergehende postnatale Depression ab. Ihr damaliger Ehemann hatte nicht einmal versucht, ihr zu helfen. Er hatte keinerlei Interesse an ihren »Frauenproblemen« gehabt, wie er es nannte.

»Was ist denn schon wieder los?« hatte er meist mit verständnislosem Gesichtsausdruck gegrummelt. In ihrer Ehe stand es wirklich nicht zum besten, er zeigte keinerlei Mitgefühl.

Christine mußte damals einen Weg finden, um der eigenen ständigen Launenhaftigkeit zu entkommen, die ihr Leben immer schwerer machte. Manchmal regte sie sich so sehr auf, daß sie mit allen möglichen Sachen warf. Einmal schmiß sie in einem Anfall von Raserei, der ihr selbst unerklärlich war, sogar mit Besteck.

Danach wollte sie mit ihrem Ehemann darüber sprechen, wie so etwas hatte passieren können. Aber er hatte ihr gar nicht zugehört.

»Es war ihm einfach egal. In seiner begrenzten Welt hatte eine Frau eine genau festgelegte Rolle, und er war nicht bereit, über diese Art von Problemen auch nur zu reden«, erklärte Christine später.

Die Situation verschlimmerte sich. Christines Launen nahmen zu und wurden immer unkontrollierbarer. Es war, als gäbe es in ihr eine andere Person, die mit aller Macht versuchte, auszubrechen und ein Chaos anzurichten.

Bei einem besonders furchtbaren Streit mit ihrem Mann warf sie einen Teller nach ihm. Daraufhin schlug er sie. Das war der Moment, in dem sie beschloß, etwas zu tun, bevor es zu spät war.

Christine versuchte, ihre Probleme mit Hilfe transzentraler Meditation zu lösen. Es war Mitte der siebziger Jahre. Die Blütezeit der Hippies war schon vorbei, und aus den Beatniks von gestern waren solide Paare mit Trauschein und durchschnittlich zwei bis drei Kindern geworden. Aber Meditation war ein Überbleibsel dieser Strömungen, das die rasch wechselnden Launen der Mode überlebt hatte.

Für Christine war Meditation tatsächlich die Rettung, nach der sie gesucht hatte. Zuerst ging sie zu Gruppentherapien, bei denen alle gemeinsam in einem Raum saßen und meditierten. Sie lernte, sich so zu entsannen, wie es in der heutigen Zeit normalerweise kaum noch möglich ist.

Christine bekam auch ihr eigenes Mantra. Das war ein Zeichen, das ihr von ihrem Lehrer verliehen wurde, ein Name, den niemand in der ganzen Welt je kennen durfte. Ihr Lehrer warnte sie, daß es böse Folgen hätte, falls sie ihr Mantra jemand anderem verraten würde.

Schon nach wenigen Wochen fühlte sie sich besser. Fünfzehn Minuten Meditation jeden Morgen vor dem Frühstück und jeden Abend vor dem Zubettgehen hatten eine sehr beruhigende Wirkung auf sie. Sie fing an, mehr in sich selbst hineinzuhorchen und zu verstehen, was ihre Anspannungen hervorrief. Langsam konnte sie die negativen Prozesse einschätzen, die dazu beitrugen, daß sie unglücklich war. Christine war im Begriff, eine Antwort zu finden.

Jetzt hatte sie eine Hoffnung, die Nöte ihres Lebens zu lindern. Und dadurch war sie Barry und seinen Schwierigkeiten gegenüber toleranter, als sie es jemals ihrem Ehemann gegenüber hätte sein können.

Als Barrys Alkoholprobleme sich verschärften, wußte sie, daß sie ihm mit ihrer Mediationserfahrung helfen mußte, auf andere Art mit seinem Leben zurechtzukommen; genau so, wie sie selbst es vor Jahren geschafft hatte.

»Barry wollte Hilfe. Er suchte verzweifelt nach einem Ausweg«, erklärte Christine später.

Eines Nachts, als er besonders viel getrunken hatte, weinte er in ihren Armen und bat sie, ihm zu helfen. Er wollte lernen, auf dieselbe Art wie sie mit seinen Schwierigkeiten zurechtzukommen.

Aber er lehnte es ab, eine Meditationssitzung zu besuchen. Er wollte, daß Christine ihm beibrachte, zu meditieren. Niemandem sonst vertraute er genug. In der Beziehung war er wie ein Kind, er bestand darauf, daß er nicht mit Fremden zusammen lernen konnte. Aber von diesem Verhalten abgesehen, wollte er unbedingt wissen, wie er seine Nöte verringern könnte, denn er wußte, daß es ihn sonst das Leben kosten würde.

Natürlich machte sich Christine große Sorgen. Sie fühlte, daß er Gruppen besuchen mußte, in Kurse gehen sollte; aber sie wußte auch, daß schnell etwas passieren mußte, weil es sonst zu spät wäre. Was sie am meisten ängstigte war, daß sie ihm ihr Mantra verraten sollte.

Denn er wollte ihr Mantra, kein anderes. Für ihn war es die Voraussetzung dafür, meditieren zu lernen. Christine sollte ihren geheimsten Namen mit ihm teilen.

Ihr blieb nichts anderes übrig. Sie sah, wie dringend er Hilfe brauchte. Er sehnte sich verzweifelt danach, zur Ruhe zu kommen, und Christine liebte ihn.

Also gab sie schließlich widerstrebend nach und willigte ein, ihm ihr Mantra zu verraten. Aber es beunruhigte sie, daß sie der Weisung ihres Lehrers nicht gefolgt war – und von jetzt an hatte sie Angst vor den Folgen.

Christine und Barry hatten wieder einmal einen Abend verbracht, an dem sie viel Spaß zusammen gehabt hatten. Es war wie in alten Zeiten gewesen, sie hatten geschmust, miteinander geschlafen, sich sicher und geborgen gefühlt.

Zum ersten Mal nach vielen Monaten schöpfte Christine wieder Hoffnung, daß sie vielleicht doch weiter zusammenleben könnten. Barry meditierte jetzt regelmäßig mit ihr, und es schien ihm tatsächlich zu helfen.

Vielleicht war all der Aberglaube, in bezug auf das Mantra ja Unsinn, und sein Leben würde nun wieder in Ordnung kommen. Barry nahm die Meditation jetzt genauso ernst wie Christine. Jeden Morgen meditierten sie gemeinsam und spürten beide die beruhigende Wirkung. Christine hoffte, daß das Meditieren ihn schließlich vom Trinken wegbringen würde.

Diese Nacht war sie voller Zuversicht eingeschlafen. Ganz offensichtlich verbesserte sich ihre Situation.

Doch schon am nächsten Morgen hatte Christine das Gefühl, wieder am Punkt Null angelangt zu sein. All das Glück und die Zufriedenheit des vorhergehenden Abends waren einem quälenden Spannungsgefühl gewichen.

Barry war diesmal nicht schuld daran; ihre Depression hatte einen viel einfacheren Grund. Christine stand kurz davor, ihre Periode zu bekommen, und die Prozesse in ihrem Körper führten meist dazu, daß sie sich schrecklich unwohl fühlte.

Mit den Jahren hatte sich Christine daran gewöhnt, sehr stark unter ihrer Periode zu leiden. Die Meditation hatte ihr viel geholfen, aber diese prämenstruellen Spannungen waren noch immer etwas, wovor sie sich geradezu fürchtete. Während es für viele Frauen möglich ist, in der Zeit ihrer Periode ihr Leben praktisch unverändert weiterzuführen, wurde Christine davon jedesmal aus der Bahn geworfen.

Am schlimmsten waren die Tage vor der eigentlichen Menstruation. Ihre innere Spannung steigerte sich so, bis sie glaubte, es würde sie zerreißen. Sie litt unter so starken Kopfschmerzen, daß sie das Gefühl hatte, ihr Kopf würde platzen. Ihr Körper schwoll an, sie bekam Pickel, und ihre Brüste wurden unglaublich empfindlich.

Man sagt von Kopfschmerzen, daß sie ein Alarmsignal des ganzen Körpers sind. Sie machen einen darauf aufmerksam, daß irgend etwas nicht stimmt. In Christines Fall waren sie unerträglich schmerzhaft, wie ein Messer, das ihr durch die Schläfen fuhr.

Bei vielen Frauen sind geschwollene Brüste das einzige Symptom während der Zeit vor der Periode. Aber in Christines Fall waren sie nur ein Teil des quälenden Szenarios und außerdem so empfindlich, daß schon der leichteste Druck einen stechenden Schmerz auslöste. Wenn Barry sie berührte, dachte er aufgrund ihrer Reaktion oft, daß sie verärgert sei, obwohl sie nur den Schmerz vermeiden wollte. Die Beziehung mit einem nicht sehr sensiblen Mann machte die Situation also nur noch schlimmer.

Zu all dem kam, daß sie oft zunahm und unangenehm aufgedunsen wurde. Manchmal speicherte ihr Körper in dieser Zeit so viel Flüssigkeit, daß sie bis zu fünf Pfund mehr wog.

Ihre Haut wurde rötlich und fleckig. Hitzewellen und Kälteschauer wechselten sich ab, und ihr Selbstbewußtsein war beeinträchtigt, was sie wiederum noch reizbarer machte.

Am schlimmsten war ihre Ungeschicklichkeit in diesen Tagen. Dauernd fiel ihr etwas aus der Hand. Sie stieß gegen Möbel und warf Sachen um. Meist machte sie sich selbst dafür verantwortlich, was sie unter noch größeren Druck stellte. Ihr Ehemann hatte niemals verstanden, was sich in ihr abspielte, und Barry tat es jetzt auch nicht.

Das war Christines größtes Problem.

Die Männer in ihrem Leben begriffen nicht, unter welchen Qualen und Ängsten sie litt. Sie empfanden ihr Benehmen einfach nur als ärgerlich und machten sich nie die Mühe, auch nur darüber nachzudenken, was in ihrem Körper vorging.

So fühlte sie sich ungeliebt, reizbar, immer in der Defensive, stand die schlimmsten Ängste aus und hatte Anfälle von Panik. Ohne jeden Grund schrie sie andere an und brach bei der kleinsten Provokation in Tränen aus.

Christine litt während dieser Tage unter Depressionen, Launenhaftigkeit, Mangel an Energie und Konzentration, Vergeßlichkeit, Schlaflosigkeit und hatte plötzlich keinerlei Interesse mehr an Menschen oder wichtigen Ereignissen.

All das kam zusammen und machte ihr das Leben schwer, und auch noch so viel Meditation konnte sie nicht völlig davon heilen. Aber wenigstens entspannten sie die Übungen genug, um sich nicht mehr völlig ausgeliefert zu fühlen und besser mit ihren Menstruationsbeschwerden umgehen zu können.

Wenn sie meditierte, schien all der Druck, der auf ihr lastete, von ihr zu weichen. Eine wertvolle Viertelstunde lang konnte sie sich selbst in einem Meer von Mystizismus verlieren. Es war die letzte Rettung. Manchmal wünschte sie, nie wieder aus ihrer Versunkenheit auftauchen zu müssen.

Als sie am 16. Dezember 1980 aufwachte, wußte sie im selben Moment, daß es ein sehr schwieriger Tag werden würde, ihre üblichen Menstruationsprobleme kündigten sich an.

Während sie nach dem Wecker tastete, spürte sie schon die Spannung in ihrem Kopf.

Immerhin hatte sie Barry zu ihrer Unterstützung. Vielleicht würde er dieses Mal ihre Probleme verstehen? Er hatte diese Zustände in der Vergangenheit schon so oft miterlebt. Wenn sie versuchte, ihm zu erklären, was in ihr vorging, würde er sicherlich noch mehr Verständnis für die Qualen haben, die sie jeden Monat durchlitt, auch wenn er sie nie wirklich nachempfinden könnte.

An diesem Morgen aber war Barry selbst nicht in der besten Laune, obwohl er den vorigen Abend besonders nett zu Christine gewesen war, woraufhin sie wieder einmal einige schöne Stunden zu zweit verlebt hatten. Außerdem gab es etwas, das er ihr sagen wollte und das ihr sicher nicht gefallen würde. Sie war erst seit ein paar Minuten auf, und schon jetzt war sie völlig gestreßt.

Als sie an diesem Morgen in einer Nische ihres Schlafzimmers meditierte, half ihr das ein wenig, die Spannung zu verringern, aber der vor ihr liegende Tag mit all seinen Pflichten und Sorgen schien ihr trotzdem wie ein unüberwindbarer Berg.

Christine und Barry meditierten dann noch zusammen in der Hoffnung, daß die fünfzehnminütige Trance an ihrem Bettende ihnen bei der Lösung ihrer Probleme helfen könnte. Aber Barry war nicht richtig konzentriert, und Christine merkte, daß er an andere Dinge dachte.

Tatsächlich nahm er im Kopf bereits den Streit vorweg, der aus seiner Sicht nicht zu vermeiden war. Schon die Vorstellung davon brachte ihn in gereizte Stimmung, bevor er ihr überhaupt etwas gesagt hatte.

Er wartete, bis sie die Kinder auf den Weg zur Schule gebracht hatte, damit sie nicht in ihrer Gegenwart zusammenbrechen würde. Das wäre nicht fair gegenüber den Kindern gewesen.

Barry hatte ein Gefühl dafür, was richtig und falsch war. Vielleicht machte er sich deshalb so viele Sorgen, bevor er Christine sein kleines Geheimnis erzählte. In der Zeit, seit sie zusammen waren, hatte sich herausgestellt, daß sie sehr besitzergreifend sein konnte. Sie mochte keine anderen Frauen in Barrys Nähe und konnte es noch nicht einmal ertragen, wenn sie ihn nur anschauten.

Er gehörte ihr und sonst keiner. Das war ihre Einstellung, und dabei blieb sie.

Auch als er anfing, mehr und mehr zu trinken und oft bis Mitternacht im Pub blieb, betrachtete Christine ihn immer noch als ihr Eigentum. Sie war sich der Gefahren bewußt, die ihn umgaben, so daß sie noch mehr auf ihn achtete.

Barry hingegen mochte den Gedanken, daß auch andere Frauen ihn attraktiv fanden. Es war wichtig für sein Selbstbewußtsein. Und außerdem mußte das noch nicht heißen, daß er mit ihnen schlief. Bewundert zu werden, bedeutete noch lange nicht, untreu zu sein.

Barry hatte es überhaupt nicht gern, wie Christine von ihm Besitz ergriff. Es schränkte seine Freiheit ein und schadete seinem Ruf als Schürzenjäger.

»Ich treff' mich heute abend mit einer anderen Frau.«

Abrupt platzte er endlich mit den Worten heraus, als wüßte er, daß er es ihr sagen mußte – wobei er gleichzeitig hoffte, daß sie ihn nicht hören würde.

Doch Christine hörte ihn sehr gut. Sie sah vom Frühstückstisch auf und ihrem hübschen jungen Geliebten ins Gesicht. Was zum Teufel redete er da? Sie hatten in der letzten Nacht gerade so viel Spaß zusammen gehabt wie seit Monaten nicht mehr, und jetzt sagte er ihr, daß er mit einer anderen Frau ausgehen würde.

Sie war völlig schockiert, wie erstarrt. Das konnte er ihr einfach nicht antun! Warum sollte er sie kränken? Welches Recht hatte er, sie so zu behandeln?

Ihr angespannter Zustand verschlimmerte sich sofort. Sie fühlte, wie ihr Magen sich verkrampfte, und wie Adrenalin durch ihre Venen gepumpft wurde; sogar ihre Finger versteiften sich vor Zorn.

Dann schrie sie Barry an. Wie konnte er so etwas tun? Liebte er sie nicht? Er war ein gemeiner, widerlicher Kerl.

Sie würde ihn nicht gehen lassen. Sie würde ihm ganz einfach verbieten, diese andere Frau zu treffen. Er mußte sich entscheiden, und wenn er sich mit dieser Frau traf, dann brauchte er gar nicht erst zurückzukommen, weder diese Nacht noch irgendeine andere.

Aber Barry blieb hartnäckig. Er wollte seine Freiheit. Sie würde ihm nicht mehr im Weg stehen.

Als sie ihn weiter anschrie, stürzte er aus dem Haus.

»Ich werde ihn umbringen. Ich werde ihn umbringen.«

Christine English wiederholte es wieder und wieder. Die ältere Frau am anderen Ende der Telefonleitung war verständlicherweise beunruhigt. Es war Barry Kitsons Mutter.

»Ich werde ihn umbringen. Ich werde ihn überfahren und töten!«

Christine hatte sich völlig in diese Vorstellung verrannt. Der Druck, der sich im Laufe des Tages in ihr aufgestaut hatte, brauchte ein Ventil.

Bis auf ein halbes Sandwich am Mittag hatte Christine noch nichts gegessen. Das war sehr unvernünftig für eine Frau, die an prämenstruellen Spannungen litt. Alle medizinischen Forschungen über dieses Leiden stimmen in einem Punkt überein: Mahlzeiten auszulassen, verschlimmert die Symptome häufig noch. Ironischerweise ist es gerade eine sehr übliche Reaktion auf Angespanntheit und Depressionen, weniger zu essen. Der Mangel an Nahrung kann dann zu besonders gefährlichen Zuständen führen.

Es war später Nachmittag, und Christine konnte ihre innere Unruhe kaum noch aushalten. Sie mußte irgend jemandem erzählen, was sie fühlte, warum also nicht seiner Mutter?

Mrs. Kitson wußte, daß die Dinge zwischen den beiden nicht zum besten standen und daß zum Teil ihr Sohn schuld daran war. Nun hatte sie voller Entsetzen Christines schreckliche Drohung gehört.

Christine konnte sich auf nichts konzentrieren. Sie konnte nur noch an Barry denken. Sie würde es nicht zulassen, daß er sie mit dieser Frau betrog, nicht heute nacht und überhaupt niemals.

Als sie an diesem Nachmittag zu Hause Tee für ihre beiden Söhne vorbereitete, die bald von der Schule nach Hause kommen würden, liefen ihr von Schmerz und Zorn die Tränen die Wangen herunter.

Wie konnte er ihr diesen abscheulichen Entschluß einfach so ankündigen? Wie konnte er dermaßen rücksichtslos sein? Und das nach allem, was sie für ihn getan hatte.

Christine saß da, den Kopf in die Hände gestützt, und überlegte, was sie tun könnte. In Gedanken wiederholte sie immer wieder die Worte, die sie hysterisch ins Telefon geschrien hatte: »Ich werde ihn umbringen. Ich werde ihn überfahren und töten!«

Vielleicht war das die Antwort auf ihre Probleme.

Abends war Christine so weit, daß sie fand, ihr ganzes Leben hätte keinen Sinn mehr. Alles, worauf sie sich verlassen hatte, war nichts mehr wert. Der Boden war ihr unter den Füßen weggezogen worden.

Als Barry nach Hause kam, versuchte sie, ruhig zu bleiben, aber sie schaffte es nicht. Sie konnte die aufgestaute Wut und Bitterkeit nicht länger für sich behalten. Und zu allem Überfluß war Barry noch immer entschlossen, die Verabredung mit der anderen Frau einzuhalten.

Er hatte sich in einem Sessel im Wohnzimmer niedergelassen und nachdem Christine einige Minuten geschwiegen hatte, brach es aus ihr hervor:

»Wie kannst du das nur tun? Wie kriegst du so etwas Gemeines nur fertig?«

»Ich hab' jetzt genug von deinen Vorwürfen. Ich gehe.«

Barry ging zur Tür. Er mußte dem ständigen Druck entkommen, den Christine auf ihn ausübte. Und die einzige Möglichkeit, die er kannte, war das Pub.

Das »Live and Let Live« war Barrys Rettung, und diesen Abend paßte sein Name besonders gut zu der Situation. Hier konnte er seine Sorgen in einem See von Alkohol ertränken, konnte ganz er selbst sein und brauchte auf niemanden Rücksicht zu nehmen.

Das Truman's Ale Pub war mit seinen beigefarbenen, nikotinfleckigen Wänden und dem roten Teppich typisch für die Pubs in englischen Provinzstädten. Ein Dartbrett bot Zerstreuung an und war sicher für viele Stammgäste der einzige Sport, den sie betrieben.

Barry rückte seinen Barhocker dicht an die schmuddelige,

mit Kiefernholz verkleidete Theke. Von hier aus hatte er eine gute Sicht durch das Fenster auf den Parkplatz vor dem Pub.

Als Christine später am Abend auftauchte, wußte Barry daher schon von ihrer Ankunft, bevor sie das Pub betreten hatte.

Sie begann sofort, ihm vor seinen Trinkkumpannen mit lauter Stimme Vorwürfe zu machen. Es war ihm peinlich, und er wurde äußerst verärgert und gereizt.

»Laß mich in Ruhe.«

Er wollte nichts hören und auf jeden Fall seine Verabredung mit der anderen Frau einhalten. Christine jedoch war genauso fest entschlossen, ihn davon abzuhalten. Aber je betrunkener Barry wurde, desto mehr steigerte er sich in die Idee hinein, ausgerechnet heute abend seine verlorene Freiheit zurückgewinnen zu wollen. Denn in Wahrheit hatte er die Absicht, von nun an viele andere Frauen zu treffen. Diese hier war nur der Anfang, um dann richtig loszulegen. Und tief in ihrem Innern wußten sie das beide.

Christine wollte das Pub nicht ohne Barry verlassen. Sie versuchte, ihn zu überreden, mit ihr nach Hause zu kommen und seinen Rausch auszuschlafen. Vielleicht hätte er dann am nächsten Morgen die andere Frau vergessen, und sie könnten noch einmal neu beginnen.

»Gut. Wenn du nicht nach Hause kommen willst, dann fahre ich dich zu ihr«, bot Christine schließlich an.

Es war eine merkwürdige Art, auf seine Zurückweisung zu reagieren, aber sie glaubte, solange sie bei ihm wäre gäbe es noch eine Chance, ihn zum Aufgeben seiner Pläne für diese Nacht zu bewegen.

Die Fahrt verlief in angespannter Atmosphäre. Die meisten Frauen hätten ihrem Partner längst den Laufpaß gegeben, aber Christine hoffte noch immer, daß sie zu einem normalen, friedlichen Zusammenleben zurückfinden könnten.

Sie hatte sich selbst in eine Situation begeben, die ihren Zustand der Anspannung und Angst noch verschlimmerte. Jetzt litt sie so sehr, daß sie am ganzen Körper zitterte.

Als sie angekommen waren, sprang Barry ohne ein Wort

aus dem Auto und ging auf das Pub zu, in dem er mit der anderen verabredet war.

Christine saß im Auto vor dem Pub, und langsam dämmerte ihr, was für eine Närrin sie war. Wie kam sie dazu, ihn zu einem Treffen mit einer anderen Frau zu fahren? Wieso erniedrigte sie sich dermaßen?

Mit geschlossenen Augen saß sie im Auto und versuchte, wieder einen klaren Kopf zu bekommen, die Kontrolle über sich selbst wiederzuerlangen. Sie wollte, daß ihr Verhalten einen Sinn ergab, im Moment erschien ihr alles so lächerlich.

Sie liebte Barry so sehr – aber warum um alles in der Welt saß sie hier und wartete auf ihn, während er da drinnen nur einige Meter von ihr entfernt wahrscheinlich die Hand von diesem Flittchen hielt?

Immer wieder lief jemand an ihrem Wagen vorbei und wunderte sich offensichtlich, warum sie im Auto saß. Christine ignorierte die erstaunten Blicke. Sie war jetzt entschlossen, auf ihn zu warten, wie lange es auch dauern würde.

Nach fast 30 Minuten tauchte Barry auf. Er war allein. Erleichtert atmete Christine auf. Offensichtlich war er versetzt worden. Christine freue sich, und Barry war wütend.

Für sie war es ein Triumph, aber für ihn war es eine erniedrigende Situation. Jetzt war er derjenige, der wie ein Narr aussah. Eine Frau hatte ihn fallen lassen, und Christine war auch noch Zeugin seiner Niederlage.

Zu seiner schlechten Stimmung trug noch bei, daß jetzt sein Alkoholrausch nachließ und daß er Kopfschmerzen bekam.

Barry setzte sich ohne ein Wort neben Christine, und sie fuhren los. Einige Zeit herrschte angespanntes Schweigen. Christine war noch immer außer sich über sein beleidigendes Benehmen. Aber immerhin hatte sie jetzt ihren Mann zurück.

Barry haßte Christine in diesem Moment. Sicher empfand sie Schadenfreude und Befriedigung, weil er seine Absicht nicht hatte durchführen können. Plötzlich fing er an, sie zu beschimpfen.

Tatsächlich war Christine weit davon entfernt, sich wohl zu fühlen und wurde erneut wütend, weil er jetzt auch noch sie für seine Enttäuschung verantwortlich machte; außerdem hatte sie wieder rasende Kopfschmerzen. Es fühlte sich an, als würde ein Stahlband um ihren Kopf festgezogen. Helles Licht blendete sie, laute Geräusche hämmerten auf sie ein, die leichteste Berührung fühlte sich an, als würde sie davon Blutergüsse bekommen. Und überdies war ihr jetzt auch noch schwindlig und übel.

Trotzdem verlor Barry als erster die Nerven. Er riß an ihrem Haar und schlug sie brutal ins Gesicht. Sie hielt am Straßenrand an und schlug zurück. Jetzt fühlte sie ein echtes Bedürfnis, ihn zu verletzen, er sollte zahlen für alles, was er ihr angetan hatte.

Dann drückte sie auf die Hupe.

»Raus hier! Steig sofort aus!«

Barry schlug weiter auf sie ein. Erst als er bemerkte, daß sie zufällig neben einem seiner Lieblingspubs gehalten hatte, stieg er aus dem Auto, schmiß die Tür zu und marschierte auf den Eingang des Pubs zu.

Er hatte sie noch gewarnt, ihm ja nicht zu folgen. Wenn sie ihn nicht in Ruhe ließe, würde er die Polizei rufen.

Barry mußte gespürt haben, daß der Teufel in Christine lauerte, als er davonging.

Christine zitterte wieder vor Wut. Sie war voll ohnmächtigen Zorns angesichts seines Verhaltens und so verletzt, wütend und voller Haß, daß sie fürchtete, all diese Gefühle würden sie zerreißen. Sie mußte etwas tun, um ihn davon abzuhalten, sie weiter so zu behandeln. So konnte es nicht weitergehen. Sie erinnerte sich an die Warnungen ihrer Freunde und ihrer Familie. »Er ist ein mieser Typ. Was willst du mit dem?« sagten sie immer wieder.

Christine fühlte den unbezähmbaren Drang, ihm nachzufahren, ihn zu bestrafen für all den Schmerz, den er ihr zugefügt hatte; sie wollte ihn für immer zum Schweigen bringen.

Sie startete das Auto und fuhr ihm nach. Als der Wagen

sich ihm von hinten näherte, drehte er sich um und starrte sie an, trotzig und voller Herausforderung.

Sie sah ihm in die Augen und erkannte, daß sie dem Mann, den sie liebte, nichts antun konnte, also bog sie ab und fuhr kreuz und quer durch Colchester. Sie brauchte Zeit zum Nachdenken, mußte sich selbst wieder unter Kontrolle bekommen. Aber der Druck, den die Situation auf Christine ausübte, ließ nicht nach. In einem Moment fühlte sie Mitleid und Liebe für ihn, im nächsten den brennenden Wunsch, ihm weh zu tun, ihn leiden zu lassen, genau wie er sie hatte leiden lassen.

Christine hoffte, daß sie durch das Umherfahren ihre Aggressionen abbauen könnte. Sie war so dicht davor gewesen, ihn zu töten ... Von diesem zerstörerischen Drang mußte sie sich befreien.

Colchester hat nur einen kleinen Stadtkern und bald merkte Christine, wie sie automatisch an den Pubs vorbeifuhr, in denen Barry im allgemeinen verkehrte.

Irgendwann würde sie unweigerlich wieder auf ihn stoßen, wenn er aus einem der Lokale herauskäme. Sie fuhr durch die vielen Einbahnstraßen der Stadt; dann blickte sie rechts und fuhr wieder auf die breite Straße mit Mittelstreifen, die das Stadtzentrum begrenzt.

Christine fuhr immer wieder dieselben Straßen entlang – bis ihre Fahrt plötzlich unterbrochen wurde, als sie Barry entdeckte.

Sobald sie ihn nur ansah, kehrten all die schrecklichen Gefühle zurück und mit ihnen der Drang, demjenigen, der sie verursacht hatte, weh zu tun. Christine hielt neben Barry an, und sie schrien sich die schlimmsten Beleidigungen entgegen. Christine spürte, wie ihr Magen sich mehr und mehr verkrampfte.

Die enorme Anspannung steigerte ihre prämenstruellen Symptome. Sie mußte unbedingt einen Weg finden, um ihre Schmerzen zu lindern. Die Meditation hatte ihr dabei geholfen, aber jetzt erkannte sie, daß sie nicht wirklich an die Wurzeln ihrer Probleme gerührt hatte. Jede Beziehung, die ihr etwas bedeutete war schließlich doch zerbrochen und das schmerzte unendlich.

Sie tat sich selbst so leid. Warum ging es ihr so schlecht? Warum wurde sie von ihrem Körper so gequält, gerade in einem so wichtigen Moment? Warum konnte sie nicht einfach ihre Augen schließen und irgendwo aufwachen, wo es schön war, ohne Probleme, anstatt in diesem Auto zu sitzen und mit ihrem Geliebten zu streiten?

»Hau bloß ab!« schrie Barry jetzt so laut er konnte.

Christine spürte einen schrecklichen Zwang, den Streit auf die Spitze zu treiben, bis er einen Punkt erreichen würde, an dem es kein Zurück mehr gab.

Barry war mit seinen Nerven am Ende, er schien jeden Moment explodieren zu wollen, als er plötzlich wieder neben ihr im Auto saß.

Ohne jede Warnung schlug er ihr mit der Hand auf den Kopf. Es war eine kurze, scharfe Bewegung, die sehr weh tat. Dann schlug er sie auf die gleiche Art auf den Arm.

Sie versuchte mit all ihrer Kraft zurückzuschlagen, aber er war viel zu stark für sie, sie konnte ihm nicht wirklich weh tun.

Dann zog Barry seinen allerhöchsten Trumpf, der sie mehr verletzen würde als jeder Schlag. Es war die letzte Drohung, nach der es keine andere mehr gäbe, und er wußte, daß sie schreckliche Angst davor hatte.

»Ich will dich nie mehr sehen!«

Damit stieg er aus, schmiß die Wagentür zu und ging davon.

Einen Moment lang sah sie ihm nach. In ihrem furchtbaren Zustand erschien ihr alles verzerrt. Die Straßenlaternen, die Schatten, die Farben der Gebäude und Straßen, alles schien strahlenförmig vor ihr zusammenzulaufen und auf sie zuzurasen. Gleich würde alles mit fürchterlichem Getöse gegen ihre Windschutzscheibe prallen.

Dann nahm sie plötzlich wahr, daß das Auto fuhr und daß sie selbst aufs Gaspedal trat.

»Ich werde ihn überfahren, ich werde ihn überfahren ...

»Dann sagte plötzlich eine ganz leise Stimme in ihr: »Ich habe Hunger.« Aber dafür war es zu spät. Nur die Rache konnte ihren Hunger jetzt noch stillen.

Es mußte so kommen. Sage niemals jemanden den Namen deines Mantras. Es wird dir nur Unglück bringen.

Er kannte ihr tiefstes Geheimnis. Und jetzt würde das Schicksal die Hand erheben und ihn für dieses Wissen bestrafen.

»Fahr ihn um! Fahr ihn um! Zermalme den gemeinen Kerl!«

Die böse Stimme in ihr bestimmte jetzt ihr Handeln.

Christine sah Barry an, wie er die Straße entlangstolperte.

»Tu's. Mach schon. Er verdient es!«

Es drängte Christine, Gas zu geben, doch gleichzeitig wollte sie auch den Fuß wieder hochnehmen. Dann herrschte wieder der Zwang vor, das Pedal ganz durchzutreten.

»Es ist doch so einfach. Vorbei mit dem ganzen Elend, nur ein kleiner Schritt ...«

Barry half ihr, sich zu entscheiden. Er drehte sich um, bevor er das Pub betreten wollte, sah sie an und hob einen Finger in die Luft. »Hau ab«, schrie er ihr zu, »du traust dich ja doch nicht!«

Christine holte tief Luft und trat mit aller Kraft auf das Gaspedal. Nur ein kleiner Schubser, um es ihm zu zeigen ... Das würde ihn daran hindern, sich auch noch über sie lustig zu machen.

Barry glaubte einfach nicht, daß sie es tun würde. So etwas brachte sie denn doch nicht fertig.

Als er den spärlich erleuchteten Weg zum Sainsburys entlangstolperte, schaute er sich um – und sah ihr Gesicht. Sie sah wirklich sehr entschlossen aus. Aber sie würde ihn niemals töten. Er würde sie provozieren und dann auslachen, wenn sie auf die Bremse trat.

Die Vorderseite des Autos traf Barry mit einem lauten, dumpfen Aufprall, und er wurde auf die Motorhaube geschleudert.

Sein Körper lag vor der Windschutzscheibe. Christine

fühlte nichts außer dem Willen, ihre Arbeit jetzt ordentlich zu Ende zu bringen. Sie hätte in diesem Moment aufhören können, er war ja schon schwer verletzt. Statt dessen drückte ihr Fuß weiter das Gaspedal durch, und das Auto raste auf den Bürgersteig und krachte gegen einen Telegrafenmast.

Der Aufprall riß Christine aus ihrer Trance. Sie hörte ihren Geliebten stöhnen, den Mann, mit dem sie vor nur zehn Stunden noch geschlafen hatte.

Er war zwischen dem Telegrafenmast und der Motorhaube eingeklemmt, sein rechtes Bein war fast abgetrennt.

»Nimm es weg. Nimm es weg.« Seine Stimme war dünn und gequält. »Nimm es weg. Nimm ...« Barry verlor das Bewußtsein.

Einige Sekunden lang saß Christine English hinter dem Lenkrad des Wagens, nicht in der Lage, die Ungeheuerlichkeit dessen zu erfassen, was sie soeben getan hatte. Dann schlug ihr Zustand in Hysterie um. Alles war so unwirklich.

»Bitte, bitte, sag, daß es nicht wahr ist. Lieber Gott, sag, daß es nicht passiert ist.«

Christine stand jetzt an der Seite des Wagens. Immer wieder sagte sie, daß sie ihn nur habe erschrecken wollen, daß sie ihn nicht habe umbringen wollen.

Zwei Wochen später starb Barry Kitson im Krankenhaus.

Christine English bekam eine Haftstrafe auf Bewährung von zwölf Monaten. Vor dem Norwich Crown Court war sie des Totschlags für schuldig befunden worden, wobei ihr verminderte Zurechnungsfähigkeit zugestanden worden war.

Bevor Richter Perchas sie in die Freiheit entließ, sagte er: »Es gibt keine Behandlungsmethode, die Ihnen verschrieben werden kann. Aber jetzt ist Ihnen wohl klar, daß eine scheinbar kleine Angelegenheit manchmal von allergrößter Wichtigkeit sein kann: in ihrem Fall das regelmäßige Essen.«

5
Die Giftpastete

Sie schloß ihn in ihre Arme und begrub sein Gesicht in ihrem dunklen, lockigen Haar. Einen Moment lang wiegten sie sich dicht aneinander gepreßt vor und zurück und schauten sich tief in die Augen. Dann glitt sie mit ihrer Zunge von seinem Ohrläppchen zu seinem Nacken. Jeden Moment hielt sie inne, um seine jugendliche Haut zu küssen und daran zu saugen. Sie leckte wieder ein paar Zentimeter seinen Hals aufwärts und verharrte dann an seinem Ohr, in das sich ihre Zunge tiefer und tiefer hineinbohrte. Es fühlte sich an, als berührte sie sein Trommelfell; jedes Fleckchen erforschte sie dort, bevor sie sanft und gefühlvoll hineinblies.

Die Situation wurde allein von ihr beherrscht. Sie, die Mutter von drei kleinen Kindern, konnte mit ihm alles tun, was sie wollte. Er war sechs Jahre jünger als sie, und als sie sich das erste Mal getroffen hatten, war er noch unberührt gewesen.

Jetzt knabberte sie an seinem Ohrläppchen. Er hatte die Augen geschlossen und war ihren Zärtlichkeiten völlig hingegeben. Sie standen am Rande des Bettes, in Erwartung des Moments, wo sie rückwärts auf die weiche Matratze fallen würden.

Sie küßte seine Brust, umfuhr jede Brustwarze in einem Kreis, bevor sie in die braunen Spitzen biß. Er zuckte zusammen. Es war ein scharfer, aber trotzdem angenehmer Schmerz. Sie sah hoch in sein Gesicht, um seine Reaktion zu beobachten. Seine Augen sahen glasig und abwesend aus. Ihre samtenen Lippen strichen über jede Brustwarze, bevor sie heftig daran saugte.

Sie liebte es, die Dominante beim Sexspiel zu sein. Es war für sie das größte Vergnügen.

Ihre Lippen bewegten sich jetzt seinen Körper hinunter

und erforschten jeden Zentimeter seiner frischen Haut. Sie fuhr mit der Zungenspitze unterhalb seines Bauchs hin und her, dicht über seinem Penis. Das Gefühl der Erregung war wunderbar – so dicht an der sexuellen Erfüllung, und doch so weit davon entfernt.

Schließlich glitt ihr Mund weiter abwärts, saugte und biß, saugte und biß.

Susan Barber war in Ekstase. Sie verschaffte ihrem jungen Geliebten eine Art der Befriedigung, der er nicht widerstehen konnte, selbst, wenn er gewollt hätte. Alles konnte sie jetzt mit ihm tun, und er würde nur nach mehr verlangen. Er war so unerfahren und gleichzeitig begierig darauf, von ihr zu lernen und alles zu bekommen.

Sie fielen auf das Bett. Für einen Moment hielt sie mit ihren Spielen inne und bat ihn, sich auf den Rücken zu legen, denn sie wollte entscheiden, wann es soweit war. Bis dahin würde sie ihn reizen und liebkosen, bis er kurz vom Orgasmus stand. Jedesmal, wenn sein Atem sich schon fieberig anhörte, zog sie sich einen Moment zurück, gerade so lange, daß er nicht zum Höhepunkt kam.

Gleich würde Richard von ihr bekommen, wonach er jetzt so sehr verlangte. Aber bis zu diesem Moment würde sie weitermachen und ihn bis zur Grenze treiben, ganz Beherrscherin der Lage; und sie würde ihn dabei beobachten, wie er sich vor Vergnügen wand und gleichzeitig vor Verlangen stöhnte.

Beide hörten das Geräusch der zuschlagenden Haustür aus dem unteren Stockwerk. Susan ließ abrupt von Richard ab. Dann klapperte in der Küche Geschirr.

»Verdammt! Er ist früher nach Hause gekommen.«

Susan sprang auf und griff nach ihrem Nylonhausmantel, der auf dem Ende des Bettes lag. Schon hörten sie, wie ihr Ehemann die Treppe hochkam. Offenbar hatte er etwas gemerkt und würde sie gleich ertappen.

Richard war in Panik. Er hatte nicht so schnell begriffen wie Susan. Und seine Kleider lagen unten im Vorraum, wo er sie abgestreift hatte, als sie anfingen, sich zu küssen.

»Scheiße! Er hatte seine Kleider auf dem Boden gesehen.«

Die Schlafzimmertür wurde aufgerissen. Michael Barber schnaufte vor Wut. Er war früher als geplant von einer Angeltour zurückgekommen, weil das Wetter so schlecht gewesen war.

Es hatte nicht den geringsten Sinn, irgend etwas abstreiten zu wollen.

Richard stand völlig nackt neben dem Schrank, seine Augen suchten verzweifelt das Zimmer nach etwas zum Anziehen ab. Aber schließlich konnte er kaum ein Paar von Michaels Hosen nehmen!

Susans Brustwarzen zeichneten sich deutlich unter dem dünnen Nylonstoff ihres Hausmantels ab. Es war nicht zu übersehen, daß sie darunter nichts anhatte.

»Du Hure!«

Michael Barber griff nach ihrem Überwurf; er wollte ihn herunterreißen, sie demütigen. Sie wich seinem Griff aus und sprang zur Tür.

»Komm her, du Schlampe! Komm her!«

Michael schrie Susan Beschimpfungen hinterher, dann wandte er seine Aufmerksamkeit Richard zu. Erst vor zwei Tagen noch hatten die beiden Männer zur selben Mannschaft gehört, als sie an einem Darts Ligaspiel in Essex im Pub »The Plough« teilgenommen hatten. Jetzt stand der »Freund« dieses Abends völlig nackt vor Michael, nachdem er sich gerade mit seiner Frau in seinem Bett amüsiert hatte. Dies war derselbe Mann, dem er so oft ein Bier spendiert hatte, dem er gratuliert hatte, wenn er einen Volltreffer warf! Und dann hatte er ihm noch gesagt, er müsse Geduld haben mit dem Mädchen, das für die Mannschaft die Punkte aufschrieb.

Sie ist nicht allzu gut, wenn's um Rechnen geht. Aber ihr Herz sitzt auf dem rechten Fleck.«

»Sie« war Susan gewesen.

»Du verdammter Bastard.«

Michael stand da und starrte auf Richards blassen Körper.

»Du verdammter, kläglicher Zwerg.«

Richard sagte gar nichts. Er wollte die Situation nicht noch weiter anheizen, aber es wäre ihm wohl auch kaum etwas eingefallen, was er in dem Moment hätte sagen können.

»Jetzt raus hier, verdammt noch mal. Raus aus meinem Haus, Bastard.«

Michael ballte vor Wut die Fäuste. Das Ganze war eine Beleidigung seiner Männlichkeit, seines Stolzes, seines Rufs. Er mußte irgend etwas tun.

»Ich bring' dich um.«

Er kam auf Richard zu, seine rechte Faust verfehlte ihn nur um Haaresbreite. Noch immer völlig nackt, machte der leichtgewichtige Liebhaber eine Bewegung in Richtung Tür. Er fühlte sich völlig hilflos und durcheinander, aber ihm war klar, daß er aus diesem Haus hinauskommen mußte, wenn ihm sein Leben lieb war.

»Komm her, verdammtes Arschloch!«

Beide Männer polterten jetzt die Treppe hinunter.

Richard rutschte mehr, als daß er rannte. Alle drei Stufen verlor er die Balance bei dem verzweifelten Versuch, Michaels Fäusten zu entkommen. In der Diele zögerte er einen Moment, aber es war unmöglich, seine Kleider aufzusammeln, und gleichzeitig zu entkommen, ohne Prügel zu kriegen. Seine Sachen lagen noch immer über den Teppich verteilt, wo Susan sie ihm vor noch nicht einmal einer Stunde so liebevoll ausgezogen hatte. Richard machte einen Satz zur Haustür.

Michael war dem jüngeren, leichteren Mann direkt auf den Fersen. Richard kämpfte jetzt mit dem Türschloß. Es war eines dieser Doppelschlösser wie im Gefängnis, genauso schwer zu öffnen, wie zu schließen.

Susan stieß ihn beiseite und öffnete die Tür mit einer einzigen schnellen Bewegung. Dann stellte sie sich Michael in den Weg, während Richard durch die Tür sprang. Michael stieß seine Frau heftig beiseite, so daß sie zu Boden fiel. Er blieb in der Tür stehen und sah, wie Richard splitternackt an der Gartentür herumhantierte und schließlich unsicher hinübersprang.

Michael fand sich damit ab, daß sein Rivale entkommen war. Er beobachtete, wie der nackte junge Mann die Osbourne Road entlanglief, und nur wenig weiter in den Weg zu einem der Nachbarhäuser einbog.

Michael drehte sich zu Susan um.

»Jetzt bist du dran, du Hure ...«

Er schloß die Haustür und schlug seine Frau ins Gesicht.

Am nächsten Morgen sprachen Michael und Susan kaum ein Wort miteinander. Als er das Haus verließ, um zur Arbeit zu gehen, hatte die Atmosphäre von neuem einen Grad der Gespanntheit erreicht, daß Susan fast um ihr Leben fürchtete.

Den vorhergehenden Abend hatte er sie grün und blau geschlagen. Noch eine Tracht Prügel könnte sie nicht ertragen, also blieb sie ruhig, um Michael nicht zu reizen. Und sie betete innerlich, daß er sie sich nicht noch einmal vornahm.

Kaum hatte ihr Ehemann das bescheidene, vierzimmrige Reihenhäuschen verlassen, hatte sie nur noch Richard im Kopf. Der Gedanke an ihn hielt sie aufrecht, der Wunsch, mit ihm zusammen zu sein.

Es gab nicht viele andere Freuden in ihrem Leben, und Richard befriedigte wenigstens ihr Verlangen nach physischer Liebe. Seit ihrer Heirat vor fünf Jahren hatten sie praktisch keinen Sex mehr gehabt, und jetzt war ihre Abenteuerlust wieder erwacht. Sie genoß es, etwas Aufregendes zu tun, etwas Gewagtes und Unerlaubtes.

Wenn sie mit Richard zusammen war, ging es ihr immer richtig gut. Mit ihm fühlte sie sich zehn Jahre jünger als die 29, die sie war, und das war überhaupt das Beste daran. Sie konnte ihre verlorene Jugend nachholen, indem sie alle ihre Sorgen vergaß und mit ihm machte, wozu sie gerade Lust hatte.

Jetzt war ihr Ehemann zur Arbeit gegangen, und sie wollte mit ihrem Liebhaber zusammensein. Sie stand im Flur neben dem Telefon und fragte sich, ob sie ihn anrufen sollte. Würde er sie überhaupt wiedersehen wollen, nach dem, was gestern passiert war? Vielleicht wollte er ihre Affäre beenden? Schließlich hatte er bestimmt große Angst gehabt. Aber dann fiel ihr ein, daß er seine Kleider liegengelassen hatte. Das lieferte ihr einen Grund, ihn anzurufen.

Sie nahm den Telefonhörer ab.

Susan und Richard lagen nebeneinander im Bett. Beide waren endlich vollkommen befriedigt und physisch erschöpft von einer langen Stunde, in der sie sich mit all ihrer Energie geliebt hatten.

»Er ist verrückt, weißt du. Eines Tages wird er dich umbringen«, sagte Richard.

Susan wußte, daß ihr Liebhaber recht hatte. Schon seit langem hatte sich in ihr ein ungeheuerer Haß auf ihren Ehemann aufgestaut. Er schlug sie, er beschimpfte sie, er brachte ihr kein bißchen Zuneigung entgegen.

Sie hatte sich schon oft geschworen, ihn zu verlassen, aber nie den Mut dazu aufgebracht. Jetzt sah alles noch viel schlimmer aus. Ihre Untreue war kein Geheimnis mehr, und er würde wahrscheinlich noch gewalttätiger werden. Niemals wäre er in der Lage, ihr Bedürfnis nach Sex zu verstehen. Er hatte jede sexuelle Aktivität aufgegeben, warum also sollte er ihr diesen Spaß noch gönnen? Genau so sah er die Dinge im Leben. Alles drehte sich nur um ihn.

Jetzt hatte sein Stolz einen Schlag einstecken müssen. Wahrscheinlich wußte sogar die ganze Straße, was am vorigen Abend passiert war. Ein nackter Mann rennt aus dem Haus, und der Ehemann ist ihm auf den Fersen. Und dann ist der Verfolgte auch noch zufällig der Junge, der mit seinen Eltern nur ein paar Häuser weiter die Straße hinauf wohnt. Darauf konnte sich jeder seinen Reim machen.

Es würde das Gespräch des Viertels sein, wenn nicht inzwischen sogar von ganz Westcliff-on-Sea. Susan war das egal. Für sie zählte das Bedürfnis, geliebt zu werden, weit mehr als ihr Ruf bei einem Haufen spießiger, neugieriger Nachbarn. Aber Michael war es nicht egal.

Während Susan neben Richard lag, kam ihr in den Sinn,

daß es vielleicht nur eine Lösung des Problems gab – ihn zu töten, bevor er sie umbrachte.

Sie stieg aus dem Bett und ging zu ihren Kleidern. Richard sah sie enttäuscht an, aber sie winkte ihm, mit ihr zu kommen. Es gab etwas sehr Wichtiges, worum sie sich kümmern mußten.

Der Garten hinter dem Haus der Barbers war nicht gerade ein eindrucksvolles Beispiel für gärtnerische Fähigkeiten. Ein paar Blumenbeete waren auf der Fläche verteilt, und in der Mitte gab es ein Fleckchen Gras, das unter drei Kindern ziemlich gelitten hatte. Neben dem Klettergerüst in einer Ecke lagen zufällig verteilt ein paar Spielsachen herum.

Aber es war immerhin ein Garten. Und wie in fast allen Gärten in der Osbourne Road stand auch ein kleiner Pavillon darin. Diese Gartenhäuschen waren ein wichtiges Kriterium, um sich mit den Nachbarn zu messen; sie ließen erkennen, wieviel Geld man hat. Die Blicke der Bewohner schweiften oft die Reihe der benachbarten Gärten entlang, um Vergleiche zwischen den verschiedenen Pavillons anzustellen.

Michael Barbers Gartenhäuschen war nicht perfekt, aber es hatte etwas Besonderes – Michael hatte es mit seinen eigenen Händen gebaut. Die Holzlatten hatte er von einer Gartenbaufirma geschenkt bekommen, für die er gerade gearbeitet hatte. Die kleine Hütte maß etwa drei Meter im Quadrat. Sie war der Ort, wo Michael alle seine Werkzeuge und Bastelmaterialien aufbewahrte. Außerdem war sie seine private Rückzugsmöglichkeit. Weder die Kinder noch seine Frau durften ihn hier stören.

Er verbrachte oft Stunden in der Hütte und bastelte an Autoteilen herum, glücklich, daß er seine Ruhe hatte. Es war der perfekte Platz, allem zu entfliehen, wenn man in einem Ort wie Westcliff-on-Sea wohnte.

Und jetzt wollte Susan Barber herausfinden, ob sich in diesem Schuppen für sie das Mittel befand, um sich ihres Ehemannes zu entledigen.

Zusammen mit Richard suchte sie nach dem Paraquat-

Gift. Michael hatte es vor ein paar Jahren in dem Häuschen deponiert, das wußte sie genau.

Sie erinnerte sich an den Tag, irgendwann in den siebziger Jahren, als er es von der Arbeit mit nach Hause gebracht hatte. Damals hatte er ihr immer wieder eingeschärft, daß auf keinen Fall die Kinder damit in Berührung kommen dürften, die zu der Zeit noch sehr klein waren.

»Dieses Zeug ist absolut tödlich. Vergiß das nicht.«

Susan hatte die Worte deutlich in Erinnerung. Und sie war sehr vorsichtig, als sie jetzt kleine Löffel von dem Pulver in eine Pillenflasche füllte.

Richard lächelte, während er ihr zusah.

Susan hatte der Warnung ihres Ehemannes volle Beachtung geschenkt: sie benutzte eine Flasche mit kindersicherem Verschluß. Schließlich wollte sie selbst nicht, daß das Gift in falsche Hände geriet.

An diesem Abend gab sich Susan besonders viel Mühe, Michael eine Freude zu machen. Es sah aus, als wollte sie etwas wiedergutmachen. Aber Susan wollte nur erreichen, daß die nächste Zeit so erträglich wie möglich verlief. Es könnten Michaels letzte Tage werden.

Zum Abendbrot bereitete sie sein Lieblingsessen vor. Wenn es überhaupt etwas gab, was mit ziemlicher Sicherheit ein Lächeln auf seinem Gesicht erscheinen ließ, dann war es Fleischpastete.

Man mußte sie Stunden im voraus kochen, damit das Fleisch genießbar wurde. Michael hätte ihr nie erlaubt, genug Geld für gutes Fleisch auszugeben; sie mußte mit dem zähen Zeug zurechtkommen, das die Metzger praktisch verschenkten. Aber wenn man es lange genug kochte, konnte man kaum noch einen Unterschied erkennen. Zumindest behauptete Michael das immer.

Am Nachmittag hatte Richard sie liebevoll in die Arme genommen, als sie beide am Herd standen. Sie hatten zusammen den Plan ausgeheckt, der ihr endlich den Ausweg aus einer unerträglichen Ehe eröffnen sollte.

Sie hatte den Pillenbehälter aus Plastik genommen, den Deckel abgeschraubt das Pulver in die Soße gestreut, die sie auf dem Herd anrührte.

»Wieviel soll ich reintun? Glaubst du, daß das reicht?«

»Nein. Nimm etwas mehr. Er wird sowieso keinen Unterschied merken.«

Richard umarmte seine Geliebte und drückte sie besonders fest an sich, während sie beinahe den ganzen Inhalt des Fläschchens in die Soße schüttete.

Er wird mich nie wieder demütigen, dachte sie.

Als Michael schließlich von der Arbeit nach Hause kam, war er nicht sonderlich beeindruckt, daß sein Lieblingsessen auf dem Tisch stand. Er war noch immer wütend und ärgerlich über die Ereignisse des Vortages. Wie konnte sie auch erwarten, daß er so ohne weiteres vergaß, daß er vor nur vierundzwanzig Stunden nach Hause gekommen war und sie mit einem der Nachbarn im Bett gefunden hatte. Was für einen Unterschied konnte da schon eine Fleischpastete machen?

Aber er hatte großen Hunger, und die Pastete roch wunderbar. Susan bereitete immer großartige Pastete.

Die weiße Platte war zu drei Vierteln damit bedeckt. Der goldgelbe, knusprige Teig kontrastierte mit der dunkelbraunen, fast schwarzen Farbe des Fleisches. Die Erbsen und die gekochten Kartoffeln wirkten wie eine verspielte Dekoration, verglichen mit der riesigen Pastete.

Susan beobachtete ihn, wie er die Soße über sein Essen goß. Sie konnte ihre Augen nicht davon abwenden. Michael schaute auf und sah sie fragend an.

»Was siehst du mich so an?«

Susan lächelte und wandte sich wieder ihrem eigenen Teller zu. Sie hatte niemals Soßen gemocht und sie immer extra für ihren Ehemann gemacht.

Michael hatte eine unappetitliche Art zu Essen. Er hielt Messer und Gabel wie zwei Trommelstöcke und schaufelte das Essen in seinen Mund. Normalerweise verzog Susan das

Gesicht vor Ekel, wenn sie beobachtete, wie er sich vollstopfte. Aber dieses Mal hatte sie ihre wahre Freude daran. Geräuschvoll kaute und schluckte er, jeder Bissen eine gigantische Menge. Ja, es war ein erfreulicher Anblick.

Susan versuchte, ihren Kopf schweigend gesenkt zu halten. So war es normalerweise, wenn sie aßen. Aber immer wieder wanderten ihre Auge unauffällig zu seinem Teller, um zu sehen, wie er genüßlich diese besondere Pastete verzehrte.

Susan wurde durch die Gegenwart eines attraktiven Mannes leicht in einen Zustand der Erregung versetzt. Ihr Ehemann hatte diese Wirkung auf sie schon längst verloren. Aber als sie jetzt am Küchentisch saß und zusah, wie Michael sein Essen verschlang, fühlte sie wieder einmal dieses merkwürdige Kribbeln in ihrem Körper. Sie rutschte auf ihrem Stuhl hin und her und hoffte, er würde ihren offensichtlich erregten Zustand nicht bemerken.

Sie schlug ihre Beine übereinander, und um ein Kichern zu unterdrücken, biß sie die Zähne zusammen. Sie konnte nicht glauben, daß er alles wirklich ohne ein Wort der Beschwerde aß.

Richard hatte vorhergesagt, daß er nichts schmecken würde, aber sie hatte es nicht glauben wollen. Sie dachte, daß es mindestens eine Art Nachgeschmack haben könnte.

Ihr lächerlicher Trampel von Mann genoß jedoch ganz offensichtlich jeden Bissen.

»Gibt es noch was von dem Zeug?«

Diese Bemerkung war in seinem Sprachrepertoire das, was einem Kompliment am nächsten kam. Sie nahm seinen Teller und füllte ihn mit Pastete und Gemüse nach, dann bedeckte sie das Ganze mit einer Riesenmenge klebriger Soße.

Ihr Atem ging vor Aufregung schneller. Würde er etwas merken?

Aber er war viel zu sehr damit beschäftigt, seinen enormen Bauch zu füllen.

»Was gibt's zum Nachtisch?«

Susan schreckte aus ihren Gedanken hoch. Sie servierte

ihm seinen Pudding. Das Wissen, ihrem Ehemann soeben einen langsamen und qualvollen Tod beschert zu haben, machte sie glücklich.

Susan war völlig irritiert.

Jetzt war es schon drei Tage her, und es gab keine Anzeichen dafür, daß das Gift irgendeine Wirkung gehabt hatte. Sie lag neben ihrem Mann im Bett und fragte sich, ob sie ihm noch mehr Paraquat verabreichen müsse. Richard hatte allerdings gesagt, daß es ein paar Tage dauern würde, bis es wirkte.

Sie konnte das Warten nicht mehr ertragen. Schließlich konnte sie nicht wissen, ob sein gußeiserner Magen womöglich jede Spur des Gifts schon wieder verdaut hatte.

Wie lange würde es noch dauern? Sie hatte ihm eine massive Dosis gegeben. Bestimmt würde er bald anfangen zu leiden.

Vielleicht hätten sie statt dessen doch lieber die Bremsleitungen seines Autos durchtrennen sollen? Das wäre schneller und einfacher gewesen als dieses Kochen und die lange Warterei.

Während sie in Gedanken neben ihm im Bett lag, merkte sie plötzlich, daß ihr Mann sich bewegte. Sie hielt ihre Augen fest geschlossen, damit er nicht merkte, daß sie wach war.

Es war mitten in der Nacht. Er konnte kaum atmen. Seine Kehle fühlte sich an, als sei sie mit einem dicken Wollknäuel verstopft. Durch seine Brust zuckten fürchterliche Schmerzen. Was er nicht wissen konnte war, daß seine Lungen schnell hart und trocken wurden und daß die Atemluft kaum noch zirkulieren konnte. Dann bekam er schreckliche, stechende Schmerzen in den Nieren.

Er stand auf, um sich ein Glas Wasser zu holen, aber die Flüssigkeit verstärkte das Stechen noch. Er fühlte sich, als wären hunderte kleiner Dolche in seinem Körper verteilt und würden auf sein Inneres einstechen.

Alle paar Sekunden krampfte sich sein Körper vor Schmerz zusammen, als die Stiche immer häufiger wurden.

»Susan, wach auf! Mir geht's verdammt schlecht. Ruf den Arzt.«

Susan Barber konnte es nicht glauben. Endlich war es soweit.

»Zuerst dachten wir, es wäre Lungenentzündung, Mrs. Barber.«

Der Arzt, der neben Susan am Krankenhausbett stand, war voller Mitgefühl. Sie hatte den Krankenwagen gerufen, als Michael auf dem Badezimmerfußboden zusammengebrochen war.

Aber sie hatte sich nicht beeilt. Ganz langsam hatte sie die Nummer des Rettungsdienstes gewählt, falls es vielleicht jetzt zu Ende wäre.

Es wäre doch großartig, wenn er gleich hier sterben würde, dachte sie. Aber als die Männer des Rettungswagens schließlich auftauchten, kämpfte er noch immer um sein Leben. Vielleicht war es ja sogar besser, wenn er erst im Krankenhaus starb. Für sie gab es dann weniger Umstände und Fragen. Und man würde nicht so leicht Verdacht schöpfen.

Southend hatte ein angenehmes Krankenhaus mit freundlichem Personal, sauberen Krankenzimmern und fürsorglichen Schwestern. Michael Barber war jedoch nicht mehr in dem Zustand, die angenehme Atmosphäre zu bemerken und sich darüber zu freuen.

Das Gift entfaltete eine derartige Wirkung, als sei in seinem Körper ein böser Geist unterwegs, der nach und nach ohne ersichtlichen Grund jedes noch lebende Organ tötete.

Der Arzt im Krankenhaus zögerte jetzt, wenn es darum ging, die Krankheit zu benennen. Vielleicht hatte er den Verdacht, daß es Gift war? Womöglich wollte er sie auf die Probe stellen und ihre Reaktionen beobachten, ob es irgendeinen Hinweis darauf gab, daß ihre Sorge nur gespielt war. Hatten sie eventuell schon Spuren des Giftes in seinem Blut gefunden?

Einen Moment lang war Susan beunruhigt. Dann dachte

sie: Und wo ist die Polizei, wenn sie einen Verdacht haben? Sie sah sich um. Niemand näherte sich ihr mit Handschellen, und es sah noch nicht einmal jemand in ihre Richtung. Also wurde sie sicher auch nicht verdächtigt.

Die Fassade der verzweifelten Ehefrau durfte nur keinen Moment bröckeln. Sie mußte den Anschein wahren und darauf achten, keinerlei Verdacht zu erregen.

Der Arzt im Southend Krankenhaus sah sehr besorgt aus. Susan fragte sich, was er gleich zu ihr sagen würde.

»Wir meinen, daß es vielleicht ein Zustand sein könnte, den man Goodpasture's Syndrom nennt. Das ist eine sehr selten auftretende Nervenkrankheit, bei der die inneren Funktionen des Körpers zusammenbrechen.«

Susan war verblüfft. Glücklicherweise ließ ihre Verwirrung sie noch mehr wie eine untröstliche Ehefrau aussehen, deren geliebter Mann auf dem Sterbebett liegt.

Susan war ehrlich gerührt von der Sorge des Arztes. Es war so nett von ihm, sich so um sie zu kümmern. Wenn er gewußt hätte, daß es ihr in Wirklichkeit völlig egal war, was er ihr erzählte!

Susan hoffte nur, daß seine Fähigkeiten nicht so groß wären, daß er die Wahrheit herausbekommen oder womöglich Michaels Leben retten würde.

»Wir empfehlen, daß er in ein Spezialkrankenhaus verlegt wird, damit er noch besser beobachtet und versorgt werden kann.«

Ihr war es gleichgültig, wo er sich befand, wichtig war nur, daß er bald sterben würde.

Anfang Juni wurde Michael Barber ins Hammersmith Krankenhaus in West London verlegt. Es war weniger als ein Monat vergangen, seit Susan ihm Paraquat in die Soße gemischt hatte.

Am 27. Juni starb er eines furchtbaren, schmerzhaften Todes. Als Ursache wurden Lungenentzündung und Nierenversagen angegeben.

Es war eine kleine Totenmesse. Nur wenige waren bei der Bestattung anwesend, Susan, die Kinder und einige Freunde und Verwandte.

Er hätte es so gewollt. Ganz sicher hätte er jedoch nicht den Liebhaber seiner Frau dabei willkommen geheißen.

Aber Susan brauchte ihn gerade hier. Er war ihre Stütze, obwohl sie nicht zu dicht beieinander stehen durften, falls jemand sie beobachtete.

So sahen sie sich nur sehnsüchtig von weitem an, während der Sarg langsam im Hintergrund des Krematoriums verschwand. Auf der Orgel ertönte eine Hymne, und der Eichensarg glitt durch den Vorhang. Das war die letzte Erinnerung an ihren Ehemann – ein Holzkasten, der gleich verbrennen würde.

Sie hatte auf dem Krematorium bestanden, denn das bedeutete, daß es keinen Körper mehr gäbe, um noch etwas zu überprüfen. Kein zweifelnder Arzt konnte jetzt noch eine Exhumierung vornehmen lassen und neue Hinweise finden. Michael war für immer dahin. Niemand würde jemals etwas herausfinden können.

Jetzt konnten Susan und Richard feiern. Die 16 000 Pfund Pension und die 900 Pfund Unterhalt für die Kinder im Jahr garantierten ihre Versorgung. Alles war so leicht gewesen.

Professor David Evans vom Hammersmith Krankenhaus ließ der Verdacht keine Ruhe, daß etwas an Michael Barbers Tod nicht stimmte. Der Arzt hatte gleich danach eine detaillierte Obduktion durchführen lassen. Er hatte auch Proben von der Leiche genommen, Blut, Urin und alles mögliche, von dem er sich vorstellen konnte, daß man vielleicht Spuren von Paraquat darin entdecken könnte. Sogar ganze Organe hatte er entfernt und angeordnet, daß sie in Gläsern konserviert und aufbewahrt wurden.

Alles sprach dafür, es mußte einfach so sein. Warum sollte sonst ein rundum gesunder, 35 Jahre alter Mann plötzlich zusammenbrechen und sterben?

Professor Evans erwartete nichts anderes, als daß die Tests seine Vermutungen bestätigten. Wenn die Ergebnisse vorlägen, würde er die Polizei anrufen, die Susan Barber sicher sofort festnehmen würde.

Doch Evans war völlig überrascht, als die Proben vom Nationalen Giftinstitut zurückkamen. Es gab keinerlei Anzeichen für eine Paraquatvergiftung. Der Professor konnte es nicht glauben. Aber er mußte das Ergebnis der Analyse hinnehmen, auch wenn für ihn ein Zweifel bestehen blieb.

Irgend etwas stimmte an dem Fall einfach nicht.

Es gab jedoch nichts mehr, was er tun konnte. Der Tod war durch natürliche Ursachen eingetreten, das besagte der Totenschein. Er mußte die Angelegenheit wohl aufgegeben.

»Hast du keine Angst davor, was die Nachbarn sagen werden?«

Manchmal war Richard von Susans Benehmen geradezu schockiert. Es schien ihr völlig egal zu ein, was die Leute von ihr dachten, sie hatte keinerlei Bedenken. Er mochte jünger sein als sie, aber sie war diejenige, deren Verhalten völlig verantwortungslos war, wild und ohne Hemmungen.

Ihr Mann war erst vor einem Tag begraben worden, aber sie konnte keinen Moment länger warten, Richard für sich zu haben. Sie bestand darauf, daß er seine Habseligkeiten mitbrachte und bei ihr einzog. Er hatte keine Wahl.

Susan hatte einen Mord begangen, und war ohne Strafe davongekommen. Jetzt konnte sie das erste Mal seit Jahren ihr Leben wieder genießen. Es war ihr wirklich völlig egal, was die Leute von ihr hielten. Schließlich verdächtigte sie niemand, es war das perfekte Verbrechen. Jetzt wollte sie ihre Belohnung, und die hieß Richard. Er war der junge Liebhaber, für den sie ihren Mann umgebracht hatte. Es war der Neue, den sie in ihrem Bett haben wollte.

Richards Interesse an ihr war nicht ganz so unbändig. Alles hatte als lockere Affäre begonnen, und er fühlte sich von Susan ein wenig überrumpelt.

Als sie sich das erste Mal im »The Plough« getroffen hatten, merkte er noch nicht einmal, was sie im Schild führte. Immerhin war er noch kaum erwachsen und wohnte zu Hause bei seinen Eltern. Und sie war in seinen Augen eine glücklich verheiratete Frau mit drei Kindern.

Richard hatte immer bei seinen Eltern gewohnt. Sie hatten ihn vor den Gefahren und Versuchungen der großen weiten Welt behütet, und er hatte noch mit keiner anderen Frau geschlafen. Als seine Kameraden im »The Plough« ihm sagten, daß sie ein Auge auf ihn geworfen habe, dachte er, sie würden ihn aufziehen.

Eines Tages fragte Susan ihn dann, ob er sie nicht besuchen wollte. Michael war bei der Arbeit, aber Richard ging trotzdem in aller Unschuld zu ihr. Sie hatte gefragt, ob er ihren Kühlschrank reparieren könne, und natürlich wollte er ihr gern den Gefallen tun.

Die Männer im Pub hatten Susan schon erzählt, daß Michael noch unerfahren war. Der Gedanke, einen noch Unschuldigen zu verführen, gefiel ihr sehr. Und Richard war glücklich, als sie ihm anbot, mit ihm ins Bett zu gehen.

Sechs Monate später wurde er ihrer jedoch langsam überdrüssig. Sie hatte ihm eine Menge über Sex beigebracht, aber jetzt wollte er es auch einmal mit anderen ausprobieren. Er fühlte sich nicht wohl in dieser Beziehung rund um die Uhr, vor allem nicht mit einer Frau, die gerade ihren Mann umgebracht hatte. Aber Richard war schwach und leicht zu beeindrucken. Er hatte nicht den Mut, ihr zu sagen, was er dachte. So fand er sich mit der Situation ab und blieb bei ihr im Haus.

Der Fall Michael Barber beschäftigte Professor David Evans noch immer. Wieder einmal ging er all seine Untersuchungen und Ergebnisse durch und überprüfte alle Fakten. Vielleicht hatte er ja irgendwo einen Fehler gemacht. Er suchte nach weiteren Hinweisen, die belegen würden, daß sein Verdacht unbegründet war. Die Sache ließ ihm keine Ruhe, er wollte den Ausgang einfach nicht als endgültig akzeptieren. Zwar konnte er sich nicht mehr während seiner üblichen Dienstzeit mit dem Fall befassen, aber das hieß nicht, daß er ihn ganz aufgeben wollte. Wieviel Mühe er sich jedoch auch gab, er konnte keine Erklärung finden, warum Barber eigentlich gestorben war.

Die gerichtliche Untersuchung mochte eine natürliche Todesursache ergeben haben, Professor Evans wußte jedoch, daß mehr dahinterstecken mußte. Auch wenn es kein Gift gewesen war – der Fall war höchst interessant, und seine Aufklärung daher sicher auch für einige seiner Kollegen nützlich.

Evans hatte daher den Fortschritt der Medizinwissenschaft im Sinn, als er beschloß, für den folgenden Januar eine Konferenz einzuberufen, an der alle Ärzte teilnehmen sollten, die mit der Angelegenheit zu tun gehabt hatten. Das war sechs Monate nach Michael Barbers Tod.

Zumindest würden sie ihre Notizen austauschen und Untersuchungsergebnisse vergleichen können. Vielleicht trügen sie so dazu bei, in der Zukunft Leben zu retten.

Susan Barber langweilte sich. Sie hatte genug davon, immer die Domierende zu sein. Warum konnte nicht Richard zur Abwechslung auch einmal eine Entscheidung treffen? Langsam erwartete sie, daß er sich wie in richtiger Mann benahm und nicht immer wie ein Schwächling. Vielleicht war es an der Zeit, ihn gegen einen reiferen Liebhaber einzutauschen? Michael hatte wenigstens einen festen Charakter gehabt. Irgendwie war es fast schade, daß er nicht mehr da war.

Dann mußte sie über ihre eigenen absurden Gedanken lachen. Michael war natürlich der letzte, den sie wieder auf dieser Erde sehen wollte.

Tatsache blieb jedoch, daß Richard und sie sich mehr und mehr voneinander entfernten. Immer häufiger mußte sie an andere attraktive Männer denken.

Es wurde Zeit, Schluß mit dieser langweiligen Beziehung zu machen und das Leben wieder in vollen Zügen zu genießen. War es nicht genau das, was sie sich gesagt hatte, als Michael noch lebte?

Richard war es nur allzu recht, die Affäre zu beenden. Er kehrte zurück zu seinen Eltern, die nur vier Häuser weiter wohnten. Es war, als ginge er von eine Welt in eine andere.

Susan brauchte einen neuen Mann, um ihren verzehrenden Liebesdurst zu stillen. Aber in Westcliff-on-Sea war es nicht so einfach, einen Mann zu finden. Es war ein kleiner, langweiliger Kurort voller Pensionäre, die hier die letzten Jahre ihres Lebens verbrachten. Für eine fröhliche Witwe, die einen jungen Liebhaber voller Energie und Tatendrang suchte, war der Ort völlig ungeeignet.

Susan war bald völlig frustriert. Sie brauchte einfach den Trost und die Unterstützung eines Mannes. Und am allermeisten brauchte sie das physische Vergnügen. Das hielt sie gesund. Sie dachte oft an Sex und daran, daß sie ihre Bedürfnisse befriedigen mußte. Aber woher sollte sie in einem Ort wie Westcliff den Mann dafür nehmen?

Schließlich fand sie die Lösung: das CB-Funkgerät ihres Mannes. Susan hatte den Apparat seit Michaels Tod nicht benutzt; jetzt schaltete sie ihn ein. Zuerst mußte sie sich einen Rufnamen ausdenken.

»Nympho« erschien ihr geeignet.

Der Stahlarbeiter Martin Harvey hatte sich selbst immer gesund und fit gehalten, aber selbst er hatte Schwierigkeiten, mit Susan Barber mitzuhalten. Sie hatten sich vor wenigen Stunden im Pub getroffen, und von Anfang an war klar gewesen, worauf Susan aus war.

»Sie wird dich zum Frühstück vernaschen, Kumpel«, sagte jemand mitleidig zu ihm.

Im Pub kuschelte sich Susan an den zwanzig Jahre alten Martin. Richard wohnte nicht mehr bei ihr, nun wollte sie, daß Martin mit zu ihr käme.

Schon Sekunden, nachdem sie das Haus betreten hatten, zog sie ihm die Kleider aus und kam gleich in der Diele vor dem elektrischen Ofen zur Sache. Dieses erste Mal verlief sehr konventionell, aber drei Stunden später hatte sie noch immer kein Ende gefunden.

Es gab keinen Ort im Haus mehr, an dem sie es nicht getan hatten – im Badezimmer, in der Küche, sogar in dem kleinen Toilettenraum.

Dann beschloß Susan, etwas Neues auszuprobieren.

Sie bedeutete Martin, nackt auf dem Bett liegenzubleiben, ging zum Tisch und schaltete das Funkgerät ein.

»Hier Nympho ...«

Schon bald fand sie einen willigen Partner. Sie forderte ihn auf, die Lautstärke voll aufzudrehen und zuzuhören. Dann stellte sie das Mikrophon neben das Bett, setzte sich auf Martin und begann ihr Sexspiel.

Sie flüsterte ihm ins Ohr, kein Geräusch zu machen, damit ihr Funkfreund dachte, daß sie sozusagen mit ihm über den Äther sexuell verkehrte.

Stöhnend und seufzend drehte sie ihren Kopf in Richtung des Mikrophons und flüsterte heiser, unterbrochen von lustvollen Atemzügen: »Kannst du mich hören? ... ich komme ... ja, weiter, weiter ... mach, ich möchte, daß du auch kommst.«

Ein paar Tage später griff sie wieder zum Funkgerät.

»Hallo. Hier ist Nympho. Ich rufe Magic Man. Hörst du mich? Over.«

Ihr aufreizender Name würde die richtigen Männer anziehen.

Es stellte sich heraus, daß »Magic Man« Rick Search hieß. Er hatte schon oft mit Nympho Funkkontakt gehabt und jetzt wollte er sie persönlich treffen.

Der Kraftfahrzeugmechaniker mochte es, wie Nympho sich anhörte. Er hatte das Gefühl, daß sie ihrem Namen Ehre machen würde, und als sie eine Verabredung vorschlug, stimmte er ohne Zögern zu.

Die meisten einsamen Frauen, die auf CB-Funk senden, sind eher seriöse ältere Damen, die nur jemanden suchen, mit dem sie reden können. Aber Nympho ging es nicht um ein freundliches Gespräch, ihre Stimme strahlte erotisches Verlangen in den Äther.

Susan war begeistert von dieser Art, neue Liebhaber kennenzulernen.

Rick war sich ziemlich sicher, was ihn erwartete, als er zu ihrem Haus in der Osbourne Road kam.

Und er wurde nicht enttäuscht.

Susan genoß die Freiheit, die ihr die CB-Romanzen ließen. Die meisten Männer waren nur an einer Sache interessiert, und das paßte ihr gut. Sie mochte die prickelnde Spannung, wenn sie eine Verabredung mit einem Unbekannten hatte, wartete am Fenster ihres Hauses und sah ihn schon von weitem kommen. Entsprach er nicht ihrer Erwartung, tat sie einfach so, als sei sie nicht zu Hause.

Seit Michael Barbers Tod war ein halbes Jahr vergangen.

Im Hammersmith Krankenhaus hatte sich auf Professor Evans' Initiative das Team der Ärzte versammelt, die mit dem merkwürdigen Fall Barber zu tun gehabt hatten. Vor ihnen ausgebreitet lag eine bizarre Sammlung der Organe und Körperflüssigkeiten des toten Mannes, die konserviert und aufgehoben worden waren.

Die Ärzte begannen eine minuziöse Untersuchung jedes einzelnen Teils. Sie betrachteten Dias, die Barbers Körper zeigten, studierten die Fotografien seiner Organe, und nahmen sich dann noch einmal vor, was tatsächlich von Michael übriggeblieben war. Es war ein makaberes Treffen, aber Professor Evans hatte es für unbedingt erforderlich gehalten.

Schließlich kamen die Ärzte zu dem Schluß, daß es noch viele offene Fragen gab, aber nicht genug Hinweise, um eine erneute Untersuchung einzuleiten. Vor allem war ihnen ein Rätsel, wie Barber überhaupt an das Paraquat geraten sein sollte. Seit 1975 wurde es mit einem höchst abstoßenden Geruch hergestellt. Niemand konnte es zu sich nehmen, ohne fast augenblicklich wegen des abscheulichen Aromas zu erbrechen.

Die Versammlung beschloß jedoch, zum endgültigen Abschluß des Falles übriggebliebene Blut- und Urinproben den

Paraquatherstellern und dem Nationalen Giftinstitut zur nochmaligen Überprüfung zuzusenden.

Nach zwei Monaten kamen die Ergebnisse zurück.

Diesmal waren sie positiv. Michael Barber war vergiftet worden. Die ursprünglich eingeleiteten Tests hatten gar nicht stattgefunden. Ein Labortechniker hatte das Hammersmith Hospital fälschlicherweise informiert, daß die Tests negativ ausgefallen seien.

Im April 1982 wurden Susan Barber und Richard Collins, beide wohnhaft Osbourne Road, festgenommen. Am 8. November 1982 verurteilte der Chelmsford Crown Gerichtshof Susan Barber zu lebenslänglichem Gefängnis, nachdem sie des Mordes an ihrem Ehemann für schuldig befunden worden war.

Ihr ehemaliger Liebhaber Richard Collins wurde wegen Beihilfe zum Mord zu zwei Jahren Freiheitsstrafe verurteilt.

6
Vatermord

Das »Wet Willie's« gehörte zu der Art von Kneipen, in die man besser nicht alleine geht.

In dem Barraum, winzig wie ein Schuhkarton, lungerte eine ziemlich heruntergekommene Stammkundschaft herum, Gammler in abgerissenen Jeans und knallharte Motorradfans in Lederkluft, von denen viele kein richtiges Zuhause hatten.

»Leute, die für einen Dollar jemanden umlegen«, erzählte Stammgast Dick Mills später.

Nacht für Nacht bevölkerten dieselben gescheiterten Typen die Kneipe, tranken Bier, spielten Billard und amüsierten sich auf ihre rauhe Art. Man liest ab und zu von solchen Orten, betritt sie aber nach Möglichkeit nicht. Die Ausgestoßenen, die sich hier aufhielten, hatten oft nicht mal genug zum Leben.

Die Kneipe lag mitten in Daytonas berühmtestem Rotlicht-Bezirk. Daytona in Florida war bekannt für die gefährlichsten Motorradrennen der Welt und eine Zuflucht für Rennfans jeglicher Couleur. Während der Rennen, die nur einmal im Jahr stattfanden, wimmelte es in dem Ort von Motorradfahrern. Dann hielten sich dort auch viele gutbetuchte, seriöse Bürger aus allen Teilen des Landes auf, deren Leidenschaft die schnellen Maschinen waren. Die Kunden des »Wet Willie's« dagegen verbrachten ihr ganzes Leben in dem Ort am Meer.

Viele kratzten mit ihrer Hände Arbeit ein bißchen Geld zum Leben zusammen, andere hatten die Hoffnung auf eine reguläre Beschäftigung längst aufgegeben und überlebten mit einem Schlafplatz im Freien und einer gestohlenen Mahlzeit dann und wann.

Dick Millis war ein stämmiger Bursche, dessen Arme mit Tätowierungen bedeckt waren. Er unterschied sich von den meisten der Gruppe, denn er hatte verzweifelt versucht, aus dem Teufelskreis von Gewalt und exzessivem Suff auszubrechen. Vor einem halben Jahr hatte er Connie geheiratet, ein nettes Mädchen aus dem Ort.

Dabei hatte Dick schon einiges im Leben hinter sich gebracht. Als Vietnamveteran hatte er den Horror eines grauenhaften Krieges kennengelernt. Die Erlebnisse dieser Zeit quälten ihn noch immer, und zusätzlich litt er unter der Erkenntnis, daß das furchtbare Blutbad, das er in Südostasien mitangesehen hatte, auch hier zu Hause stattfand. Morde, Vergewaltigungen, Raub, das alles passierte in Daytona täglich.

Dicks erste Ehe war ein völliger Mißerfolg gewesen, weil die verrückte Welt der Motorradfreaks ihm über alles ging. Jetzt versuchte er, einen neuen Anfang zu machen. Er hatte noch einmal geheiratet und hoffte, daß sein Leben sich ändern würde.

Connie schien das perfekte Mädchen für Dick zu sein. Er war jetzt über vierzig und wußte, daß er nicht mehr viele Gelegenheiten haben würde, das Glück zu finden. Als sie im Sommer 1990 geheiratet hatten, sah alles noch ideal aus – aber schon vier Monate später fragte sich Dick, was schiefgegangen war. Hatte er nicht sein Biker Image aufgegeben, weil Connie wollte, daß sie sich etablierten und ein ganz normales Leben mit sozialen Verpflichtungen führten?

Es hielt nicht lange an. Für Dick gab es einfach zu viele Versuchungen, bei denen er hätte standhaft bleiben müssen.

Connie hatte ihn schließlich vor die Tür gesetzt, weil die Streitereien kein Ende mehr nahmen. Sie zankten sich um Geld, den Abwasch, das Fernsehen; nichts war zu banal, als daß es ihnen nicht einen Anlaß zum Streit geboten hätte. Es wurde für beide einfach zu viel, sie konnten es nicht mehr aushalten.

Jetzt war Dicks Leben wieder am Nullpunkt angelangt. Er hatte keinen Job, kein Geld, keine Zukunft – und war allein.

Es war die Vorweihnachtszeit 1990, für Dick ein weiterer Grund, sich einsam zu fühlen. Er betrat das »Wet Willie's«, um seine Sorgen zu ertränken.

Aus der Musikbox in der Ecke plärrte Country Music. Zwei Biker in ölbefleckter Jeanskleidung spielten in rasantem Tempo eine Runde Billard, angefeuert vom Alkohol und dem Bedürfnis, möglichst männlich zu wirken. Drei Hell's Angels redeten fachmännisch über ihre Harley Davidson Maschinen. Hin und wieder kamen Prostituierte mit harten und grell geschminkten Gesichtern in die Bar, warfen einen Blick auf jeden einsam aussehenden Mann und gingen dann wieder an ihre Arbeit. Für diese Mädchen war es selbst im »Wet Willie's« noch angenehmer als auf den Bürgersteigen der nahen North Ridgewood Avenue; dort waren Vergewaltigungen und Tätlichkeiten an der Tagesordnung. Den Männern ging es oft nur darum, eine Frau leiden zu sehen. Die Prostituierten trugen entweder hautenge Jeans und Stöckelschuhe oder enge Miniröcke, meist aus glänzendem Leder oder Gummi. Das war ihre Uniform. Sie mußten den Blick jedes männlichen Passanten auf sich ziehen, und der funkelnde Glanz ihres Äußeren überbrachte die laute und deutliche Botschaft: »Ich stehe zum Verkauf. Willst du nicht zugreifen?« Wenn dann ein Fahrer in der Kurve langsamer wurde, um die Ware zu inspizieren, nahmen sie mit Augen Kontakt auf. In neun von zehn Fällen garantierte die Methode Erfolg.

Dick Mills war an diesem Abend nicht daran interessiert, für Sex zu bezahlen. Erstens war er pleite, und außerdem dachte er an andere Dinge. Seine katastrophale Ehe, sein Mißerfolg im Leben, sein Versagen als Mann, all das ging ihm nicht aus dem Kopf.

In Gedanken versunken saß er da und nippte an seiner Dose eiskalten Biers. Wahrscheinlich hätte er noch nicht einmal aufgeschaut, wenn in dem Moment eine Frau gekommen wäre und sich zu ihm gesetzt hätte.

Schließlich tauchte er aus dem Sumpf seiner Probleme wieder auf, als einer seiner Lieblingssongs erklang. Johnny

Paychecks »Take This Job And Shove It« paßte in gewissem Sinn zu seiner momentanen Situation. Ein hartes Lächeln erschien auf Dicks Gesicht.

Er wandte sich der Musikbox zu, um zu sehen, welcher Soulfan die Platte gedrückt hatte.

Neben der Musikbox lehnte ganz allein eine blonde Frau.

Es war das erste Mal, daß Dick an diesem Abend überhaupt einen Menschen bewußt wahrnahm. Das Mädchen weinte und sang gleichzeitig zu der Musik. Dann sah sie auf und lächelte Dick kurz an.

Er lächelte zurück. Ihr Gesicht und ihr offensichtlicher Kummer zogen ihn sofort an.

Selbst zwischen den Bikern und Prostituierten wirkte die Kleidung dieser Frau besonders sexy. Sie trug einen einteiligen Motorradanzug aus schwarzem Leder, an jeder Seite hatte er einen roten Streifen. Die Formen ihres Körpers waren darunter deutlich zu erkennen, als sie sich jetzt an einen Tisch setzte.

Aileen Wuornos war todunglücklich. Auch ihre Beziehung war gerade auseinandergegangen. Dabei hatten sie sich so leidenschaftlich geliebt, Aileen konnte nicht fassen, daß es wirklich vorbei sein sollte.

Jedesmal, wenn sie an den außergewöhnlich intensiven Sex dachte, den sie miteinander gehabt hatten, stiegen ihr wieder die Tränen in die Augen. Nie wieder würde es so schön sein. Sie hatten sich getrennt, es war aus, für immer. Jetzt erst wurde Aileen richtig klar, wie sehr sie Tyria brauchte. Sie war zwar selbst die Dominierende gewesen, aber beide hatten dasselbe Vergnügen an ihrer Beziehung gehabt, und Tyria war zu allem bereit gewesen. Aileen wünschte, sie hätte das alles früher erkannt und noch etwas zur Rettung ihrer Beziehung tun können.

Dick war erstaunt über sich selbst. Er war ins »Wet Willie's« gekommen, um seine Sorgen zu vergessen, nicht, um eine Frau kennenzulernen. Aber langsam begann der Alkohol seine seelischen Schmerzen zu lindern, und gleichzeitig kehrten die Bedürfnisse zurück, die trotz eines gebrochenen Herzens vorhanden sind.

Er betrachtete die Frau an der Musikbox genauer. Und sie wußte genau, daß er sie beobachtete.

Ihre Tränen versiegten, sie fühlte dasselbe Verlangen in sich aufsteigen, das Dick bewegte. Es war der Wunsch, geliebt zu werden, von irgend jemandem, und sei es auch nur für eine Nacht.

Aber Dick war ein scheuer Typ, und er brachte nicht ohne weiteres den Mut auf, Aileen zu fragen, ob er ihr ein Bier spendieren könne. Mehrere Male erhob er sich von seinem Stuhl und setzte sich wieder, er wußte einfach nicht, wie er die erste Annäherung zustande bringen sollte.

Sie bewegte jetzt ihren Körper zum Rhythmus der Musik, wippte leicht in ihrem Stuhl hin und her und drückte die lederbekleideten Schenkel aneinander. In Gedanken war sie bei Tyria Moore, ihrer schönen blonden Geliebten, erinnerte sich an die wunderbaren heißen Tage, an denen sie 24 Stunden im Bett verbracht und immer aufs neue den Körper der anderen Stück für Stück erforscht und erobert hatten.

Sie hatten alles zusammen ausprobiert, nicht enden wollende sexuelle Experimente gemacht. Und Tyria hatte niemals Einwände, sie ließ alles mit sich machen, damit Aileen ihr Vergnügen hatte.

Dick konnte nicht dagegen an, er mußte sie anstarren, wie sie rhythmisch ihren Körper bewegte. Es war ziemlich aufregend, ihr zuzusehen, sie hatte einen so verdammt guten Rhythmus. Im Bett muß sie umwerfend sein, dachte Dick.

Beim fünften Versuch, sich ihr zu nähern, stand er endlich auf und ging das kleine Stück zu ihrem Tisch hinüber. Er war nervös. Ablehnungen konnte er schlecht verkraften. Auch wenn er alleine war und niemand seine Niederlage mit ansah, hätte ihm eine Abfuhr sehr zu schaffen gemacht.

Aileen trank ein Bier nach dem anderen. Die Leute in der Bar waren längst auf sie aufmerksam geworden, schauten aber meist bald wieder weg, denn im »Wet Willie's« war der

Anblick einer einsamen Frau, die sich betrank, nichts Außergewöhnliches.

In dem nur schwach beleuchteten Raum sah Dick den Lederanzug Aileens aufreizend schimmern. Als er dicht genug an ihrem Tisch war hörte er wie das Leder, wenn sie sich bewegte, an ihrem Körper rieb. Er fand das ziemlich aufregend. Nun stand er an ihrem Tisch und brachte noch immer kein Wort hervor.

»Hast du 'n Auto?« brach Aileen das Schweigen. Dick war erleichtert. Sie hatte den Anfang gemacht, und jetzt traute er sich, die Sache fortzuführen.

»Ja. Klar doch.«

Er setzte sich ihr gegenüber. Sie lächelte müde. Aber immerhin sagte sie nicht, er solle verschwinden.

»Soll ich dich wohin bringen?«

Dick sah auf den Reißverschluß, der ihren Lederanzug vorne teilte. Er war gerade weit genug geöffnet, um eine Andeutung ihrer Brüste sehen zu lassen, die in dem engen Overall eingezwängt waren und sich deutlich abzeichneten.

»Hey. Ich heiße Lee Green. Und du?« sagte Aileen.

Ihr wirklicher Name war nur eines der Geheimnisse, die sie vor Dick immer verborgen halten würde.

Nach einigen Minuten waren sie sich einig, daß Dick sie zur Greyhound Busstation in Daytona fahren würde. Dort hatte Aileen ihre Sachen aufbewahrt.

Als sie nach draußen zum Parkplatz gingen, konnte Dick nur an ihren Körper denken, der von der engen schwarzen Lederkleidung so deutlich präsentiert wurde. Aileen lehnte scharf seine höflich gemeinte Absicht ab, die Beifahrertür für sie zu öffnen, aber Dick dachte sich nichts dabei. Sie war eben eine von der Frauenbewegung, sicher aber keine Männerhasserin, meinte er bei sich.

Dann fuhren sie die North Ridgewood Avenue entlang, vorbei an den Nutten und den Drogenhändlern, die an jeder Ecke standen. Als sie an einer Ampel warten mußten, beugte sich eine große, schwarze Prostituierte zu ihnen hinunter.

Dick fiel auf, wie Aileen das Straßenmädchen anstarrte

und genauestens mit den Augen ihren Körper abtastete, der in einem engen Minirock steckte. Vielleicht kannten sie sich. Als sie weiterfuhren, drehte sich Aileen um und beobachtete das Mädchen, bis es nicht mehr zu sehen war. Doch Dick machte sich weiter keine Gedanken über Aileens Verhalten.

In Aileen waren durch den wohlgeformten Körper der Frau animalische Instinkte geweckt worden. Sie hatte Frauen schon immer den Männern vorgezogen, fand ihre Körper viel interessanter.

Aber im Moment war sie erleichtert, daß sie eine Mitfahrgelegenheit hatte, auch wenn ihr Chauffeur ein Mann war. Männer weckten in ihr im allgemeinen negative Assoziationen, denn ihr Leben war von Männern ruiniert worden.

Es hatte alles angefangen, als sie noch in der Wiege lag, vor 33 Jahren in Rochester, Michigan.

Ihre Mutter Diane wurde mit dem Baby Aileen und ihrem Bruder Keith nicht fertig, sie brachte sie zur Adoption zu ihren Großeltern und verschwand für immer. Der Grund für ihr Davonlaufen war einfach – ihr Ehemann war äußerst jähzornig und schlug sie regelmäßig. Später dann gipfelte Leo Pittmanns psychopathisches Verhalten darin, daß er eines seiner Kinder sexuell mißbrauchte und in Verdacht geriet, das andere umgebracht zu haben. Aileens Mutter hatte gut daran getan, diesen bösartigen Mann zu verlassen.

Derjenige der Aileens Leben dann zunächst zugrunde richtete, war ein brutaler Jugendlicher, von dem sie schwanger wurde, als sie gerade dreizehn war. Er vergewaltigte sie und stritt dann ab, der Vater des Kindes zu sein. Aileens Großeltern kehrten die ganze Geschichte unter den Teppich und schickten sie in ein Heim für unverheiratete Mütter, wo das Baby geboren und ihr sofort weggenommen wurde.

Als Aileen mit vierzehn von zu Hause weglief, war es kein Wunder, daß sie ihren Lebensunterhalt als Prostituierte verdiente. Ohne ein Zuhause und eine Familie, bei der sie Schutz suchen konnte, hatte sie seit dem Tag, als sie geboren worden war, auf der Schattenseite des Lebens gestanden.

Was Aileen Wuornos betraf, waren Männer die Ursache allen Übels.

Und jetzt hatte sie eine Mitfahrgelegenheit von einem fremden Mann mitten in einer gefährlichen Stadt akzeptiert. Sie würde wohl nie auslernen, dachte sie bei sich selbst.

»Fahren Sie rechts ran und halten Sie an!«

Die durch ein Megaphon verstärkte Stimme aus dem Polizeistreifenwagen war laut und deutlich zu hören. Dick nahm an, daß er versehentlich eine Verkehrsregel nicht beachtet hatte.

Aileen brach sofort in Panik aus. Ihre Angst vor Cops hatte sich in den letzten zwölf Monaten kontinuierlich gesteigert und war fast zur Paranoia geworden. Sie hatte eine Menge zu verbergen. Und es war ihr zur Gewohnheit geworden, vor der Polizei davonzulaufen.

Sie griff nach der Pistole in ihrer Handtasche. Das Gefühl des kalten Stahls beruhigte sie etwas. Sie würde nicht zögern, die Waffe zu ihrer Verteidigung zu benutzen.

Aileen beobachtete, wie die beiden Polizisten ausstiegen und zu Dicks Wagenfenster kamen.

»Sag ihnen, sie sollen abhauen«, zischte sie.

Dick wollte sich eher diplomatisch verhalten. Er hatte im Moment schon genug Probleme und wollte nicht auch noch Ärger mit den Cops.

»Hey. Haut ab, zum Teufel. Laßt uns in Ruhe.«

Aileen konnte sich nicht beherrschen. Sie mußte das erste Wort haben.

Sie umfaßte die Pistole mit hartem Griff, während sie sprach. Aber noch war sie in der Tasche und nicht zu sehen.

Dick war verärgert. Was zum Teufel wollte sie erreichen? Als legte sie es darauf an, festgenommen zu werden. Warum tat sie das?

»Halt dein Maul, verdammt noch mal!« erwiderte er scharf.

Dicks Ton duldete keinen Widerspruch. Aileen wandte wütend den Kopf ab. Kein Mann hatte ihr zu sagen, wann sie den Mund halten sollte. Männer waren nichts wert.

Dreckskerle. Sie benutzten Frauen und warfen sie dann weg wie leere Zigarettenschachteln.

Dick schaffte es, die Cops zu beruhigen. Aileens aggressives Verhalten war ihm unbegreiflich.

»Sie wurde allein vom Anblick der Cops fuchsteufelswild. Total verrückt. Ich hab's damals einfach nicht verstanden«, sagte er später.

Dies war das erste der vielen Warnsignale, die noch folgen sollten.

»Fahr einfach ein bißchen durch die Gegend.«

Aileen beruhigte sich langsam wieder. Die Polizei hatte nur eine routinemäßige Führerscheinkontrolle durchgeführt.

Vielleicht wünschte sie sich sogar, daß sie ihr einen Grund gegeben hätten zu schießen. Sie hätten zurückgeschossen, und vielleicht wäre dies das Ende all ihrer Qualen gewesen.

Aber wenigstens war sie im Moment nicht allein. Dick schien für einen Mann ganz in Ordnung zu sein.

Sie entdeckten bald ihr gemeinsames Leid, den Schmerz und die Qual einer beendeten Liebesbeziehung.

»Wir stecken beide in der tiefsten Hölle. Du bist fertig wegen deiner kaputten Liebesgeschichte mit Ty. Ich bin fertig, weil ich Connie zurückhaben will. Wir sind beide manisch-depressiv, irgendwie krank«, sagte Dick zu Aileen.

Natürlich hatte er völlig recht. Aber Aileen würde ihm nicht sagen, wie recht er tatsächlich hatte.

Später erinnerte sich Dick: »Ich habe zwei Menschen gekannt, die haben den Teufel gesehen und ihm die Hand geschüttelt. Einer bin ich, der andere ist sie.«

In dieser Nacht fuhren die zwei lange in Daytona herum und sprachen über ihre Gefühle. Sie redeten sich ihren Liebeskummer von der Seele und verglichen ihre Erlebnisse. Für Aileen war es eine außergewöhnliche Erfahrung, ihre Probleme einem Mann zu erzählen.

Es war selbstverständlich, daß Dick und Aileen schließlich zusammen in einem Motelzimmer landeten. Nachdem sie einander so viel anvertraut hatten, erschien das völlig natürlich. Sie waren beide einsam und ungebunden, warum also nicht?

Als Dick die Tür zu dem verwahrlosten, muffig riechenden Zimmer öffnete, das sie im Hawaii Motel auf der South Ridgewood Avenue gemietet hatten, war er einfach froh, Gesellschaft zu haben. Sollte auch noch Sex dabei sein, wäre das ein willkommenes Extra.

Das Motel war weiß Gott kein glanzvoller, romantischer Ort. Aber was konnte man schon erwarten für zehn Dollar pro Bett? Und keiner von ihnen hatte eine andere Unterkunft.

Aileen hatte lange nicht mehr mit einem Mann geschlafen. Als sie mit Ty zusammen gewesen war, hatte sie gelobt, es nie wieder mit einem dieser Mistkerle zu tun. Aber Ty gab es nicht mehr, und Dick schien außerdem anders zu sein als die meisten. Er hörte ihr wirklich zu und behandelte sie nicht von oben herab wie eine verrückte Lesbe. Es wäre sogar eine nette Abwechslung. Die meisten Männer, mit denen sie geschlafen hatte, bezahlten entweder dafür oder nahmen sich mit Gewalt, was sie wollten. Jetzt war hier einer, der aufrichtiges Interesse an ihr hatte. Warum sollte sie also nicht mit ihm schlafen?

Sie fing an, sich auszuziehen und öffnete als erstes den Reißverschluß ihres einteiligen Lederanzugs. Ihre Aufmachung turnte Dick an, das wußte sie, und sie genoß es, daß er seine Augen nicht von ihr lassen konnte. Sie bekam sogar Lust, ihm Vergnügen zu bereiten.

Dick war nervös. Aileen hatte zugegeben, daß sie Lesbierin war, und trotzdem wollte sie jetzt offensichtlich mit ihm ins Bett. Warum?

Er fand sie sehr attraktiv, wußte aber nicht, ob dies Gefühl gegenseitig war. Aileen hatte offensichtlich ein so starkes Bedürfnis nach Sex, daß sie jetzt sogar einen Mann wollte.

Mit Ty war es immer etwas ganz Besonderes gewesen, dachte Aileen. Sie hatten alles zusammen gemacht, was man sich vorstellen kann. Aber ab und zu sehnte sich Aileen doch danach, einen Mann in sich zu spüren, auch wenn sie weiter die Dominante bleiben wollte. Kein Mann würde je die Oberhand über sie haben. Es gab nur eine Art, mit ihnen umzugehen: man mußte sie dazu bringen, das zu tun, was man selbst wollte.

»Leg dich hin«, befahl sie Dick.

Er tat, was sie ihm sagte, und dann begann ein Sexmarathon, der nur von einer Person bestimmt wurde, von Aileen.

Was sie wollte, bekam sie. Sie war wie ein brünstiges Tier. Manchmal war ihre Wildheit geradezu beängstigend. Sie kümmerte sich überhaupt nicht um die Gefühle ihres Partners, er konnte von Glück sagen, wenn er auch einen Höhepunkt erreichte.

Und es dauerte Stunden, bis sie von ihm abließ. Sie stellte eine Forderung nach der anderen, entschlossen, alles genau so zu bekommen, wie sie es wollte.

Dick war trotz allem auch nur ein Mann, und alle Männer sollten leiden.

Als die beiden schließlich erschöpft und befriedigt nebeneinander im Bett lagen, begann Aileen erneut über ihre vergangene Liebe zu reden.

»Ich habe sie so geliebt. Nie werde ich eine andere so lieben können.«

Sie weinte schon wieder, Tränen der Liebe um Ty, während ihr Kopf auf Dicks Schultern ruhte.

Trotz der leidenschaftlichen Stunden, die sie gerade gemeinsam genossen hatten, dachte Aileen noch immer nur an eine Person – ihre frühere Geliebte.

Dick spielte in ihren Gedanken keine Rolle, er war nur ein Objekt, das sie benutzt hatte. Mit Ty war es anders, sie war ihr Lebenselixier gewesen. Für sie hatte sie alles getan, sogar die schlimmsten Verbrechen begangen.

Als Aileen das erste Mal getötet hatte, war es nur für Ty gewesen.

Es war gerade erst ein Jahr her. Am 1. Dezember 1989 trampte Aileen, wie üblich ohne Geld und Arbeit, in der

Tampa Bay Gegend von Florida. Am Tag zuvor hatte sie die Wohnung verlassen, die sie mit Ty teilte, weil sie unbedingt Geld verdienen mußte. Sie fühlte sich verpflichtet, für sie beide zu sorgen.

»Ich muß mich nach Kunden umsehen«, sagte sie zu Ty. »Sonst können wir die Rechnungen nicht bezahlen.«

Mit ein bißchen Glück würde ein Mann der richtigen Sorte anhalten, sie mitnehmen und für ein wenig schnellen, unpersönlichen Sex genügend bezahlen.

Der Elektroarbeiter Richard Mallory aus dem nahen Badeort Clearwater hatte ein paar einsame Stunden auf dem US 1 Interstate Highway vor sich. Er hielt sofort an, als er Aileen sah, die am Straßenrand stand und ihre Hand hob. Aileen traute ihren Augen nicht, als sie im Wagen saß. Der 52 Jahre alte Mallory sah genauso aus wie ihr Vater, der jetzt etwa im selben Alter sein mußte.

Alle ihre Sinne waren sofort angespannt. Schließlich war ihr Vater der Mann, der die größte Schuld am Elend ihres Lebens trug. Er war der Grund dafür, daß sie manchmal wünschte, gar nicht geboren worden zu sein. Und er war auch derjenige, von dem sie das Böse geerbt hatte.

»Du bist schlecht, und du wirst es immer bleiben«, pflegten ihre Großeltern zu sagen. Heute wußte sie, wieso.

Als Mallory anfing, höflich Konversation zu machen, verzog Aileen angewidert das Gesicht. Womöglich war er wirklich ihr Vater? Vielleicht lebte er noch?

Der Elektroarbeiter hatte nicht die geringste Ahnung, was in Aileen vorging.

»Möchtest du mich ficken?« Aileen schob alle Gedanken an ihren Vater beiseite, schließlich war sie wegen des Geschäfts hier.

Mallory zögerte einen Moment. Er fragte sich, ob er Aileen deswegen mitgenommen hatte. Aber schließlich hatte er gar nicht wissen können, was sie ihm anbieten würde.

»Fahr rüber zum Wald.« Aileen wartete gar nicht erst auf eine Antwort. Sie gab Befehle.

Mallory tat, was sie ihm sagte.

Er hatte den Köder geschluckt.

Sie hielten in einem kleinen Waldstück, wo Mallory seinen 1977er Cadillac parkte.

»Zieh du zuerst deine Sachen aus.« Aileen hatte die Situation unter Kontrolle. Das gefiel ihr.

Dann sah sie wieder ihren grausamen Vater vor sich. Sie dachte daran, wie brutal er ihre Mutter geschlagen hatte, und dachte an die beiden Kinder, deren Leben von ihm ruiniert worden war.

Und jetzt war er da, neben ihr im Auto.

Aileen fühlte einen heftigen Drang, nach der Pistole in ihrer Tasche zu greifen. Sie trug die Waffe immer bei sich, falls sie Ärger mit Kunden haben sollte.

Mallory wurde wütend, weil Aileen noch immer ihre Sachen anhatte. Er schrie sie an, sie solle sich ausziehen. Das hätte er nicht tun dürfen. Sie würde sich das von einem Mann nicht gefallen lassen, nicht mehr.

Er verwandelte sich in ihren Vater, der sie tyrannisiert und immer wieder tätlich angegriffen hatte. Wie Dreck hatte er sie behandelt und nicht die geringste Achtung vor ihr gezeigt. Für ihn war sie ein Hure, die er benutzte und mißbrauchte.

Jetzt wollte sie alle Erinnerungen an ihren Vater zerstören.

Als Mallory sich niederbeugte, um seine Schuhe auszuziehen, zog sie die 22er Pistole aus der Tasche und schoß.

Die erste Kugel traf seinen Rücken. Das Blut quoll aus der Wunde, und Aileen feuerte noch einmal. Dieses Mal schlug die Kugel in sein Schulterblatt. Sie konnte deutlich das Splittern des Knochens hören.

Aber zwei Schüsse waren noch nicht genug. Sie zog den Abzug wieder und wieder durch.

Fünf Löcher klafften in seinem Rücken.

Jetzt war sie ihren grausamen Vater für immer los.

Er hing tot über dem Lenkrad, genau so, wie er es verdient hatte. Sie fühlte keine Gewissensbisse, sie fühlte überhaupt nichts, als sie seinen Körper unter ein altes Teppichstück zerrte, das jemand am Straßenrand abgeladen hatte. Ihr Opfer war ein kranker, perverser Mann gewesen, davon war sie überzeugt. Ihn zu beseitigen, hieß der Welt einen Gefallen zu tun.

Im Wagen fand sie einen Koffer, in dem eine Kamera und Schmuck waren. Das würde für Ty und sie reichen, um eine Woche davon zu leben.

Aileen fuhr zurück zu ihrer Geliebten, und noch am selben Abend zogen sie in dem Cadillac an einen anderen Ort um. Ty zog es vor, die Blutflecke auf dem Fahrersitz nicht zu erwähnen.

In dem schäbigen, verwahrlosten Hawaii Motel schüttete Aileen ihr Herz vor Dick aus. Er war verständnisvoll und fürsorglich, da er nur zu gut das Leid einer zerbrochenen Liebesbeziehung kannte.

Es war eine merkwürdige Situation. Aileen wußte, daß sie nach der Trennung von Ty nicht mehr zu töten brauchte, denn sie hatte nun niemanden mehr, für den sie sorgen wollte. Trotzdem wünschte sie sich nichts sehnlicher, als daß alles so wie früher wäre.

Sie hatte sich verpflichtet gefühlt, für sie beide zu sorgen, auf welche Art auch immer. Wenn es bedeutete, daß sie sich prostituieren mußte, um Geld zu bekommen, war das in Ordnung. Und wenn es bedeutete, kaltblütig zu morden, war es genauso in Ordnung. Sie hätte alles getan, damit Ty bei ihr blieb.

Wie im letzten Juni, als das Paar wieder einmal kein Geld hatte. Aileen wußte, es war abermals Zeit, loszuziehen und sich auf die Suche nach einem Opfer zu machen.

Wie üblich tarnte sie sich als Tramperin.

Es war ja so einfach, an die Männer heranzukommen. Sie erwarteten fast immer eine Gegenleistung, wenn sie einen auf der Straße mitnahmen.

Diesmal war der Schauplatz die einsame Interstate 95, und der 65 Jahre alte Missionar Peter Siems fuhr sofort langsamer, als er die lederbekleidete Aileen erblickte. Damit war sein Schicksal schon besiegelt. Der Arbeiter für den »Christus-ist-die-Antwort«-Kreuzung hatte seine höhere Macht getroffen.

Als sie in den Pontiac Sunbird stieg, war Aileen im selben Moment wieder überzeugt, daß es ihr Vater war, der hinter dem Lenkrad saß.

Dieser furchtbare Mann war erneut auferstanden. Sie würde ihn noch einmal und diesmal für alle Zeiten beseitigen müssen.

Siems wandte sich von Aileen ab, während er darauf wartete, daß sie sich auszog. Er sah nicht, wie Aileen die Pistole auf ihn richtete. Die zweite Kugel drang in seine Wirbelsäule und tötete ihn auf der Stelle. Um ganz sicher zu sein, daß ihr schrecklicher Vater nicht noch einmal auferstehen würde, feuerte Aileen weitere fünf Schüsse auf ihn ab.

Keine 30 Minuten später stieß sie seinen Körper in einem Waldstück an einer verlassenen Landstraße aus dem Wagen, zerrte ihn ein Stück in den Wald hinein und fuhr mit dem Pontiac davon. In den Taschen des Mannes hatte sie viel Geld gefunden.

Aileen war in bester Stimmung. Sie hatte Spaß daran, das Coupé mit dem starken Motor zu fahren und konnte es nicht erwarten, wieder bei ihrer Geliebten zu sein.

Sie glaubte wirklich, daß jetzt die Erinnerung an ihren Vater ein für allemal ausgelöscht wäre.

Und sie war so froh, Ty glücklich zu machen. Ein hübsches Zuhause, ein teures Auto, jetzt hatten sie alles.

Aileen wollte mit Ty Disney Land und ähnliche Orte besuchen. In einer derartigen Umgebung, die wie im Bilderbuch war, konnten sie in einer Phantasiewelt eintauchen und ihr eigenes hoffnungsloses Leben vergessen.

Fast einen Monat lang fuhren sie kreuz und quer durch Florida und gaben eine Menge Geld aus. Es war eine glückliche Zeit für Aileen und Ty. Aber sie konnte nicht ewig währen.

Das Ende kam in Orange Springs, einem verschlafenen, langweiligen Ort, in dem das wichtigste soziale Ereignis des Jahres ein Sommerfest der Kirche war.

Daher weckte es großes Interesse, als eines Tages zwei Frauen mit ihrem Wagen durch einen Zaun in Orange Springs rasten und dann vom Schauplatz des Unglücks flohen. Einige Zeugen, darunter der örtliche Feuerwehrchef und sein Stellvertreter, fuhren ihnen nach und holten sie auf einer Straße in der Nähe ein. Aileen herrschte die Männer an, daß sie verschwinden sollten.

Die Polizei fand heraus, daß der Wagen dem vermißten Siems gehörte.

Jetzt war ganz Florida hinter Aileen und Ty her.

Dicks Zuneigung zu Aileen wurde von Tag zu Tag größer.

Für ihn war sie nur eine einsame, tragische Figur, die unter einer zerbrochenen Liebesbeziehung litt. Von ihrer Vergangenheit hatte er keine Ahnung.

Er war so verliebt in Aileen, daß er beschloß, ein Treffen zu arrangieren, um sie seiner Familie vorzustellen. Er wollte seine zwei Töchter an seinem neuen Glück teilhaben lassen. Die beiden Frauen führten ein ganz normales Familienleben und waren sehr neugierig auf die Frau, die ihren Vater in solche Begeisterung versetzt hatte.

»Siehst du die Narbe hier? Die hab' ich von 'ner Prügelei mit zwei Lesben im Knast.«

Aileen versuchte, Dicks Tochter Reveshia zu imponieren und benahm sich dabei wie ein Elefant im Porzellanladen.

Reveshia konnte es nicht glauben. Das war die Frau, in die ihr Vater so vernarrt war? Dicks Tochter Tammy war noch schokkierter, als Aileen ihr von ihren Erfahrungen mit Drogen erzählte; LSD, PCP und Pilze waren nur einige, die sie ausprobiert hatte.

Aileens unpassendes Benehmen hatte den üblichen Grund: sie war betrunken und wurde deshalb immer hemmungsloser. So brüstete sie sich mit ihrem Außenseiterleben und erzählte lauthals, was sie für aufregend hielt und was Dicks Töchter nur abstoßend fanden.

Im Laufe des Abends wurde sie immer widerwärtiger.

Aber sie merkte trotzdem noch, daß etwas nicht stimmte, und je unwohler sie sich deswegen fühlte, desto mehr Bier konsumierte sie. Als keines mehr da war, schickte sie Dick in den Spirituosenladen, um für sie einen weiteren Kasten zu holen. Sie konnte unglaubliche Mengen trinken.

Schließlich reichte es Reveshia.

»Sieh zu, daß du sie aus meinem Haus schaffst, ich will sie nie wieder sehen.«

Dick gehorchte. Aileen hatte den Familientest nicht bestanden, und auch er fand plötzlich, daß es an der Zeit war, ihre Romanze zu beenden.

Am nächsten Morgen befanden sie sich im selben Motel, in dem sie sich die erste Nacht stundenlang so wild und leidenschaftlich geliebt hatten. Jetzt lieferte Dick Aileen den Beweis, daß man Männern niemals trauen konnte.

Die ganze Nacht hatten sie sich wieder geliebt, und nun sagte er ihr, daß er mit ihr Schluß machen wollte.

»Hier sind 50 Dollar. Ich setz dich ab, wo du willst.«

Es war Heiligabend. Aileen hatte kein Zuhause, keinen Freund und niemanden, bei dem sie hätte Zuflucht suchen können.

Sie hatte immer wieder die schlimmste aller Sünden begangen, jetzt mußte sie dafür büßen.

Aileen ging ins »Last Resort«, wo sie sich häufig aufhielt. Es war einst eine florierende Bier- und Weinstube gewesen, dann aber von den vielen Bikern, die dort jeden Abend auftauchten, völlig umgestaltet worden. Jetzt hingen Büstenhalter und Höschen von der Decke, und der Hinterhof wurde »Japanese Hanging Garden« genannt: über den Köpfen der Gäste schwebten Motorräder, die man in den Baumkronen befestigt hatte.

Die Kneipe war noch härter als das »Wet Willie'«. Aber wenigstens konnte Aileen sich hier bis zur Bewußtlosigkeit betrinken, ohne daß jemand Anstoß daran nahm.

Zwei Männer lehnten an der Bar und musterten Aileen. Sie fragten sich, ob es wohl Sinn hatte, sie anzusprechen.

Der ein Meter neunzig große, lederbekleidete Barmann Cannonball warnte sie: »Is 'ne komische Braut. Ich würde an eurer Stelle die Finger davon lassen.«

Hätte er gewußt, in welchem Maße seine eigenen Worte zutrafen, wahrscheinlich hätte er nicht zugelassen, daß Aileen jede Nacht nach Kneipenschluß draußen auf der Veranda schlief.

Sie wußte nicht, wo sie sonst hingehen sollte.

Cannonball war klar, daß sie einen großen Kummer haben mußte, aber Aileen sprach nie darüber. Jeden Abend weinte sie sich die Augen aus dem Kopf, bevor sie in dem plastiküberzogenen Autositz in der Ecke der knarrenden Holzveranda endlich einschlief.

Tyria Moore war erleichtert und froh, zu Hause bei ihrer Mutter in Pennsylvania zu sein.

Die Zeit mit Aileen war wie ein böser Traum gewesen. Sie mußte immer wieder daran denken, wie Aileen nach Hause gekommen war und eiskalt gesagt hatte: »Ich hab' gerade 'nen Typen umgelegt.« Tyria hatte sich eingeredet, daß das eine Lüge war. Aber tief in ihrem Inneren wußte sie ganz genau, daß es stimmte.

Im Fernsehen wurden die Phantombilder von ihr und Aileen ausgestrahlt. Das Netz zog sich zusammen.

Tyria war entsetzt, daß ihre ehemalige Liebhaberin die Serienmörderin war, die in ganz Florida gejagt wurde. Aber sie war wie gelähmt und wußte nicht, was sie tun sollte, bis zwei Polizeibeamte an die Haustür ihrer Mutter klopften. Schon bald verriet sie der Polizei alles, was sie von Aileen wußte.

Sergeant Bruce Munster vom Büro des Marion County Sheriff hatte Tyria Moore ausfindig gemacht. Aber noch gab es keine Spur von Aileen.

Sie war eine frei herumlaufende, skrupellose Mörderin, jeden Moment konnte sie irgendwo erneut zuschlagen.

Es wurde Zeit, das Netz auszuwerfen und die Fahndung auszudehnen. Die Polizei überwachte jetzt auch die Kneipen in Daytona, in denen Aileen sich aufhalten könnte. Eine davon war das »Last Resort«.

Die beiden Biker saßen nun schon seit mehr als einer Woche jeden Abend im »Last Resort« und sahen zu, wie Aileen immer tiefer in einen vom Alkohol verursachten Dämmerzustand fiel.

In Wirklichkeit hofften sie vergeblich darauf, daß sie die Kneipe verlassen und sie zu einer der Männerleichen führen würde. Doch sie war ständig viel zu betrunken, um überhaupt an die Opfer zu denken, die sie auf den Autobahnen Floridas kennengelernt und dann abgeschlachtet hatte.

Apathisch saß sie in einer Ecke und drückte in der Musikbox immer wieder ihre zwei Lieblingsplatten »Leather and Lace« und »Digging up Bones«.

Diese Songs schienen zwei Leitmotive ihres erbärmlichen Lebens zu sein.

Am 9. Januar 1991 wurde Aileen Wuornos von den zwei Bikern verhaftet, bei denen es sich um Kriminalbeamte handelte. Sie wurde des Mordes angeklagt.

Dick Mills, der Mann, der nur ein paar Wochen vorher fünf Tage der Lust mit ihr geteilt hatte, fühlt sich wahrscheinlich heute sehr glücklich – weil er noch am Leben ist.

Aileen Wuornos gestand die Morde an Siems und Mallory. Zur Zeit der Buchveröffentlichung war sie außerdem noch des Mordes an mindestens fünf weiteren Männern angeklagt. Sollte sie schuldig gesprochen werden, erwartet sie die Todesstrafe.

7
Barmherzige Schwestern

Gellende, langgezogene Schmerzensschreie hallten in der dunklen Nacht wider und ließen einem das Blut in den Adern gefrieren.

Die folgenden Minuten der Stille lösten Hoffen und Bangen zugleich aus – doch schon ertönte der nächste Schrei, noch grauenhafter, schriller und qualvoller.

Die fünf Jahre alte Charlene Maw und ihre Schwester Annette, sieben Jahre alt, lagen in ihren kleinen Betten und konnten sich vor Angst und Schrecken nicht rühren.

Als sie ihre Mutter das nächstemal schreien hörten, zitterten sie vor Furcht. Sie sagten kein Wort, die Angst, er könnte als nächstes zu ihnen kommen, machte sie stumm.

Dann herrschte unten in der Küche wieder schaurige Stille.

Die zwei Schwestern hofften inständig, daß die Raserei ihres tyrannischen, betrunkenen Vaters jetzt vorbei wäre und daß er ihre Mutter nicht mehr schlagen würde. Sie sahen einander an und beteten, daß sie nicht weiter leiden müßte.

Vielleicht war sie aber auch schon bewußtlos von den brutalen Schlägen. Oder sogar dem Tode nahe?

Der Psyche dieser beiden kleinen Mädchen war längst ein Schaden zugefügt worden, der nie wiedergutzumachen war.

Jetzt endlich herrschte in dem ganz normal aussehenden Reihenhaus Ruhe. Es schien so, als ob in dieser furchtbaren Nacht jetzt das Schlimmste vorüber wäre.

Charlene und Annette versuchten, wieder einzuschlafen, denn schon in einigen Stunden würde für sie der nächste Schultag beginnen.

Tränen liefen ihre Wangen hinunter, als sie das unverwechselbare Geräusch polternder Schritte auf der Treppe hörten.

Schwerfällig stapfte ihr Vater zu ihrem Schlafzimmer hinauf. Auf halbem Weg stolperte er und verfluchte den Zimmermann, der das verdammte Haus gebaut hatte.

Die beiden Mädchen zitterten in ihren Betten, sie hatten schreckliche Angst, daß die Schritte vor ihrem Zimmer haltmachen würden.

Die Tür flog auf, und in dem hellen Rechteck erschien der fünfzigjährige Thomas Maw. Seine schwarze, massige Figur füllte fast den Eingang aus und schwankte leicht hin und her. Der Gestank von abgestandenem Apfelwein erfüllte die Luft.

Charlene und Annette taten so, als ob sie schliefen. Ihre kleinen Gesichter verkrampften sich vor Angst. Sie konnten fühlen, wie seine Blicke sich in sie bohrten.

Trotz seiner Volltrunkenheit wußte Thomas Maw, daß seine Töchter nur so taten, als ob sie schliefen. Die eine Seite seines Gesichts verzog sich zu einem Grinsen, der Mundwinkel öffnete sich, und seine Zähne reflektierten den hellen Schein aus dem Flur.

Annette kam als erste an die Reihe, mit dem Handrücken schlug er ihr ins Gesicht.

»Steh auf! Steh auf, du Miststück. Ich will dir was zeigen.«

Annette sah den Haß in seinen blutunterlaufenen Augen. Sie war vor Angst wie gelähmt. Als er nach ihrem Nachthemd griff, fühlte sie sich wie eine Puppe in der Hand eines Riesen. Mit brutalen Griff zerrte er sie hoch. Sie zitterte vor Kälte und Furcht.

Dann drehte sich Thomas Maw zu Charlene um. Sie hatte gesehen, wie ihr Vater auf Annette losging, und stieg sofort aus dem Bett. Verzweifelt versuchte sie zu vermeiden, daß sie die gleichen Schläge bekam, unter denen sie Annette eben hatte leiden sehen.

Ihr kleiner Bruder Bryn, drei Jahre alt, war der einzige, der wirklich geschlafen hatte.

»Los! Runter jetzt!«

Annette und Charlene hatten panische Angst. Vielleicht hatte er ihre Mutter getötet und wollte ihnen jetzt die Leiche zeigen? Die zwei Mädchen wußten, daß sie so schnell wie möglich in die Küche hinuntergehen mußten, wenn sie ihrer Mutter helfen wollten. Er bestrafte immer seine Frau, wenn er sich über die Kinder ärgerte.

Die drei liefen die Treppe hinunter, während Maw hinter ihnen herpolterte. In der winzigen Küche lagen überall zerbrochene Teller, Töpfe und Pfannen auf dem Linoleum herum. Mitten zwischen den Trümmern lag Beryl Maw. Ein halb ausgerissenes Haarbüschel hing lose an ihrer Kopfhaut, eine Gesichtshälfte war dunkelrot. Aber sie war bei Bewußtsein. Verzweifelt versuchte sie sich aufzurichten, um vor den Kindern zu verbergen, wie schrecklich ihr Vater sie zugerichtet hatte.

Sie konnte es ertragen, wenn er sie schlug und verletzte, aber sobald er versuchte, ihr Haar mitsamt den Wurzeln auszureißen, litt sie schrecklich und konnte ihre Schreie nicht mehr zurückhalten. In diesen Momenten drang in ihr Bewußtsein, daß sie ein Ungeheuer geheiratet hatte. In nüchternen Momenten gestand Maw, daß er eifersüchtig auf ihr lockiges braunes Haar war. Es erschien zwar absurd, daß ein Ehemann auf das Haar seiner Frau eifersüchtig war, aber tatsächlich hatte er darauf bestanden, daß sie es kurz schneiden und schwarz färben ließ. Eines Tages fragte sie ihn nach dem Grund.

Er riß wütend seine Augen auf und schrie: »Es ist so verdammt lockig! Ich wünschte, ich hätte solches Haar!« Es war das erste Mal nach zwanzig Jahren Ehe, daß Beryl erfuhr, daß ihr Haar ihren Mann zu Wutanfällen trieb, so erschrekkend und lächerlich das auch war.

An diesem Abend in der demolierten Küche war Beryl Maw froh, daß sie noch am Leben war. Sie hatte schon einen Blick auf die andere Seite getan, und sie wollte dort noch nicht hin.

Annette und Charlene liefen zu ihr und nahmen sie schützend in die Arme, erleichtert, daß sie bei Bewußtsein war.

Sie hielten sie ganz fest. Aber für Mrs. Maw war es schwierig, ihre Geste der Zuneigung zu erwidern. Schon wenn sie die Mädchen an sich drückte, hatte sie schreckliche Schmerzen. Alles tat so furchtbar weh. Aber am allerschlimmsten war ihr Kopf. Ein unerträgliches Hämmern zog sich von einer Seite zur anderen. An den verschiedensten Stellen hatte sie stechende Schmerzen, die sich jedesmal noch verschlimmerten, wenn sie auch nur die geringste Bewegung machte. Wunden klafften auf ihrer Kopfhaut, wo ihr Mann ihr ganze Haarbüschel ausgerissen hatte.

Der verschreckte kleine Bryn kauerte in einer Ecke der winzigen Küche. Er war völlig durcheinander und verstand überhaupt nichts. Was sollte er mitten in der Nacht in der Küche? Gingen sie irgendwo hin? Er wollte nur zurück in sein Bett und zu seinen Teddybären. Aber sogar er konnte die gespannte, mit Haß geladene Atmosphäre spüren.

Thomas Maw wußte ganz genau, was er tat und was er damit erreichen wollte. Er sah seinen zwei Töchtern in die Augen. Sie schauten voller Angst zur Seite, abgestoßen von seinem Verhalten. Wie konnte er nur so etwas tun?

Sie versuchten, ihre Mutter noch fester zu umarmen. Maw betrachtete das bereits als einen Akt der Auflehnung gegen ihn, der nicht ungestraft bleiben durfte. Ihr Blick, in dem er ihren Widerwillen lesen konnte, war für ihn Grund genug, noch einmal auf seine Frau loszugehen.

Der Ausdruck des Entsetzens in den Augen seiner Kinder erinnerte ihn daran, daß er die Frau, auf die er in den letzten zwei Stunden derart eingeprügelt hatte, daß sie nun voller Schmerzen am Boden lag und sich nicht mehr rühren konnte, vor zwanzig Jahren mit feierlichem Schwur geheiratet hatte.

Erneut stieg Wut in ihm hoch.

Er griff nach Beryls Haar und zog sie zu sich. Die Gesichter der Kinder verzerrten sich. Er fing wieder von vorne an.

Sie konnten es kaum noch ertragen hinzusehen. Aber sie fühlten, daß er sie nur noch brutaler schlagen würde, wenn sie wegsähen. Er wollte sie durch den Anblick quälen. Wenn sie nicht hinschauten, würde er ihre Mutter vielleicht zu Tode prügeln.

Charlene konnte es nicht länger aushalten. Der Ausdruck auf dem Gesicht ihrer Mutter wechselte zwischen einer Grimasse entsetzlicher Qual und einer leeren, ausdruckslosen Starre. Mit einer verzweifelten Geste versuchte Charlene, ihren Vater von ihrer Mutter wegzustoßen. Er fegte sie mit einer einzigen heftigen Handbewegung zu Boden und warnte die beiden anderen Kinder: »Ihr kommt als nächstes dran, wenn ihr nicht aufpaßt.«

Dann sagte er wie ein Lehrer, der einer Klasse etwas demonstriert: »Das hier tue ich, wenn eure Mutter mir nicht gehorcht, und dasselbe würde ich mit euch genauso tun.«

Die Kinder wimmerten, als er ihrer Mutter noch mehr Haarbüschel ausriß. Er zog mit solcher Kraft daran, daß ihr Kopf von einer Seite zur anderen geschleudert wurde. Als das Haar endlich ausriß, gab es ein schreckliches Geräusch, wie beim Zerreißen von Pappe.

»Hör auf, Dad! Hör auf! Bitte hör auf«, flehten die Mädchen ihren Vater an. Aber Thomas Maw kümmerte ihr Bitten nicht. Er wollte, daß sie litten, alle sollten sei eine Lektion in Gehorsam erhalten.

Dann hielt er das Haar seiner Frau in der einen Hand, während er mit der anderen ihr Gesicht auf den Rand der Küchenspüle schlug. Ihre Zähne knirschten beim Zusammenprall mit dem Metall.

Die Kinder schrien jetzt, aber er ignorierte sie. Er war fest entschlossen, fürchterliche Rache zu nehmen an der Frau, für die er eigentlich liebevoll sorgen sollte.

Als ihr Kopf das vierte Mal auf die Spüle krachte, war Beryl Maw am Rande der Ohnmacht. Sie konnte gerade noch ihre drei Kinder erkennen, die starr vor Entsetzen vor diesem schrecklichen Bild häuslichen Terrors standen.

Der Schmerz, den Beryl beim Anblick der Gesichter empfand, war fast genauso groß wie die physische Qual, die sie erlitt, als ihr Mann unvermindert fortfuhr, sie zu malträtieren.

Sie versuchte krampfhaft, ihre Augen offen zu halten, weil sie Angst davor hatte, was er mit den Kinder tun würde, wenn sie nicht mehr bei Bewußtsein wäre.

Dann wurde sie trotzdem ohnmächtig.

Thomas Maw hatte seine Frau bewußtlos geschlagen. Der Anlaß war gewesen, daß sie vor ein paar Stunden über ihn gelächelt hatte.

Es war das erste Mal, daß Charlene und ihre Schwester Annette die Brutalität ihres Vaters mitangesehen hatten, und es war eine Szene, die sie im Laufe der nächsten Jahre noch oft erleben sollten.

Eines der wenigen Male in seinem Leben benahm Thomas Maw sich wie der Gentleman, in den seine Frau Beryl sich vor fast zwanzig Jahren verliebt hatte.

Sie waren in einem teuren Restaurant essen gewesen, und in Beryl keimte schon die Hoffnung, daß sich vielleicht etwas ändern würde.

Mrs. Maw hatte jahrelang ertragen, daß ihr Mann sie schlug. Nie hatte sie den Mut gefunden, ihn zu verlassen und ein neues Leben anzufangen.

Immer gingen ihr so viele Gründe durch den Kopf, warum das nicht moglich wäre. Die Kinder, das Haus, all die Dinge, die Ehepartner aneinander binden und oft wider alle Vernunft zusammenbleiben lassen.

Und jetzt hatte sie plötzlich das Gefühl, daß ihr Leiden vielleicht nicht umsonst gewesen war. Er gab sich an diesem Abend solche Mühe, als wollte er nach all den Jahren, die er sie gequält hatte, ihre Liebe zurückgewinnen. Aber tief in ihrem Inneren blieb ein nagender Zweifel.

Sie hatte sich stets selbst gelobt, daß sie ihn verlassen würde, wenn die Kinder erst einmal groß wären. Und jetzt zeigte er also wieder jenen Charme, den er einst so wirkungsvoll eingesetzt hatte, als sie sich vor langer Zeit bei einer Tanzveranstaltung begegnet waren. Er war Gefreiter der Armee gewesen, selbstsicher und gewandt, und sie hatte sich mit ihren 17 Jahren sofort in ihn verliebt.

Ein paar Wochen später hatten sie geheiratet.

Aber der Thomas Maw von damals war heute nicht mehr wiederzuerkennen.

Sogar jetzt, an ihrem Hochzeitstag, hatte er sich betrunken. Aber wenigstens war er nett zu ihr gewesen, und das bedeutete für Mrs. Maw eine besondere Freude.

Als sie vom Restaurant nach Hause fuhren, fragte sie sich, ob er wirklich eine neue Seite in der Geschichte ihrer Beziehung aufschlagen würde. Vielleicht konnte er sich wieder in den Mann verwandeln, der er einst gewesen war?

An diesem Abend fühlte Beryl sich in seiner Gesellschaft fast wohl, seit Jahren zum ersten Mal.

Auch Thomas Maw ging es gut. Aber seine Gedanken waren bei anderen Dingen als seiner Ehe, als er die Straßen in dem Viertel entlangfuhr, in dem sich das Nachtleben des Ortes abspielte.

Er fuhr langsamer und dicht am Bürgersteig entlang. Mrs. Maw stutzte. Was war los? War etwas mit dem Wagen nicht in Ordnung? Sie sah ihren Ehemann an, aber er nahm ihren fragenden Blick noch nicht einmal zur Kenntnis.

Thomas Maw hatte zwei Prostituierte erblickt, die den Bürgersteig entlangschlenderten. Es war ihm egal, ob seine Frau neben ihm saß, er wollte die beiden haben. Ihn kümmerte es nicht, was Beryl dachte und fühlte. Sie sollte sich zum Teufel scheren, wenn es ihr nicht paßte.

Er fuhr noch langsamer, um die beiden Prostituierten anzusprechen. Beryl Maw wollte ihren Augen nicht trauen, als ihr Ehemann das Autofenster herunterkurbelte und die beiden zu sich herüberpfiff.

»Wieviel?« fragte er lässig. Die beiden Frauen waren von seinem Verhalten fast genauso überrascht wie Mrs. Maw. Schließlich passierte es nicht alle Tage, daß ein Mann anhielt, um eine Prostituierte mitzunehmen, während seine Frau neben ihm saß.

Eine der beiden beugte sich hinunter, um mit Maw zu reden.

»Wie kannst du es wagen!« Beryl war außer sich vor Wut. Wie konnte er so etwas tun, nachdem sie einen so schönen Abend miteinander verbracht hatten.

Die Prostituierten machten einen Schritt zurück. Sie merkten, daß gleich ein Streit ausbrechen würde. Ihr Gesichtsausdruck war mitfühlend, als wollten sie sagen: »Was ist das für ein Dreckskerl von einem Mann!«

Thomas Maw sah das anders. Frauen waren dazu da, benutzt und mißbraucht zu werden. Mit welchem Recht hielt seine eigene Frau ihn davon ab, eine Nutte mitzunehmen?

Der Ärger darüber, daß die zwei Prostituierten sich jetzt entfernten, steigerte noch die Wut über Beryl. Sie hatte nicht zu entscheiden, ob er zwei fremde Frauen für Sex bezahlte.

Maws erster Schlag traf Beryl ins Gesicht. Ihre Nase platzte auf, und das Blut schoß heraus. Sofort prasselten weitere Schläge auf ihren Kopf und ihren Körper.

Als sie schließlich zu Hause ankamen, hatte Beryl Maw Blutergüsse im Gesicht, ein Zahn war herausgebrochen, und ihr Oberkörper hatte Prellungen. Maw würde sich niemals ändern.

»Das verdammte Kaninchen muß weg.« Thomas Maw war wieder einmal betrunken. Dieses Mal richtete sich sein Zorn gegen Charlenes und Annettes Hauskaninchen. Er war wütend, daß sie für das Tier eine Hütte gebaut hatten, ohne ihn vorher um Erlaubnis zu bitten.

Die Kinder nahmen das Tier schnell aus der Hütte und rannten ins Haus. Aber Thomas Maw hatte bereits entschieden, daß es sterben mußte. Er griff nach einem Küchenmesser und verfolgte die verschreckten Kinder. Sie stolperten, als sie die Treppe zu ihrem Zimmer hochliefen. Das Kaninchen sprang Annette aus den Händen und hoppelte Mr. Maw geradewegs in die Arme.

Er packte das weiche weiße Tier, stieß ihm hämisch grinsend das Messer in den Bauch und zog es in seinem Körper noch ein paar Mal hin und her. Die beiden Mädchen standen dicht vor ihm, und er genoß den Anblick ihrer Qual.

Das Kaninchen war tot. Aber Maw hatte noch eine andere grausige Überraschung bereit. Drei Stunden später saßen alle zusammen beim Abendbrot. Es gab Kanincheneintopf, und Maw sorgte dafür, daß die Mädchen gut aßen und jeden Bissen hinunterschluckten.

Besonderes Vergnügen bereitete es Maw, Tiere zu quälen. Sie konnten sich nicht wehren, was sie für seine grausamen Triebe zu idealen Opfern machte. Es bereitete ihm zum Beispiel großes Vergnügen, Mäuse im Küchenherd zu vergasen und durch das Sichtfenster zu beobachten, wie sie sich qualvoll wanden und nach und nach verendeten.

Aber es passierten noch schlimmere Dinge. Die Mädchen mußten eines Tages entsetzt mit anhören, wie Maw in seinem Schlafzimmer einen kleinen Hund zu Tode trat, nur weil er in den Flur uriniert hatte. Erst vor ein paar Tagen hatten sie den Hund geschenkt bekommen.

Viele schreckliche Vorfälle folgten, aber Thomas Maw übertraf sich selber, als die Mädchen eines Tages im Garten einen Frosch fanden. Er riß Annette das Tier aus der Hand und winkte den Kindern, ihm in die Küche zu folgen. Sie hatten Angst und fürchteten, daß er etwas Schreckliches tun würde; gleichzeitig wußten sie, daß sie fürchterliche Prügel bekommen würden, wenn sie ihm nicht folgten.

In der Küche holte Maw einen Strohhalm und befahl den beiden Mädchen, ganz genau hinzuschauen. Sie waren verwirrt. Normalerweise gab er sich nicht damit ab, ihnen irgend etwas vorzuführen. Er nahm sonst kaum ihre Existenz zur Kenntnis, sie waren für ihn nur »dumme Gören«.

Aber als sie jetzt sein zufrieden lächelndes Gesicht sahen, glaubten sie schon, daß er sich wie ein richtiger Vater verhalten und ihnen ein Spiel zeigen würde.

Maw, der Aufmerksamkeit der Kinder jetzt ganz sicher, steckte den Strohhalm in das Maul des Frosches. Noch immer waren die Mädchen durcheinander. Sie konnten sich nicht vorstellen, was er vorhatte. Die ganze Zeit ging er so nett mit dem Frosch um und streichelte ihn sogar. Sie glaubten daher noch immer, daß er ihnen vielleicht ein Spiel zeigen wollte, und schon stieg Wärme und Zuneigung in ihnen auf.

Maw beugte sich hinunter und nahm das andere Ende des

Strohhalms in seinen Mund. Dabei schaute er die Kinder an, um sicherzugehen, daß sie auch zusahen.

Sie bemerkten das Glitzern in seinen Augen und den erwartungsvollen Blick, aber sie dachten, er wollte nur, daß sie den Trick nicht verpaßten.

Gespannt beobachteten sie, wie er tief Luft holte. Dann blies er mit aller Macht in den Strohhalm. Der winzige Frosch blähte sich auf und wurde größer und größer. Er sah jetzt aus wie ein Spielzeug, nicht mehr wie ein lebendiges Wesen.

Der kleine Bryn fing an zu lachen. Charlene und Annette war nicht zu lachen zumute. Jetzt war ihnen klar, daß ihr Vater wieder einmal eine seiner grausamen Ideen in die Tat umsetzte, der Einfall eines Verrückten.

Plötzlich zerplatzte der Frosch wie ein Ballon, der zu stark aufgepustet worden ist. Stücke seiner grünen, schrumpligen Haut flogen in der Küche umher und trafen die Kinder, als schlüge man sie mit einem feuchten Lappen. Aber ihr Schmerz war nicht nur physisch. Sie schrien vor Entsetzen, sie konnten nicht fassen, wie ihr Vater etwas so Fürchterliches tun konnte.

Die Mädchen rannten in ihr Zimmer und weigerten sich tagelang, herauszukommen. Und für Beryl Maw gab es nicht den geringsten Zweifel mehr, daß sie mit einem Ungeheuer verheiratet war.

Am 27. März 1989 goß Thomas Maw sich das erste von zehn Halbliter-Gläsern Apfelwein ein, die er an diesem Abend konsumieren würde. Er saß im Vorderzimmer seines Hauses in der Ranelagh Avenue in Bradford und führte gierig das Glas zum Mund. Wie üblich fühlte er sich unruhig und angespannt und wartete sehnlich auf die hilfreiche Wirkung des Alkohols.

In einem Ort wie Bradford gehen die meisten Männer zum Trinken in ein Pub, aber Maws wildes Temperament hatte dazu geführt, daß keine einzige Kneipe ihm mehr Zutritt gewährte. Die Wirte hatten alle die Maßnahme ergriffen, die Mrs. Maw schon vor Jahren hätte ergreifen sollen.

Seine Kinder waren nirgends zu sehen. Sie mieden seine Nähe, wenn er wieder einmal dabei war, sich zu betrinken. Niemand außer seiner loyalen Frau würde jetzt auch nur ein Wort mit ihm wechseln. Thomas Maw hatte die Grenze des Erträglichen schon seit langem überschritten, aber Beryl liebte ihren gewalttätigen Mann trotz aller erlittener Schläge und Grausamkeiten noch immer. Sie war schon so viel geschlagen worden, daß der Schmerz ihr mittlerweile gleichgültig geworden war.

»Es war Ängstlichkeit und Hilflosigkeit. Ich wußte gar nicht mehr, wer ich selbst war«, sagte sie später.

Und dann war da noch seine Taktik, sie in Angst und Schrecken zu halten. Immer wieder machte er deutlich, wer die Macht hatte. Sie erinnerte sich, wie er eines nachts sagte: »Wenn du mich verläßt, werde ich dich finden, und dann mach' ich dich endgültig fertig.«

Mrs. Maw glaubte ihm aufs Wort.

So saß sie an diesem Abend gefügig mit ihm im Wohnzimmer, während er eine Halbe Apfelwein nach der anderen hinunterstürzte. Ihre Töchter hatten ihr immer wieder eindringlich geraten, sich von ihm fernzuhalten.

»Er ist ein Teufel, Mama.«

Annette war jetzt ein sehr attraktives einundzwanzigjähriges Mädchen, und Charlene ging auf die achtzehn zu. Beide führten ihr eigenes Leben. Aber sie hatten geschworen, ihre Mutter niemals mit diesem Monster allein zurückzulassen. Erst mußte er aus dem Haus.

Beryl versuchte nervös, mit ihrem Mann höfliche Konversation über das Wetter und die Tagesneuigkeiten zu machen, doch erweckten die beiden eher den Eindruck zweier Fremder als den eines schon lange verheirateten Ehepaares. Beryl war noch immer bestrebt, ihm zu gefallen, obwohl er ihr das Leben zur Hölle gemacht hatte.

Mit jedem weiteren Glas, das Thomas Maw trank, rückte das Unheil näher. Sein Gefühl der Anspannung wich und machte Ärger, Wut und Zorn Platz, die er eigentlich gegen sich selbst empfand, aber stets nach außen abreagierte. Es war nur noch eine Frage der Zeit.

Mrs. Maw wußte das, aber sie saß noch immer neben ihm. Völlig unbegründet machte sie sich vor, daß er diesmal vielleicht friedlich bleiben würde und daß sie gemeinsam eine friedliche Nacht in ihrem netten Häuschen verbringen könnten.

Ihre zwei Töchter konnten niemals verstehen, was in ihr eigentlich vorging. Warum hatte sie zugelassen, daß er sie alle so sehr gequält hatte? Aber für Beryl waren lange Zeit gerade Annette und Charlene der Grund gewesen, um bei ihrem Mann zu bleiben, so absurd das auch klingen mochte.

»Was hältst du von dieser Margaret Thatcher?« fragte Mr. Maw jetzt. Bevor sie überhaupt antworten konnte, fuhr er fort.

»Verdammt blödes Weibsstück, findest du nicht?«

Maw war auf Streit aus.

In der Küche konnten Charlene und Annette den Klang der erhobenen Stimmen hören. Sie wußten, dies war ein erstes Anzeichen für Ärger.

Vor Wochen hatten sie einander versprochen, daß sie es nicht zulassen würden, wenn er weiter ihre Mutter schlagen sollte.

»Wir müssen etwas tun, bevor es zu spät ist«, hatte Annette gesagt.

Nun mußten sie diese Worte in die Tat umsetzen.

»Mir reicht's jetzt. Ich geh' rein und sag' ihm meine Meinung.«

Annette konnte nicht mehr anders, sie hielt es nicht mehr aus. In den letzten Jahren hatte er angefangen, seine Launen genauso an den Mädchen auszulassen wie an ihrer Mutter.

All die furchtbaren Geschehnisse ließen Annette keine Ruhe mehr. Einmal hatte sie fünf Stunden lang an einer Zeichnung für Examensvorbereitungen gesessen, und dann hatte er das Blatt in winzige Stücke zerrissen, nur weil sie im falschen Moment gelächelt hatte.

Außerdem schlug er sie regelmäßig, bezeichnete sie als dumm und blöd und beschimpfte sie.

Und jetzt würde er gleich wieder ihre Mutter schlagen. Sie konnte es einfach nicht mehr ertragen, sie mußte etwas tun, und zwar sofort.

Annette wollte ihre Mutter beschützen. Und die einzige Möglichkeit war, dieser Bestie entgegenzutreten.

Ironischerweise hatte Annette große Ähnlichkeit mit ihrem Vater, als sie jetzt durch den Flur zum vorderen Zimmer des Hauses stürmte. Vielleicht war es die Art zu laufen, jedenfalls erinnerte sie ihre Schwester an ihren Vater in seinen schlimmsten Stunden.

Charlene hatte keine andere Möglichkeit, als ihr durch das Haus ins Vorderzimmer zu folgen. Sie bat Annette, sich zu beruhigen. Stets hatte sie Angst davor, daß der Zustand ihres Vaters sich eines Tages so verschlimmern würde, daß es tödlich ausginge. Und womöglich war es jetzt soweit.

Die zwei Mädchen stürzten in das Zimmer. Die Ablenkung bedeutete für ihre Mutter immerhin eine Pause, da Maw jetzt seine Wut auf die Mädchen richtete. Zuerst war Charlene dran.

»Raus hier, du verdammte, unnütze Göre.«

Charlene nahm die Beleidigung diesmal nicht hin. Der Moment war gekommen, sich zu wehren.

»Du Dreckskerl!« schrie sie zurück.

Diese Entgegnung steigerte Maws Wut. Er war hier der Herr im Haus. Und jetzt schleuderte seine eigene Tochter ihm Beleidigungen ins Gesicht.

Einen kurzen Moment starrte er die beiden aufsässigen Mädchen drohend an.

»Das lasse ich mir nicht gefallen!« schrie er dann, und schon prasselten Schläge auf Charlenes Hinterkopf nieder. Sie war die erste, die die ganze Wucht seines Wutanfalls zu spüren bekam.

Maws Augen waren nach oben verdreht, während er sich darauf konzentrierte, sie so heftig wie möglich zu schlagen. Wieder und wieder krachte seine massige Faust auf ihren

Nackenknochen, als wollte er ihren Körper zerschmettern, auf ihren widersetzlichen Geist einprügeln, bis er ihm nichts mehr entgegenzusetzen hatte.

Obwohl sie alle gewußt hatten, daß es so kommen würde, traf es sie doch auch diesmal wie ein Schock. Er hatte es so oft getan, aber jedesmal wirkte es erneut wie eine Katastrophe, und diesmal schien es schlimmer denn je.

Dann kam Annette ihrer Schwester zu Hilfe.

Sie packte ihren Vater am Rücken und versuchte, ihn daran zu hindern, Charlene zu schlagen. Es war ein unmögliches Vorhaben.

»Hör auf, du Mistkerl! Hör endlich auf!« Annette schrie, so laut sie konnte. Diesmal würden sie sich wehren. Sie hatten genug ertragen müssen.

Maw ließ einen Moment in seiner brutalen Prügelei nach, als sammelte er Energie, um dann mit noch mehr Kraft fortzufahren.

Charlene nahm die Gelegenheit war, Annette bei der Hand zu fassen, um mit ihr in den Schutz ihres Schlafzimmers zu flüchten. Es war während ihrer Kindheit der einzige Platz gewesen, wo er nicht gewagt hatte, sie zu schlagen. Jetzt beteten sie, daß er ihren Zufluchtsort respektieren würde.

Als sie durch das Haus rasten, fühlte Charlene heftig stechende Schmerzen in ihrem verletzten Hals. Schon hörten sie ihren betrunkenen Vater fluchen und schimpfen. Er kam hinter ihnen her, dieses Mal wollte er sie wohl für alle Zeiten zum Schweigen bringen.

Als sie die Treppe hinaufstürzten, langte Maw nach Annettes Knöchel. Sie verlor das Gleichgewicht und fiel hin. Ihr Vater hielt ihren Fuß fest umklammert, während Charlene ihren Arm ergriffen hatte und daran zog. Es war wie ein Tauziehen um einen Menschen.

Maw zog mit aller Macht, aber plötzlich verlor er die Balance und ließ seine Tochter los. Für einen Moment war sie frei, doch die Jagd ging weiter.

Der Treppenläufer rutschte weg, und wieder verlor Maw den Halt. Die beiden Mädchen wollten schon aufatmen, als sie ihn straucheln sahen, aber er hatte sich schnell wieder gefangen und erklomm die Treppe, immer drei Stufen auf einmal. Seine Wut schien ihm ungeheure Kräfte zu verleihen.

Als Charlene sich schnell umwandte, um die Tür zum Schlafzimmer von innen zu verschließen, fühlte sie auch schon sein Gewicht dagegen drücken. Sie versuchte mit all ihrer Kraft, sie trotzdem zu schließen, aber gegen das Gewicht ihres Vaters kam sie nicht an.

Während einiger schrecklicher Sekunden drückten sie von beiden Seiten gegen die Tür, bis schließlich Maw ins Zimmer stolperte.

Jetzt war er in ihrem Raum. Die beiden Mädchen standen in panischem Schrecken mit dem Rücken zur Wand und starrten ihren Vater an.

»Dad – laß uns darüber reden.« Charlene versuchte, ihn zu beruhigen. Vielleicht würde er ja auf ein Friedensangebot eingehen. Tatsächlich schien er einen Moment zu zögern, als überlegte er eine Antwort auf den Appell seiner Tochter.

Dann krachte ein Regenschirm auf seinen Kopf.

Für Annette war dies zum Krieg geworden, der zu einer Lösung führen mußte, sie glaubte nicht an einen Waffenstillstand.

Als der Schirm ein zweites Mal niedersauste, griff Maw danach und entriß ihn Annettes Händen.

Jetzt hatte er das Geschehen wieder unter Kontrolle. Er war obenauf und würde seinen Töchtern eine Lehre erteilen, die sie nie wieder vergessen würden.

Er griff Annette beim Handgelenk und landete mit der Faust eine Reihe von Schlägen. Auch diesmal zielte er auf den Nacken, was er immer mit Vorliebe getan hatte. Vielleicht dachte er dabei daran, daß man dort die blauen Flekken nicht so schnell sehen würde.

Dann erschien Mrs. Maw in der Tür. Der Anblick ihres Ehemannes, wie er ihre Tochter fast umbrachte, bewog sie jetzt, mit seinen eigenen Mitteln gegen ihn vorzugehen. Sie war mit einem großen Handspiegel bewaffnet, schaffte es, ihren Mann zu Boden zu reißen und schlug ihm den Spiegel auf den Kopf. Die Scherben flogen durch den Raum, Maw krümmte sich und verlor das Bewußtsein. Für eine kurze Zeit war die Bestie gezähmt.

Die drei Frauen waren physisch und psychisch am Ende ihrer Kraft. Sie hatten so manche schlimme Attacke überstanden, aber diesmal waren sie dem Tod am nächsten gewesen. Als sie hinuntergingen, um sich von der Tortur zu erholen, sprachen sie erst einmal überhaupt nicht.

In der Küche brach Annette das Schweigen.

»Wir müssen ihn umbringen, bevor er uns umbringt.« Sie zitterte von dem erlittenen Schock. Mrs. Maw fühlte genauso. Sie nickte zustimmend. Aber Charlene war entsetzt.

»Seid nicht verrückt. Wir lassen ihn oben liegen und rufen die Polizei.« Sie wollte Gerechtigkeit, keine blutige Vergeltung.

Annette und ihre Mutter waren verunsichert. Was sollten sie machen? Tief in ihrem Inneren wußten sie, daß Charlene Recht hatte, aber im Moment waren sie nicht mehr fähig, objektiv zu urteilen. Sie dachten nur an die Schläge, die Beleidigungen und den ständigen Terror. Jahrein, jahraus waren sie immer einem Monster ausgeliefert gewesen, und jetzt hatten sie eine Chance, sich zu befreien. Hatte jemand Gnade verdient, der drohte, seine eigenen Kinder zu vergasen, wenn er sich über sie ärgerte?

»Die Gestapo hat es richtig gemacht. Ich wünschte, ich wäre Himmler gewesen, dann hätte ich euch Typen leicht ins Jenseits befördern können.«

Thomas Maw machte keine Scherze. Er hatte seinen Kindern drohend in die Augen gesehen, als sie zusammen beim Essen saßen. Er meinte, was er sagte.

Aber wie schrecklich er auch immer gewesen sein mochte, Mord war ganz einfach Unrecht. Sie wußten das. Nur lassen sich menschliche Gefühle nicht so leicht beherrschen.

Sie hätten im selben Moment die Polizei rufen müssen. Aber etwas hielt sie davon ab. Sie wollten die Sache selbst beenden, einmal den Spieß umdrehen. Wenn sie sich entscheiden würden, die Polizei zu rufen, mußte außerdem eine von ihnen aus dem Haus gehen, denn sie hatten kein Telefon. Das machte es noch schwieriger, die auf der Hand liegende einzig richtige Entscheidung in die Tat umzusetzen.

Aber trotz ihrer Verwirrung mußten sie jetzt einen Entschluß fassen, bevor er wieder zu Bewußtsein kam.

»Gut. Geh nach nebenan und ruf die Polizei. Er muß aus dem Haus.« Sowohl Mrs. Maw als auch Annette war klar geworden, daß sie nur so handeln durften.

Die Versuchung, das Gesetz in die eigenen Hände zu nehmen, war vorübergegangen. Es war ihnen einen Moment lang gerecht erschienen, ihm Schmerz zuzufügen, so wie er ihnen viele Jahre lang Schmerzen bereitet hatte. Aber trotzdem wußten sie, daß die Polizei die einzig richtige Lösung des Problems war. Die Polizei würde mit ihm fertig werden. Und hoffentlich käme er dann für lange Zeit ins Gefängnis.

Charlene war erleichtert. Einige bange Minuten schien sie die einzige gewesen zu sein, die den richtigen Weg einschlagen wollte. Die zwei anderen waren beinahe dem Satz gefolgt: Die einzige Art, einem Faschisten zu begegnen, ist, selbst ein Faschist zu werden. So zu handeln, kann nur ein Sieg der Vernunft verhindern. Und der war jetzt erreicht worden.

Charlene wollte aus dem Zimmer gehen, um sich einen Mantel anzuziehen. Sie mußte sich beeilen.

Annette zuckte zusammen, als eine Hand ihre Kehle umfaßte.

Maw war wieder zu Bewußtsein gekommen, hatte sich heruntergeschlichen und wollte nun den Privatkrieg mit seiner Familie zu Ende bringen. Seine Frau und seine Töchter mochten beschlossen haben, ihn wie ein menschliches Wesen zu behandeln, er würde ihnen umgekehrt diesen Gefallen nicht tun.

Annette schnappte nach Luft. Er grinste seine andere Tochter und ihre Mutter schadenfroh an, während er Annettes Kehle umklammert hielt.

Vielleicht hatte er Annettes Forderung, ihn umzubringen, mit angehört? Hatte er beschlossen, sie zu töten, bevor sie ihn töteten? Eines war jedenfalls sicher – Maw versuchte jetzt wirklich, Annette zu ermorden.

»Ein Messer« ... Annette brachte die Worte nur unter größter Anstrengung heraus, aber Charlene verstand, was sie sagte.

Sie zögerte, noch immer sehnte sie sich nach einer friedlichen Lösung. Sogar als ihr Vater versuchte, ihre Schwester zu erwürgen, hoffte sie noch immer, er würde gleich wieder aufhören, damit sie sich setzen und über ihre Probleme reden könnten, anstatt einen Kampf auf Leben und Tod auszufechten.

Charlene zögerte, aber nur einen Moment, denn plötzlich verstand sie, daß keine Zeit mehr blieb und daß sie ein Messer holen mußte.

»Um Himmels willen, er bringt mich um!«

Charlene rannte in die Küche und griff nach dem erstbesten Messer. Das große Tranchiermesser auf der Anrichte sah sie in der Aufregung nicht und nahm statt dessen ein kleines Besteckmesser.

Annette griff danach und stieß es Maw in den Körper.

Als sie die Klinge in seinen Bauch drückte, fühlte sie, wie der Griff ihres Vaters um ihren Hals sich lockerte. Sie glaubte, daß sie das Messer tief in seinen Körper gestoßen hatte, aber als er sich jetzt von ihr wegdrehte, fiel es auf den Boden. Es hatte noch nicht einmal die äußerste Schicht seiner Haut durchdrungen.

Maw hatte nur das Opfer gewechselt und war nun dabei, brutal auf seine Frau einzuschlagen.

»Ein größeres! Schnell!« schrie Annette.

Sie versuchte verzweifelt zu verhindern, daß ihr Vater ihre Mutter umbrachte und boxte ihn in den Rücken; aber das zeigte keine Wirkung, höchstens trieb es ihn zu noch größerer Brutalität an. Charlene lief wieder in die Küche. Diesmal brachte sie das Tranchiermesser.

Annette riß ihrer jüngeren Schwester das Messer aus der

Hand und stieß die 15 cm lange Klinge in Maws Hals. Das Blut schoß aus der Wunde, aber Maw schlug noch weiter auf seine Frau ein. Mit aller Kraft, die sie aufbringen konnte, stach Annette weiter auf seinen Hals ein. Sekunden später lag Thomas Maw leblos am Boden.

Endlich hatten die Qualen der drei Frauen ein Ende.

Annette und Charlene Maw wurden zu je drei Jahren Gefängnis verurteilt, nachdem sie vor einem Richter am Leeds Crown Court am 17. November 1980 gestanden hatten, Thomas Maw getötet zu haben. Die Anklage lautete ursprünglich auf Mord, wurde jedoch in Totschlag umgewandelt.

Eine später eingelegte Berufung gegen ihre Verurteilung bewirkte, daß Charlenes Freiheitsstrafe um sechs Monate verkürzt wurde. Annettes Berufung lehnte man ab.

Charlene wurde vom Berufungsrichter Lord Laue zugestanden, daß sie bei dem Geschehen eine geringere Rolle gespielt habe. Seiner Meinung nach war Annette bei dem Angriff auf Thomas Maw die aktivste gewesen.

Bei der ersten Gerichtsverhandlung hatte Richter Smith anerkannt, daß die Schwestern provoziert worden waren und daß ihr Leben »eine traurige Geschichte« sei. Aber er hatte hinzugefügt: »Auch meine Pflicht ist sehr traurig, denn ihr habt ihn absichtlich und gesetzwidrig erstochen.«

8
Auge um Auge

Lübeck ist ein Ort, der besonders stark von Tradition geprägt ist. Mit seinem Stadttor aus dem 15. Jahrhundert und den zwei massiven Türmen ist Lübeck so typisch deutsch, daß man es sogar auf einem Fünfzigmarkschein abgebildet hat.

Schon allein das viele Grau des Ortes wirkt deprimierend, wenn man das erste Mal durch seine irgendwie unpersönlichen Straßen geht.

Die Reihen ordentlicher und sauberer Häuser, die nie höher als zehn Stockwerke sind, haben etwas Strenges an sich. Selten sieht man jemanden lächeln. Die Lübecker sind arbeitsam und pflichtbewußt; sie arbeiten nicht um zu leben, sondern leben um zu arbeiten.

Am 4. Mai 1980 gingen die Bewohner wie immer auf ihre penible Art ihren täglichen Geschäften nach. Selten unterbrachen sie ihren Weg, um mit jemanden zu schwatzen.

Fast alle Provinzstädte in Deutschland haben gemeinsam, daß sie tagsüber eine öde und langweilige Atmosphäre ausstrahlen. Sie werden erst lebendig, wenn es dunkel geworden ist und das Nachtleben beginnt. Dann fängt für fast jeden Mann unter 60 Jahren eine andere Art zu leben an.

Es gibt eine Theorie zur Ursache dieses Kontrastes: die Deutschen arbeiten sehr hart, um ihren Lebensunterhalt zu verdienen. Daher neigen sie dazu, sich noch intensiver zu vergnügen.

Der typische männliche Bewohner mittleren Alters begibt sich mit Arbeitskollegen auf seine nächtliche Tour durch Lübeck, die normalerweise aus drei Abschnitten besteht.

Natürlich kommt zuerst das Essen. Das bedeutet oft eine gewaltige Mahlzeit mit drei oder vier Gängen in einem der vielen Restaurants der Stadt, zu der häufig Sauerkraut und riesige, fette Würste gehören. All das wird mit enormen Mengen Bier aus Literkrügen hinuntergespült.

Dann pflegt die typische Männerrunde in eine der vielen Kneipen Lübecks weiterzuziehen, wo sie sich lauthals mit Stammtischgesprächen die Zeit vertreiben, die Themen vom Fußball bis zur Politik umfassen.

Etwa um 21. Uhr 30 sind alle sehr fröhlich, denn sie befinden sich nun schon auf halbem Weg zum Alkoholrausch. Und jetzt erwacht auch der Appetit auf Sex.

Viele gehen in die Bordelle, die am Stadtrand liegen. Die Bewohner der Stadt wissen alle, daß sie existieren, auch wenn sie offiziell nichts davon hören oder sehen wollen. Dabei ziehen in Lübeck die Bordelle weit mehr Touristen an als die plumpen Zwillingstürme des Holstentors.

Beliebt sind Namen wie »The Fun Palace« oder »The LA Club«. Die Deutschen haben immer eine Vorliebe dafür gehabt, den Bordellen amerikanische Namen zu geben. Wahrscheinlich paßt das besser zu ihrer Vorstellung von Vergnügen und Sex.

Das Arrangement gleicht sich bei allen Häusern aufs Haar: die Kunden zahlen einen symbolischen Eintritt, dann schlendern sie zur Bar und bestellen einen Drink. Plötzlich tauchen wie von Zauberhand mindestens sechs Mädchen auf und beginnen, hemmungslos mit den neuen Kunden zu flirten. Ihre Kleidung besteht normalerweise aus knapper Reizwäsche, Strümpfen und hohen Stöckelschuhen.

Für den Uneingeweihten ist dies eine sehr befriedigende Erfahrung, denn er nimmt an, daß diese Mädchen persönlich an ihm interessiert sind. Häufig glaubt er, daß sein gutes Aussehen und seine magische Ausstrahlung all diese einsamen Schönheiten angezogen hat, ihn zu umschwärmen wie die Bienen den Honigtopf. Die Tatsache, daß die Mädchen praktisch unbekleidet sind, erscheint ihm in dem Moment ganz zufällig.

Marianne Bachmeier und ihr Liebhaber Christian Berthold hatten jedenfalls keinen Grund, sich zu beschweren. Sie führten eine der gut besuchten Kneipen in Lübeck, eine be-

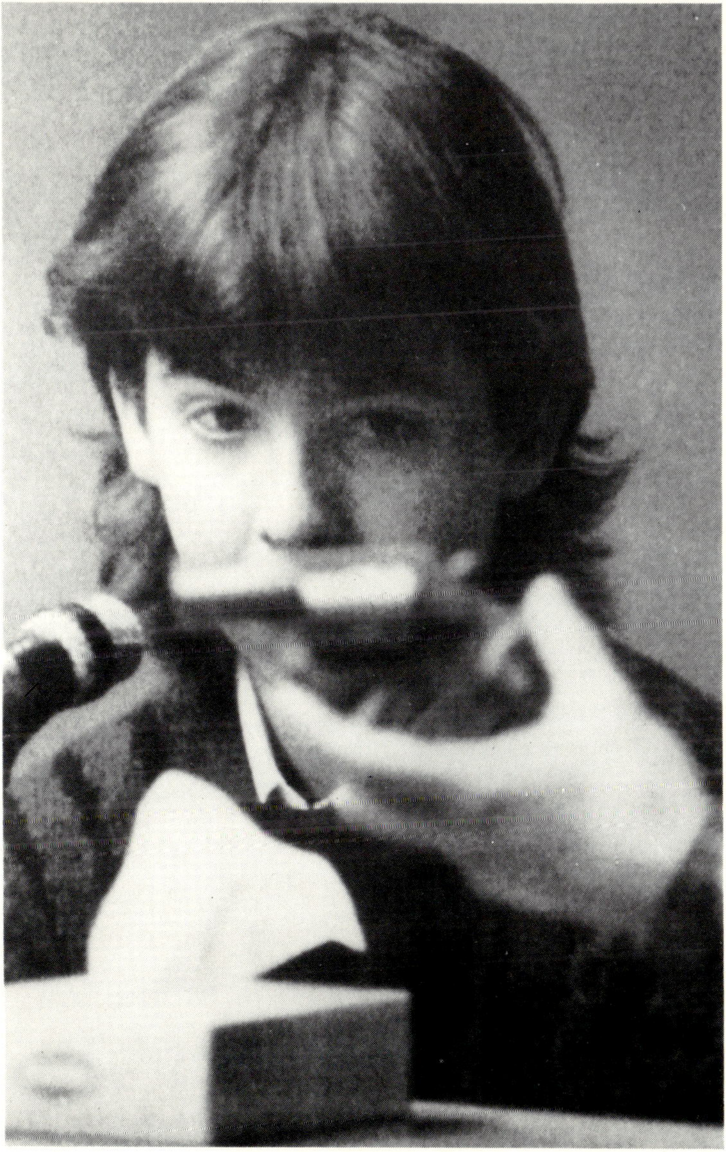

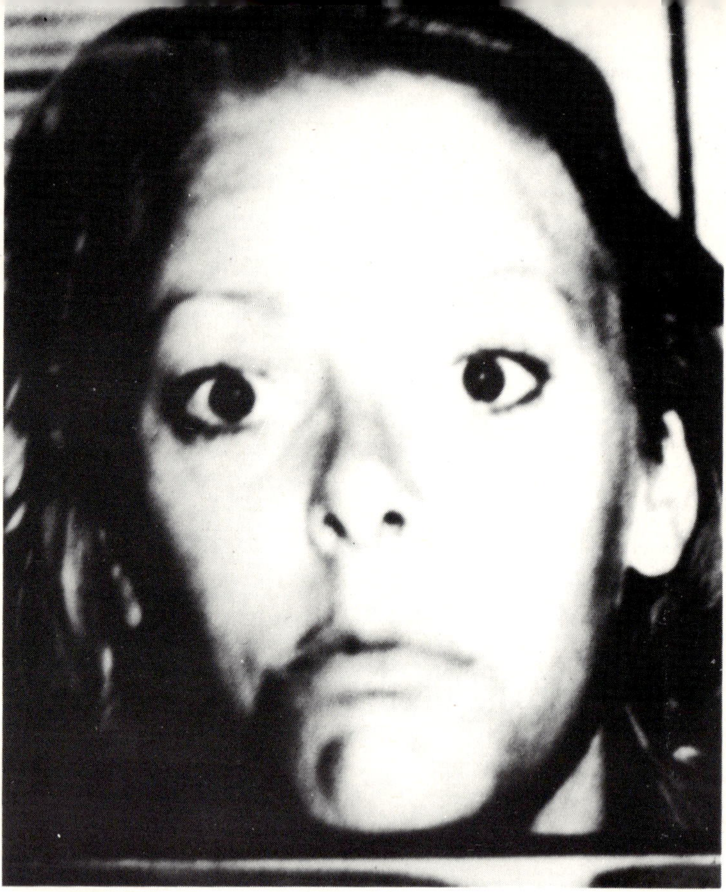

Die Serienmörderin Aileen Wuornos aus Florida (oben) und zwei Phantombilder von ihr, die vor ihrer dramatischen Festnahme gemacht worden waren.

Einige vermeintliche Opfer von Aileen Wuornos.

Charles Carskaddon

Douglas Giddens

Troy Buress

Gino Antonio

Peter Siems

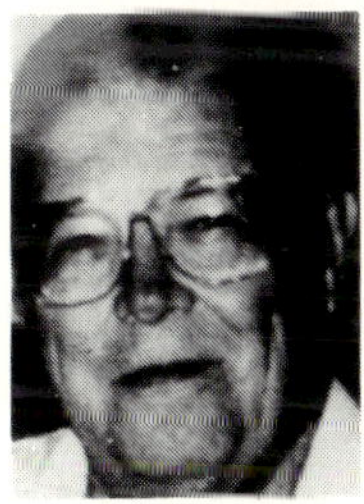

Charles Humphreys

David Spears

Richard Mallory

Die Giftmörderin Susan Barber

liebte Anlaufstelle für viele Männer, die spätabends noch einen Besuch im »Fun Palace« vorhatten.

Marianne war dreißig Jahre alt, hatte langes, dunkelbraunes Haar und war eine überwältigend gut aussehende Frau. Obwohl sie über ihrem Pulli und den engen Jeans immer eine Schürze trug, hatte sie eine sehr sinnliche Ausstrahlung. Für die vielen begehrlich blickenden Männer, die in ihre Bar strömten, war sie die ideale Figur, auf die man eigene Wünsche und Sehnsüchte projizieren konnte.

Sie ging einfühlsam mit den Kunden um, arbeitete leise und geschickt und war dabei trotz allem sehr tüchtig. Niemals war sie grob zu einem Kunden, aber es konnte vorkommen, daß sie heftig mit Männern flirtete, die ihr gefielen.

Marianne hatte sich ihr Leben lang nach Liebe und Aufmerksamkeit gesehnt. Ihr Vater, ein fanatischer Nazi, wurde abgelöst von einem brutalen Stiefvater, von dem sie regelmäßig verprügelt worden war. Sie haßte ihn so sehr, daß sie es nicht über sich brachte, ihn jemals anders als »Onkel Paul« zu nennen.

Eine noch folgenschwerere Spur in ihrem Leben hinterließ es, als ein Vertreter sie auf abscheuliche Art sexuell mißbrauchte. Sie war gerade neun Jahre alt. Im Teenageralter dann entwickelte sich Marianne zu einer schönen jungen Frau. Sie sehnte sich nach jemanden, der sie wirklich liebte, aber die meisten Männer wollten sie aus ganz anderen Gründen.

So war es kein Wunder, daß sie sich mit Christian zusammentat. Nach zahllosen katastrophalen Liebschaften, zwei brutalen Vergewaltigungen und zwei unglücklichen Schwangerschaften war Marianne verzweifelt auf der Suche nach einem Mann dessen Absichten aufrichtig waren. Auf Grund ihrer schlechten Erfahrungen hatte sie ein starkes Mißtrauen und fast eine Abneigung gegen alle Männer entwickelt. Sie mußte unbedingt jemanden finden, der ihren Glauben an das andere Geschlecht wiederherstellte.

Christian schien ein sanfter Hippie zu sein, der nur an Liebe und Frieden interessiert war. Als sie sich das erste Mal auf einer Party trafen, war Marianne sofort von ihm eingenommen gewesen und schlief schon Stunden später mit ihm. Es entwickelte sich schnell eine intensive Liebesbeziehung, und die beiden zogen zusammen.

Christian war entgegen dem ersten Eindruck, den er machte, ein wohlhabender Barbesitzer, und das erste Mal im Leben hatte Marianne etwas Geld zum Ausgeben. Die Bar befand sich in Kiel und war sehr erfolgreich. Es waren glückliche Tage für Marianne.

Doch dann verkaufte Christian die Bar für viel Geld. Statt dessen erwarben sie ein Restaurantionsschiff, das jedoch so schlecht ging, daß sie es bald wieder aufgaben. So kamen sie schließlich nach Lübeck.

Inzwischen hatte sich Mariannes und Christians Beziehung in ein strapaziöses Auf und Ab der Gefühle verwandelt. Beide schliefen häufig mit anderen, wenn es wieder einmal so schien, als sei ihre Verbindung am Ende.

Aber noch schafften sie es, zusammenzubleiben. Sie hatten eine gemeinsame Tochter, die inzwischen sieben Jahre alt war und die beide als ein Zeichen ihrer mittlerweile so belasteten Liebe ansahen.

Marianne spielte also weiterhin die perfekte Gastgeberin in der verrauchten, nach abgestandenem Bier und Schnaps riechenden Kneipe.

Etwas 200 Meter weiter in derselben Straße saß der Schlächter Klaus Grabowski in seiner Wohnung; er würde sich ganz sicher nicht unter die vielen Lübecker Männer mischen, die sich in dieser Nacht zu ihrer Kneipen- und Sextour aufmachten.

Grabowski war ein außerordentlich schüchterner Mann in den Dreißigern, dessen Haar sich schon lichtete. Manchmal hatte er solche Angst davor, Menschen zu begegnen, daß er sich tagelang in seiner winzigen Einzimmerwohnung in einem der grauen, häßlichen Mietshäuser der Stadt einschloß.

Seine Verlobte versuchte ständig, ihn zu überreden, mehr unter Menschen zu gehen. »Du kannst nicht dein ganzes Leben lang hier drin eingesperrt bleiben. Du mußt rausgehen und Leute treffen«, sagte sie immer wieder. Er fühlte sich dadurch bedrängt, und als Folge sahen auch sie sich nur noch einmal in der Woche. Wenn sie sich trafen, küßten sie sich kaum. Sie sehnte sich danach, über Nacht bei ihm zu bleiben und mit ihm zu schlafen, aber Grabowski hatte kein Bedürfnis danach. Nie würde sie die Nacht vergessen, als sie versuchte, ihn mit einem Striptease zu verführen. Er wurde noch nicht einmal erregt. Sie floh aus der Wohnung und machte sich nicht einmal die Mühe, die roten Strumpfhosen wieder anzuziehen, die sie extra für diese Gelegenheit gekauft hatte. Aber sie tröstete sich damit, daß all das ein Zeichen dafür sei, wie ehrenhaft seine Absichten ihr gegenüber waren. Nur konnte sie sich nicht erklären, wieso er kein sexuelles Bedürfnis hatte. Sie hatte es doch auch. So machte sie sich zwar manchmal Gedanken über die Eigenarten Grabowskis, redete sich dann aber wieder ein, daß alles ganz in Ordnung wäre. Die beiden waren seit sieben Jahren verlobt.

Grabowskis Verlobte hatte keine Ahnung, was mit ihm passierte, wenn er andere Menschen in Situationen traf, wo er ihnen allein gegenüberstand.

Früher in seinem Fleischerladen war er ein beliebter Mann gewesen. Dort hatte er Stammkunden. Alle nannten ihn Herr Grabowski und behandelten ihn wie eine wichtige Person. Für sie war er ein guter Fleischer, an dessen Ware keiner heranreichte. Sie sahen nicht hinter das Gesicht mit dem dichten Bart, der ihn wie Rasputin aussehen ließ. Er war für sie der freundliche, rundliche Fleischer, der sich immer Mühe gab, es allen recht zu machen.

Aber das war alles Vergangenheit. Grabowski hatte seine Arbeit verloren und mit ihr sein Selbstvertrauen. Er war ein gebrochener Mann, der sich erniedrigt fühlte, weil er in der Gesellschaft keinen Platz mehr hatte.

Jetzt machte er sich bereit, schlafen zu gehen. Er hatte zwei Flaschen Bier getrunken, und er wußte, was passieren würde, wenn er sich betrank. Der Alkohol würde den Teufel wieder wecken, der in ihm lauerte, und dann bekämen die bösen Begierden die Herrschaft über ihn, die nach Marianne Bachmeiers Meinung in allen Männern ständig mehr oder weniger vorhanden waren.

Auch Marianne in ihrer Kneipe ging es an diesem Abend nicht gut; sie war sehr müde von den vielen Stunden, die sie in der Bar gearbeitet hatte. Es war äußerst anstrengend, immer auf den Beinen zu sein, und Mühe kostete sie auch das ständige Lächeln, mit dem sie die anzüglich, groben Bemerkungen der Kunden beantworten mußte. Dabei war ihr weiß Gott nicht zum Lächeln zumute, wenn wieder einmal ein betrunkener Mann versuchte, nach ihren Brüsten zu greifen oder ein anderer so lange blieb, bis alle gegangen waren, weil er glaubte, das Barmädchen wäre leicht zu haben.

Glücklicherweise wohnten Marianne, Christian und die kleine Anna gleich über der Kneipe. So blieb ihr wenigstens der gefährliche Nachhauseweg erspart, vor dem sie in Kiel immer Angst gehabt hatte.

Marianne gefiel es gar nicht, daß sie und Christian vereinbart hatten, sich mit der Arbeit in der Bar abzuwechseln. Christian hatte darauf bestanden, weil er meinte, wenn sie zu zweit arbeiteten, hätte schließlich jeder eine 80-Stunden-Woche.

So sahen sie sich kaum noch; während der eine schlief, arbeitete der andere. Marianne war der Meinung, daß dadurch ihre Beziehung gefährdet sei. Und dann war Christian auch schon lange nicht mehr der lockere, sanfte Hippie, in den sie sich einst verliebt hatte. Er hatte sich zu einem abgebrühten, verlebten Geschäftsmann entwickelt, dessen Hauptziel finanzieller Erfolg war. Mehr und mehr fühlte er sich unter

Druck und war nur noch mit seinen eigenen Problemen beschäftigt. Marianne und seiner Tochter widmete er dagegen immer weniger Aufmerksamkeit. Es war der Anfang eines Prozesses, der oft zum Ende einer Beziehung führt.

Marianne hatte als Reaktion auf Christians Haltung angefangen, mit anderen zu schlafen. Die alte Sehnsucht nach wirklicher, beständiger Liebe trieb sie anderen Männern in die Arme

Christian war durch ihre Seitensprünge sehr verletzt und rächte sich auf seine Weise. Er besuchte Bordelle, eine naheliegende Versuchung.

Einmal trieben sie ihre gegenseitigen Verletzungen so weit, daß es fast ein Wunder war, daß sie danach noch zusammenblieben. Marianne fuhr nach Hannover, um dort einen ehemaligen Freund wiederzusehen. Es handelte sich um den Vater ihres zweiten Kindes, das adoptiert worden war. Sie machte ihn schließlich ausfindig, und seine Reaktion war, mit ihr aufs Land zu fahren, sie zu vergewaltigen und sie dann allein zu lassen. Sie mußte selbst zusehen, wie sie wieder nach Hause kam.

Als Marianne zurück in Lübeck war, erzählte sie Christian den ganzen Vorfall. Er war schockiert. Einerseits war er wütend auf den Mann, aber andererseits fühlte er sich auch von Marianne betrogen, da sie die Initiative ergriffen hatte und zu ihm gefahren war. Christian bekam schwere Depressionen. Sie zankten sich immer häufiger.

Eines Nachts stürmte Christian nach einem heftigen Streit aus dem Haus und machte sich auf den Weg nach Berlin, wo er früher in vielen Kneipen Stammkunde gewesen war. Als er keine seiner damaligen Freundinnen auftreiben konnte, ging er in eines der berüchtigsten Bordelle der Stadt.

Dort bekam er Sex für 50 Mark. Als er wieder in Lübeck war, erzählte er Marianne von seinem Erlebnis und beschrieb ihr jedes Detail des kurzen Sexaktes, auf welche Art er stattgefunden, wie das Mädchen ausgesehen und reagiert hatte. Das war zuviel für Marianne. Wieder einmal war sie betrogen worden. Warum behandelten alle Männer sie so schlecht? Gab es in ihrer eigenen Person einen Grund dafür, daß sie nur Pech im Leben hatte.

Marianne fand keine Antwort auf diese Fragen, und sie reagierte wie viele Opfer in der gleichen Situation. Sie revanchierte sich auf die Art, die Christian am meisten verletzen würde, ohne Rücksicht darauf, wie weh sie sich selbst damit tat.

»Was wird er machen, wenn ich die Hure bin?« dachte sie bei sich. »Wird er mich dann immer noch wollen? Er soll merken, wie schmutzig und herzlos es ist, seinen Körper zu verkaufen. Dann wird er schon sehen, wie es ist, mit einer Prostituierten zusammenzusein.

Nur ein paar Stunden später fuhr Marianne ebenfalls nach Berlin, ging dort die Straßen entlang und wartete auf den erstbesten Mann, dem sie ihren Körper verkaufen konnte. Als sie es hinter sich hatte, haßte sie sich selbst dafür. Aber in ihren Augen war es einfach nötig gewesen. Es war ihre besondere Art, den Mann zu bestrafen, mit dem sie sich noch immer ein liebevolles Zusammenleben ersehnte.

Trotz dieses schmerzhaften Schlagabtauschs hielten Christian und Marianne ihre Beziehung noch immer aufrecht. Doch ihre Freunde waren der Meinung, daß ihre Trennung nur noch eine Frage der Zeit wäre.

Am 4. Mai 1980 schlief die kleine Anna selig in ihrem Bettchen in der Wohnung über der Bar, ahnungslos, welche Qualen und Schuldgefühle das Leben ihrer Eltern ständig belasteten.

Als Klaus Grabowski sich an diesem Abend zum Schlafengehen fertigmachte, konnte er die Musik unten aus der Bar hören. Es war elf Uhr nachts, und einige Betrunkene stolperten die Straße vor seiner Wohnung entlang, während sie sich noch ausmalten, was sie gerne alles mit diesem hübschen Barmädchen Marianne machen würden.

Grabowski indessen lag nichts ferner, als von einer Frau wie Marianne zu träumen. Seine Phantasien waren abstoßend und grausam, in den dunkelsten Abgründen menschlicher Vorstellungskraft angesiedelt.

Seine regelmäßig wiederkehrenden Gedanken befaßten sich mit einer Art von Sex, die die freundlichen Hausfrauen mit Entsetzen erfüllt hätten, die sich in seinem Fleischerladen immer so höflich mit ihm unterhalten hatten. Zweifellos hätten diese Kunden eines der riesigen, rasierklingenscharfen Fleischmesser ergriffen und auf ihn gerichtet, hätten sie auch nur eine vage Idee von den Phantasien gehabt, die ihm ständig durch den Kopf gingen.

Als Grabowski jetzt im Bett lag, stellte er sich vor, was er gerne tun würde. Er wollte jemanden Schmerz und Qualen zufügen ... Fast hörte er die Angst- und Schreckensschreie, schaute in die Gesichter seiner Opfer, während er sich seine kranken Wünsche erfüllte. Die ganze Zeit über war sein Gesicht zu einem leichten Lächeln verzogen, und langsam kam er dem Höhepunkt näher, nach dem er sich so sehnte und von dem er doch wußte, daß er ihn nicht erreichen konnte.

Dieses Mal waren Grabowskis fürchterliche Phantasien besonders lebendig. Er fühlte sich fast, als täte er in dem Moment alles wirklich. In einem hitzigen Zustand der Erregung stellte er sich die Qual und Pein vor, die er jemandem zufügte ... Und wünschte sich, daß es niemals enden würde.

Er wollte aus diesem Traum nicht erwachen, nicht von seinen krankhaften Vorstellungen ablassen. Er wollte weitermachen. Jedesmal, wenn er ein besonderes Gesicht sah, trieb es ihn zur Raserei ...

Für ihn war es ohne Bedeutung, daß das, was in seiner Vorstellung passierte, so abartig und brutal war, daß er von jeder sozialen Gruppierung verachtet und ausgestoßen werden würde. Grabowski hatte schon seit langem den Respekt vor den Normen menschlichen Zusammenlebens verloren. Für ihn gab es kein Ziel mehr innerhalb der Gesellschaft, und so war die Verwirklichung seiner schrecklichen Phantasien sein höchstes Begehren.

In der Bar säuberte Marianne nach einem langen, anstrengenden Abend die letzten Gläser. Es war beinahe ein Uhr morgens, und sie schlief fast im Stehen ein. Erst vor ein paar Minuten hatte sie den letzten hartnäckigen Gast vor die Tür geschoben und war an die Erledigung der Pflichten gegangen, die jeden Abend nach den langen Stunden mit den Gästen noch auf sie warteten. Die Bar mußte aufgeräumt und saubergemacht werden, bevor sie endlich zu Bett gehen konnte.

Christian hatte bestimmt, daß die Räume jede Nacht für den nächsten Tag in Ordnung gebracht werden mußten, gleichgültig, wie müde sie wären. Marianne wußte, daß es besser so war, aber diesmal fiel es ihr besonders schwer, und sie konnte sich kaum überwinden, nicht alles stehen und liegen zu lassen.

Anna hatte die letzte Nacht nicht gut geschlafen, und Mariannes Leben war durch sie besonders anstrengend und ermüdend. Jeden Morgen um sieben Uhr mußte sie mit ihr aufstehen, um sie zur Schule zu schicken. Oft hieß das, daß Marianne erst wenige Stunden vorher schlafengegangen war.

Die letzten Tage waren noch schlimmer als üblich gewesen. Marianne war so müde, daß sie es an zwei von fünf Tagen nicht geschafft hatte, Anna auf den Weg zur Schule zu bringen.

Das sieben Jahre alte Mädchen war darüber hocherfreut. Die Schule zu versäumen, war für sie ein besonderes Glück. Aber Marianne machte sich Sorgen, sie hatte Angst, daß man ihr Anna wegnehmen könnte; und die bedeutete ihr so viel, gab ihrem Leben einen Sinn und Halt. Ohne sie würde alles wieder zusammenbrechen, dessen war sich Marianne ganz sicher.

Sie hatte vor Anna zwei Kinder gehabt, und beide lebten jetzt bei Pflegeeltern. Eine Schwangerschaft mit 16 Jahren und eine unglückliche Beziehung hatten dazu geführt, daß sie diese beiden Kinder verlor. Anna war für Marianne die letzte Chance zu beweisen, daß auch sie eine gute Mutter sein konnte. Und sie liebte ihre Tochter so sehr. Die ständige Bedrohung, sie vielleicht auch noch zu verlieren, führte dazu, daß Marianne nur noch mehr an ihr hing.

Anna war ein fröhliches und temperamentvolles Mädchen und ihrem Alter weit voraus. Jeder mochte sie. Sie hatte ein bezauberndes, engelhaftes Gesicht, das von sorgfältig gepflegtem blondem Haar umrahmt wurde. Alle Verwandten waren überzeugt davon, daß sie später ohne weiteres Model werden konnte.

Mit ihrer Mutter verband sie eine besondere Zuneigung; sie waren mehr wie Schwestern als wie Mutter und Tochter. Marianne vertraute sich Anna an, und umgekehrt. Es war eine bemerkenswert enge Beziehung, von der einige sagten, daß sie schon zu eng sei.

Aber Anna teilte nicht nur ihr ganzes Leben mit Marianne, sie besaß auch einen wichtigen Charakterzug ihrer Mutter, denn sie übte eine magnetische Anziehungskraft auf andere Menschen aus. Ihre Mutter hatte sich immer nach Liebe und Aufmerksamkeit gesehnt und alle Männer durch ihre Schönheit und ein schon fast kokettes Verhalten angezogen. Dadurch war sie auch besonders gefährdet gewesen und als sie mit neun Jahren von einem Vertreter mißbraucht worden war, hatte das traumatische Auswirkungen gehabt, die ihr ganzes Leben beeinträchtigten. Marianne hoffte, daß ihrer Tochter nie etwas Ähnliches zustoßen würde, doch hatte sie immer Angst vor dem Schlimmsten, denn überall gab es diese verdammten Mistkerle, die sich mit Vorliebe Unschuldige und Schwache als Opfer aussuchten.

Als Marianne diese Nacht schließlich in ihr Bett fiel, fühlte sie sich völlig zerschlagen. Es war ein so anstrengender und langer Tag gewesen.

Im Schlafzimmer nebenan schlief Anna ausnahmsweise tief und fest.

Am nächsten Morgen herrschte in der Wohnung nach Mariannes Aufwachen eine spannungsgeladene Atmosphäre. Es war neun Uhr, und Anna war nicht rechtzeitig aufgestanden, um zur Schule zu gehen. Christian kümmerte sich nur um eine Sache – die Bar. Er mußte unten eine Bierlieferung in Empfang nehmen, die er jeden Moment erwartete, und ärgerte sich über Marianne, weil Anna schon wieder die Schule versäumte. Sie konnten es sich nicht leisten, daß das Jugendamt auf sie aufmerksam wurde.

Und ausgerechnet heute hatte Marianne auch noch eine Verabredung in der Stadt. Es war eine private Angelegenheit, über die sie mit niemandem reden wollte. Jedenfalls konnte sie Anna nicht mitnehmen. Marianne war manchmal sehr verschlossen, was zweifellos mit ihrer Kindheit zusammenhing. Sowohl für sie als auch für ihre Partner führte es oft zu Schwierigkeiten, daß sie sich hartnäckig weigerte, über bestimmte Dinge zu sprechen.

So sagte sie an diesem Morgen nicht mehr, als daß sie eine private Verabredung habe und spätestens um zehn Uhr im Stadtzentrum sein müsse. Christian reagierte verständnislos und machte ihr Vorwürfe.

Anna war die einzige, die ruhig blieb. Sie freute sich auf den schulfreien Tag.

Marianne ärgerte sich ihrerseits über Christian. Sie hatte ihm von diesem Termin erzählt, warum konnte er sie nicht unterstützen? Wieder einmal stritten sie sich, was ihrer siebenjährigen Tochter ganz normal vorkam.

Wenn sie an diesem Morgen aus dem Wohnzimmerfenster geschaut hätten, sie hätten Grabowski sehen können, wie er mit dem Rad die Straße zum Einkaufen entlangfuhr.

Er hatte es eilig, denn er wollte die Läden erreichen, bevor sie voller Menschen wären.

Viele der Nachbarn kannten Grabowski. Obwohl er nach einem Gefängnisaufenthalt seine Arbeit verloren hatte, war er für sie noch immer der Fleischer. Doch alle kannten sie ohne Ausnahme nur eine Seite seiner Person. Sie sprachen zwar regelmäßig mit ihm, aber immer nur über das Wetter oder die Fleischpreise, niemals über persönliche Dinge. Was ihn wirklich beschäftigte, interessierte niemanden.

Vielleicht hielten auch seine kalten, stahlgrauen Augen die Leute davon ab, mehr über ihn wissen zu wollen. Und so konnte Klaus Grabowski weiter ungestört in seiner kranken Phantasiewelt leben, die nur gelegentlich von der Realität durchbrochen wurde. Seine Kontaktlosigkeit ermöglichte ihm, seine schrecklichen Gedanken geheimzuhalten, ohne daß jemand Verdacht schöpfte. Sogar seine Verlobte stellte ihm selten Fragen. Sie nahm es einfach hin, daß er ein schüchterner, ängstlicher Mann war, dem man gut zureden mußte, anstatt ihm schwierige Fragen zu stellen, die ihn mit seinen eigenen Unzulänglichkeiten konfrontierten. So war sie auch damit einverstanden, daß sie sich nur einmal die Woche trafen.

Als Grabowski beim Bäcker ankam, hatte sich schon eine Schlange gebildet. Alle Hausfrauen, die an dem Morgen dort anstanden, kannten Grabowski. Sie freuten sich, daß jemand Neues kam, mit dem sie während des Wartens reden konnte. Ihre Kinder jedoch fühlten sich in seiner Gegenwart nicht wohl; er hatte etwas an sich, daß vielen von ihnen Angst machte. In dem Fleischerladen hatte er sie immer so merkwürdig angeschaut, und sie hatten verschüchtert die Augen niedergeschlagen, sogar dann, wenn er ihnen Süßigkeiten anbot.

Es war der Ausdruck in seinen Augen, ein sonderbarer Schimmer, der aufgeleuchtet hatte, wenn er unter den Käufern in seinem Laden eine Mutter mit Kind erblickte. Einen Moment lang senkte sich dann sein Blick in die Augen des Kindes, während er das zarte Filetfleisch in kleine Stücke schnitt. Dann betrachtete er abschätzend die Gesichter sämtlicher Kunden im Laden, bevor er sich mit einem riesigen Messer an die größeren Fleischstücke machte. Manchmal wunderten sich die Kunden, wie er so akkurat das Fleisch schneiden konnte, obwohl er oft gleichzeitig anderswohin schaute.

Marianne verließ eilig die Wohnung. Als sie Anna auf die Stirn küßte, ermahnte sie sie, brav zu sein und nicht nach draußen zu gehen.

Dann lief sie schnell die Treppe hinunter, um noch den Bus zu erreichen, den sie vom Wohnzimmerfenster aus schon gesehen hatte. Sie hatte weder die Zeit noch die Ruhe, sich Gedanken darüber zu machen, warum sie eine Siebenjährige allein zu Hause ließ, die nun den Vormittag lang sich selbst überlassen war. Zu viele andere Probleme beschäftigten sie.

Ihre Beziehung zu Christian stürzte sie dauernd von einem Extrem ins andere, einen Moment schien nichts mehr zu retten, den nächsten liebten sie sich leidenschaftlich. Und die dauernden Streitereien waren so zermürbend. Wahrscheinlich würde sie bald wieder allein dastehen.

Die kleine Anna ihrerseits freute sich darauf, einen ganzen Tag lang nur das zu tun, wozu sie Lust hatte. Sie mochte die Schule nicht, sie war sehr neugierig und zog lieber auf eigene Faust los, um Neues zu entdecken. Es war auch nicht das erste Mal, daß sie sich selbst überlassen war. Erst vor kurzem waren sie und ihre Freundin Maria stundenlang allein draußen gewesen. Und sie hatten ein großes Abenteuer erlebt, hatten zwei niedliche Katzen getroffen, hatten mit ihnen gespielt und waren von ihrem Besitzer in seine Wohnung eingeladen worden, um sie zu füttern. Es war ein besonders schöner Vormittag für sie gewesen.

Anna hatte keine eigenen Haustiere, und wie jedes Kind wünschte sie sich sehnlichst, einen Hund, eine Katze oder ein anderes Tier zu haben, dem sie ihre Liebe und Zärtlichkeit schenken konnten. Als sie und Maria die Kätzchen auf der Straße streichelten, hätten sie sie am liebsten mitgenommen. Doch dann war ihr netter Besitzer gekommen und hatte ihnen angeboten, sie zu füttern.

Die beiden Mädchen zögerten keinen Moment, zu dem Mann in die Wohnung zu gehen; all die Warnungen ihrer Mütter hatten nichts genützt. Sie dachten nur an die süßen kleinen Katzen und nicht an all das Böse, das es in der Welt um sie herum gab.

Ihr naiver Glaube an die Menschheit war noch intakt. Sie hatten noch nichts von den Leiden und Qualen erlebt, die ihre Eltern schon durchgemacht hatten.

Anna und Maria brauchten auch keine Angst zu haben, solange sie zusammen waren. Denn selbst kranke Menschen wollen im allgemeinen nicht, daß ihre grausamen Taten von anderen mit angesehen werden. Was sie vorhaben, ist so erniedrigend, daß sie sich unwohl fühlen, wenn irgend jemand davon weiß.

Die beiden Mädchen versprachen einander, niemandem von ihrem Abenteuer zu erzählen. Denn sie wußten genau, daß ihre Eltern böse mit ihnen wären, wenn sie von ihren Erlebnissen wüßten.

Aber jetzt war Anna allein. Maria war in der Schule, und sie suchte nach einem Zeitvertreib. Als sie aus dem Fenster schaute, sah sie Grabowski langsam auf dem Fahrrad die Straße entlangfahren.

Anna hatte nur die zwei süßen kleinen Katzen im Kopf, als sie die Treppe hinunterhüpfte, um ihrem Freund nachzulaufen. Sie wünschte sich so sehr, auch so ein Kätzchen zu haben. Dann würde sie sich nicht mehr so einsam fühlen, während sie allein zu Hause war.

Schon bald holte sie Grabowski ein, der sein Rad jetzt schob. Anna wußte nicht einmal, wie er hieß, aber das war ihr auch egal. Sie war viel mehr an den Katzen interessiert als an ihm.

Klaus Grabowskis Augen leuchteten auf, als er fühlte, wie die kleine Hand ihn von hinten am Ärmel zupfte. Er erkannte in Anna sofort das Mädchen, das ihn vor einiger Zeit zusammen mit Maria besucht hatte.

Schnell schaute er sich um, ob irgend jemand sie beobachtete; aber niemand nahm auch nur die geringste Notiz von ihnen. Grabowski mußte sich sehr zurückhalten, um seine Erregung zu verbergen. Ging doch neben ihm das kleine Mädchen, das er so ganz besonders mochte, das Mädchen, das so unglaublich gut aussah und von dem er schon so oft geträumt hatte.

Als sie ein paar Minuten später in seiner Wohnung waren, zitterte er vor wollüstiger Erregung. Jetzt hatte er sie, diejenige, die er für sich auserwählt hatte und die er so sehr begehrte.

Anna streichelte die Katzen mit einer Liebe und Zärtlichkeit, nach der Grabowski sich als Kind immer vergeblich gesehnt hatte.

Er wurde ungeduldig. Sie war in seiner Wohnung, er wollte jetzt nur noch eines.

Es war erst ein paar Stunden her, daß er sich in seiner Phantasie die sexuellen Perversitäten vorgestellt hatte, die ihm einzig Vergnügen bereiteten. Und hier hatte er jetzt die furchtbare Gelegenheit, diese abscheulichen Handlungen wirklich auszuführen. Nichts würde ihn mehr davon abhalten.

Anna weinte. Sie mochte das »Spiel« nicht, das Grabowski sie zwang zu spielen. Sie wollte nach Hause, aber er ließ sie nicht.

Annas Weinen störte Grabowski. Sie sollte damit aufhören, sofort. Es bewirkte, daß er sich schwach fühlte. Aber er mußte sie weiter bestrafen, ihr weh tun. Es war falsch, aber das war ihm egal. Er mußte es tun. Keine erwachsene Frau würde sich so etwas gefallen lassen, deswegen brauchte er kleine Mädchen. Er haßte Frauen, sie hatten immer sein Leben beherrscht. Dafür mußte er sie bestrafen. Jetzt nahm er fürchterliche Rache.

Anna schrie inzwischen laut. Sie wußte, daß etwas passierte, was schrecklich war, daß dieser Mann böse war und daß sie unbedingt aus dieser Wohnung herauskommen mußte. Aber sie konnte sich nicht befreien, er hielt sie fest umklammert. Dann verlor sie das Bewußtsein.

Grabowski fühlte ihren Puls. Sie war noch nicht tot. Er ging ins Schlafzimmer und holte die rote Strumpfhose seiner Verlobten aus einem Schub. Er wand sie um Annas Hals und zog sie fest, bis der letzte Lebenshauch aus dem armen, unschuldigen Kind gewichen war.

Marianne war von ihrem Treffen in der Stadt zurückgekehrt. Es war Mittag, und Anna war nicht zu Hause. Anfangs dachte Marianne, daß sie vielleicht zu einer Freundin gegangen wäre und machte sich keine Sorgen.

Eine Stunde später jedoch war sie völlig aufgelöst und rief die Polizei an. Alle Erinnerungen an ihre eigene furchtbare Kindheit stürzten auf sie ein. Sie dachte an den Vertreter, der sich an ihr vergangen hatte, an ihren furchteinflößenden Stiefvater, den Nachbarn, der sie vergewaltigt hatte. Die Welt war schrecklich, sie wußte es, sie war ihr ganzes Leben lang Opfer gewesen.

Marianne war jetzt sicher, daß etwas Furchtbares geschehen sein mußte, sie konnte es fühlen. Aber sie wollte sich nicht vorstellen, was passiert sein könnte.

Grabowski war noch immer in tranceähnlichem Zustand. Er hielt Annas leblosen Körper in seinen Armen und legte die Leiche in einen Karton, der in der Küche seiner Wohnung stand.

Als er den kleinen Körper in die Schachtel quetschte, die nur einen Meter im Quadrat maß, verzog er keine Miene. Er war schließlich daran gewöhnt, Tierkadaver hin und her zu wuchten, und dies hier erschien ihm nichts Besonderes.

Es war jetzt schon später Nachmittag, er mußte schnell und unauffällig Annas Leiche loswerden. Aber Grabowski wußte nicht, wie er sie transportieren sollte. Er hatte kein Auto, nur ein klappriges Fahrrad. Es blieb ihm nichts anderes übrig, er mußte es irgendwie schaffen, die Leiche darauf fortzubringen.

Sorgfältig und in aller Ruhe band er den Karton vorne auf dem Lenker fest. Dann fuhr er los. Zuerst war er wegen des schweren Gewichts etwas wacklig, aber mit zunehmender Geschwindigkeit war das Gleichgewicht leichter zu halten. Eine halbe Stunde lang fuhr er aus der Stadt hinaus, wobei er ständig nach einem günstigen Platz für ein Versteck suchte.

Schließlich hielt er an, nahm den Spaten vom Rad, den er auf dem Gepäckträger festgebunden hatte und begann, etwas abseits des Weges ein Loch zu graben.

Grabowski zittert jetzt vor Angst. Durch die Anstrengung war er in die Realität zurückgeholt worden, und langsam wurde ihm klar, was er getan hatte.

Als er den Pappkarton vom Rad hob, rutschte der Körper zu einer Seite, und beinahe verlor er die Balance. Ihm kam die Ungeheuerlichkeit seiner Tat zu Bewußtsein, und er fühlte sich plötzlich schrecklich.

Er dachte an die Menschenleben, denen er nicht wiedergutzumachenden Schaden zugefügt hatte und daran, wie ein Augenblick krankhafter sexueller Befriedigung so vieler Menschen Zukunft zerstören konnte.

Grabowski hatte jetzt die Gewissensbisse, die er von Anfang an hätte haben sollen. Als er zurück zu seiner Wohnung fuhr, mußte er dauernd an den Ausdruck in Annas Gesicht denken, während sie vergeblich versucht hatte, sich gegen ihn zu wehren.

Er stellte sich wieder und wieder dieselbe Frage: Warum? Warum? Warum? Sein Gewissen ließ ihm keine Ruhe mehr. Tragisch war nur, daß er nicht schon früher so empfunden hatte.

Grabowski fuhr direkt zum Polizeirevier und gestand seine Tat.

Freitag, der 6. März 1981, war ein ungewöhnlich warmer Tag in Lübeck.

In dem kleinen Gerichtssaal, in dem die Mordanklage gegen Klaus Grabowski verhandelt wurde, herrschte eine entspannte Atmosphäre.

Der Angeklagte hatte seine Schuld bereits eingestanden. Die Zuschauertribüne war bis auf eine Gruppe Studenten die Jura studierten, leer.

Nur wenige Journalisten waren anwesend, um über den Fall zu berichten. In der langen Reihe der Sexualverbrechen an Kindern war dieser Mord fast zu alltäglich, um noch in den Schlagzeilen zu erscheinen.

Die einzige Person, die außer dem Richter und den Anwälten wirklich an dem traurigen Prozeß interessiert schien, war Marianne Bachmeier. Sie saß an einem Tisch, der nur etwa drei Meter von dem Angeklagten entfernt stand, und registrierte jede seiner Antworten.

Es gab noch nicht einmal eine Anklagebank für dieses Ungeheuer. Das deutsche Recht gestattet einem Angeklagten, wie jeder andere auch an einem Tisch zu sitzen, so lange er noch nicht schuldig gesprochen ist. Obwohl Grabowski seine Greueltaten schon gestanden hatte, wurde er genauso behandelt.

Vor Marianne stand eine zehn Zentimeter hohe, gerahmte Fotografie ihrer Tochter. Alle paar Sekunden sah sie in Grabowskis Gesicht und dann in das ihrer hübschen kleinen Anna. Der Prozeß dauerte jetzt drei Tage, und jeden Tag hatte sie sich ganz genauso verhalten.

Oft wirkte Marianne abwesend, ihre Augen waren verschleiert, aber trotzdem hörte sie die ganze Zeit über aufmerksam zu. Sie nahm jedes Detail des schrecklichen Todes ihrer Tochter auf und alles, was über das Leben ihres Mörders zur Sprache kam.

Klaus Grabowski hatte die meiste Zeit seines traurigen, erbärmlichen Daseins in und um Lübeck verbracht. Schon zu Anfang der siebziger Jahre war er zweimal wegen sexuellen Mißbrauchs von Kindern verurteilt worden. Beide Male hatte er kleine Mädchen in seine Wohnung gelockt und sich brutal an ihnen vergangen. Die psychischen und physischen Schäden würden sie ein Leben lang zeichnen.

Während er seine Strafe absaß, war Grabowski von Mitgefangenen selbst vergewaltigt und geschlagen worden.

Es ist üblich, daß Straftäter, die wegen sexueller Delikte einsitzen, von den anderen Gefangenen verachtet, gehaßt und mißhandelt werden. Sobald Grabowski also angegriffen wurde, schauten die Wärter meist absichtlich weg.

1976 hielt Grabowski es im Gefängnis nicht mehr aus. Er konnte die Mißhandlungen nicht mehr ertragen, und er wußte, daß niemand ihm helfen würde. Er war ein Perverser und eine Bedrohung für die Gesellschaft.

So entschloß er sich freiwillig zu einer Kastration, um früher aus dem Gefängnis entlassen zu werden. Es war seine einzige Chance. Eine kleine Operation zerstörte seine sexuellen Triebe für alle Zeiten; jedenfalls glaubten das die Experten.

Im Gefängnis war Grabowski der Preis des Verlustes seiner Männlichkeit nicht zu hoch erschienen, um den täglichen Quälereien seiner Mitgefangenen zu entkommen. Doch draußen war das Leben für ihn jetzt voller Schwierigkeiten und Probleme. Er bekam seine Arbeit als Fleischer nicht wieder, und sein ganzes Leben erschien ihm sinnlos. Er sehnte sich nach Liebe, aber er konnte selbst keine geben. Die alten, kranken Triebe schienen zwar zunächst für immer verschwunden, doch irgend etwas brauchte Grabowski immer noch, was ihm Befriedigung verschaffen konnte.

Er hatte keine sexuellen Gefühle mehr, aber er erinnerte sich genau, was sie ihm bedeutet hatten. Jetzt würde sein Leben für immer leer bleiben, es sei denn, er fand einen Weg, um seine Sexualität wiederzuerlangen.

Die Lösung war eine Hormonbehandlung. Grabowskis Drang, wieder sexuelle Empfindungen zu spüren, ließ ihn seine Scheu überwinden und Hilfe suchen.

17979, nur einige Monate vor dem Mord an Anna, suchte er einen Urologen auf. Er überzeugte den Mediziner davon mit ihm eine Hormonbehandlung durchzuführen – die in ihm dann aufs neue die tötlichen Triebe hervorrief.

Natürlich erzählte er dem Arzt nicht, daß er wegen sexueller Delikte kastriert worden war. Er behauptete, ein Exhibitionist gewesen zu sein, der sich aus freien Stücken zu diesem Schritt entschlossen hätte. Und er versicherte, daß er jetzt geheilt wäre und bat flehentlich darum, ihm wieder zu einem Sexualleben zu verhelfen. Der Arzt machte sich nicht die Mühe nachzuforschen, ob Grabowski ihm die Wahrheit gesagt hatte.

An dem Tag, als Grabowski die kleine Anna umbrachte, war sein Hormonspiegel so hoch wie der eines normalen Mannes.

Scheinbar unbeteiligt hörte Marianne dem allen zu. Sie war völlig entsetzt über die Enthüllungen, aber in diesem Gerichtssaal hatte sie kein Recht, aufzustehen und ihre Meinung zu äußern. Sie mußte ihren Zorn, den Abscheu und die Traurigkeit für sich behalten. Doch daran war Marianne gewöhnt, seit ihrer Kindheit war es für sie normal, ihre Gefühle zu unterdrücken.

Kaum ertragen konnte sie dagegen die Gewissensbisse. Wie hatte sie ihre Tochter alleinlassen können? Warum hatte sie sie nicht mitgenommen? Wenn sie nur die Uhr zurückstellen könnte, aber dazu war es jetzt zu spät.

Alles das war eine schreckliche Wiederholung ihres eigenen tragischen Lebens. Und sie hatte so verzweifelt gehofft, daß für Anna alles anders werden würde.

Brigitte Müller-Horn, Mariannes Anwältin und Freundin, erinnerte sich später: »Annas Tod war für sie fast wie ihr eigener. Irgendwie starb Marianne mit Anna. Anna war ein sehr kluges und verständnisvolles Kind, sie war die Vertraute und Freundin ihrer Mutter. Marianne redete mit Anna über Probleme, über die sie mit niemanden sonst redete. Sie war ihr näher, als sie jemals in ihrem Leben einem anderen Menschen gewesen war.«

Dies alles ging auch Marianne durch den Kopf, während sie hier im Gericht saß.

Erst vor einer Stunde hatte sie das frische Grab ihrer Tochter auf dem riesigen, unpersönlichen Friedhof in Lübecks Zentrum besucht. Sie kniete vor dem winzigen weißen Kreuz und bat um Vergebung. Das Gefühl der Schuld an Annas Tod wog schwer. Es gab so viele Wenns … Wenn sie bloß nie die Bar in Kiel verkauft hätten. Wenn sie bloß rechtzeitig genug aufgewacht wäre, um Anna zur Schule zu schicken. Die Liste war endlos.

Grabowski sagte jetzt aus. Marianne sah in seine kalten, fast toten Augen, aber dann wandte er sich ab.

»Ich legte meine Hände um ihre Kehle. Ich hörte sie schreien …«

Marianne faßte unter den grünen Mantel auf ihrem Schoß. Sie zog eine kleine Beretta hervor, zielte auf Grabowskis Rücken und drückte sechsmal ab.

Unbewegt sah sie zu, wie sein Körper vor und zurück zuckte, als der Kugelhagel ihn traf. Niemand konnte dem ehemaligen Fleischer mehr helfen, als er zu Boden fiel. Er war sofort tot.

Marianne warf ruhig die Pistole fort. Sie schlitterte über den Fußboden, während in dem Gerichtssaal für einen kurzen Moment entsetztes Schweigen herrschte. Dann stand Marianne auf und ließ sich von der Polizei aus dem Gebäude führen.

Als sie auf dem Friedhof Annas letzte Ruhestätte ausgesucht hatte, war sie von dem Begräbnisunternehmer gefragt worden: »Möchten Sie ein Einzel- oder ein Doppelgrab?«

Ohne Zögern hatte Marianne geantwortet: »Ein Doppelgrab, für Anna und mich. Ich werde sowieso bald bei ihr sein.«

Marianne hatte die Hallen der Gerechtigkeit gewählt, um eine alte Art der Vergeltung zu üben: Auge um Auge …

Sie hatte den Tod ihrer Tochter auf eine Art gerächt, für die jeder in der ganzen Welt Verständnis zeigte.

Im März 1983 wurde Marianne Bachmeier zu sechs Jahren Gefängnis verurteilt, nachdem sie des Mordes an Klaus Grabowski für schuldig befunden worden war. Gleich nachdem das Urteil gesprochen worden war, durfte sie wieder in die Freiheit, während sie auf das Berufungsverfahren wartete. In diesem zweiten Prozeß wurde ihre Strafe auf zwei Jahre Gefängnis mit Bewährung reduziert. Heute ist sie glücklich verheiratet und lebt in einem kleinen Haus an der Ostseeküste.

9
Blind vor Wut

Ihr Haar war dick, glänzend und dunkel wie die Nacht. Sie hatte schmale Schultern. Ihre Beine waren zur Seite hin abgewinkelt und bis zum halben Oberschenkel mit dünnen schwarzen Strümpfen bedeckt. Die Kurve ihrer Waden war ausgeprägt und hätte unter anderen Umständen reizvoll gewirkt.

Die wohlgeformten Beine, die vollen Hüften, die schlanke Taille, die runden Brüste, alles lag völlig frei. Die matten grauen Augen starrten leer ins Mondlicht. Der Regen klatschte in ihr Gesicht und lief ihre Brüste hinunter, die von der aufgerissenen blauen Krankenschwesterntracht freigegeben wurden. Ihre Schamhaare waren vom Regen durchnäßt, nicht einmal die Unterwäsche hatte man ihr gelassen.

An ihrem Hinterkopf befand sich ein kleines Loch mit einem schwarzen, verbrannten Rand.

Broats Farm war wie ausgestorben. Nur die Leiche lag in dem schlammigen Hof, während der strömende Regen an diesem bitterkalten Dezemberabend auf dem Boden Pfützen bildete.

Die Krankenschwester Jayne Smith war auf schreckliche Art umgekommen. Ganz offensichtlich war sie das Opfer eines furchtbaren Sexualverbrechens geworden.

Ein schwacher Lichtschimmer aus dem Farmhaus erleuchtete die unter Hälfte der Leiche, ein Teil ihrer Oberschenkel leuchtete hell, während die durchnäßten schwarzen Strümpfe dunkel glänzten.

Die ganze Szene wirkte wie gestellt, als würde jeden Moment ein Regisseur aus dem Schatten auftauchen und »Schnitt!« rufen, damit die Schauspielerin aufstehen, zu ihrem Wohnwagen gehen und ihr Make-up erneuern könnte.

Aber der Körper bewegte sich nicht. Und keine Filmcrew ließ sich blicken.

Ein Wagen kam die Straße entlang und bog auf den Weg zur Farm ein. Als die Scheinwerferkegel über den Hof schwenkten und den toten Körper erfaßten, kamen sie sofort zum Stillstand. Das Auto hielt ruckartig. Der Fahrer sprang heraus, ließ die Tür offen und schlitterte über den matschigen Hof zu dem verdrehten Körper von Jayne Smith.

William Smith wußte, daß sie tot war, noch bevor er sie erreichte. Sie bewegte sich nicht, und der Körper war auf unnatürliche Art verdreht. Seine Ehefrau, mit der er gerade sieben Monate verheiratet gewesen war, lag tot vor ihm. Einige Sekunden lang blinzelte William und konnte nicht fassen, was Furchtbares passiert war. Er schloß seine Augen fest in der Hoffnung, daß Jayne nicht mehr vor ihm läge, wenn er sie wieder öffnete, daß sie in ihrem Haus wäre und ihm wie immer liebevoll seine Abendbrot zubereitete, daß sie ihn anlächeln würde und seine gute Frau wäre für alle Zeit.

Doch sie lag noch immer vor ihm, vergewaltigt und tot.

William kniete neben ihr im Schlamm nieder. Er spürte den eiskalten Wind nicht, der aus den North Yorkshire Mooren blies. Er nahm ihre Hand in die seine und sehnte sich verzweifelt nach einer letzten Reaktion von ihr.

Er fühlte ihre Finger, ihre Fingernägel, die Zartheit ihrer Haut, die vor ein paar Stunden noch lebendig gewesen war.

Fest drückte er ihre Hand; Kälte und Nässe waren ihm egal. Wenigstens war er hier neben ihr und gab ihr ein Zeichen, wie sehr er sie liebte.

Heftig rieb er ihre Hände in den seinen, als könnte er sie so wieder zum Leben erwecken. Irgend etwas fehlte bei der Berührung. Er war so aufgewühlt, daß er nicht gleich darauf kam, was es war.

Noch einmal bewegte er seine Hand aufwärts zu ihren Fingern. Trotz der Tränen, die ihm in die Augen stiegen und des hämmernden Schmerzes in seinem Kopf befühlte er weiter ihre Finger. Was stimmte nicht? Er mußte darauf kommen. Irgend etwas war anders als sonst.

Er sah hinunter auf die weichen, farblosen Hände. Und mit einem Mal wußte er, was fehlte: ihr Ehering.

Irgendwie schaffte er es, mit seinen tauben Fingern die drei Nummern auf dem Telefonapparat zu drücken.

Nach ein paar Sekunden hatte er die Vermittlung am Apparat.

»Sie müssen mir helfen.«

Die Telefonistin spürte sofort, daß etwas nicht in Ordnung war.

»Meine Frau ist ermordet worden. Ich bin gerade erst nach Hause gekommen.«

Seine Stimme war verzerrt. Er konnte das Wort »ermordet« kaum aussprechen. Es hämmerte ihm die schreckliche Wahrheit in den Kopf.

Er glaubte, nicht weitersprechen zu können. Wozu auch? Nichts würde Jayne zurückbringen. Kein noch so großes Mitgefühl, keine Wunderheilung, sie war für immer von ihm gegangen.

William war ein pragmatischer Mann. Man hatte ihm in seiner Kindheit beigebracht, seine Gefühle für sich zu behalten und nicht vor anderen zu weinen. »Männer machen so etwas nicht«, hatte sein Vater ihm damals gesagt. Aber jetzt war ihm danach, ganze Ströme von Tränen zu vergießen. Er wollte am Telefon vor einer völlig Fremden all seinen Schmerz ausbreiten. Doch was hätte seine Familie wohl dazu gesagt?

Er mußte weitersprechen und holte tief Luft.

»Sie liegt im Hof. Überall ist Blut.«

Blut. Welch schreckliches Wort. Aber so war es, es war Wirklichkeit. Seine Stimme war jetzt tränenerstickt, er hatte Angst, es nicht zu Ende bringen zu können.

Sie war tot. Ohne sie gab es für ihn keine Zukunft mehr, wie sollte er weitermachen?

Er holte noch einmal Luft, um die letzten Sätze hervorzustoßen.

»Man hat ihr alle Kleider ausgezogen, es sieht aus, als ob sie vergewaltigt und ermordet worden sei.«

Nachdem er die Worte hervorgebracht hatte, warf er den Hörer auf die Gabel. Das war sein erster Kontakt zu jemanden gewesen, nachdem er sie entdeckt hatte. Jetzt war er sicher, daß es tatsächlich passiert war. Der Alptraum hatte begonnen.

Vor sieben Monaten hätten die achtundzwanzig Jahre alte Jayne Wilford und der Farmer William Smith, der sieben Jahre älter war als sie, ein so furchtbares Geschehen nicht für möglich gehalten.

Ihre Hochzeit war wunderschön gewesen. Sie fand in einer Kirche im Herzen der North Yorkshire Moors statt und ähnelte einer Szene aus einem romantischen Roman. Die Farmer und ihre Familien versammelten sich in einer malerischen Umgebung, um ein glückliches Ereignis zu feiern.

Es war im Mai 1988, aber es hätte leicht jedes andere Jahr im 20. Jahrhundert sein können. In diesem Teil der Welt schien die Zeit stillzustehen. Die Verwandten und Freunde des glücklichen Paares waren überzeugt, daß die beiden bis an ihr Lebensende zusammenbleiben würden. Man fühlte das einfach.

William war ein schüchterner Mann vom Land mit Vollbart, der hart arbeitete, und Jayne eine fürsorgliche, gesellige und fröhliche Krankenschwester. Sie war glücklich, daß sie nun mit einem Mann eine Familie gründen würde, in den sie sich zum erstenmal in ihrem Leben verliebt hatte. Damals ging sie noch zur Schule.

Man sagt, Gegensätze ziehen sich an und sind eine gute Grundlage für eine ideale Ehe. In diesem Fall schien das zuzutreffen.

Und doch sah es noch kurz zuvor so aus, als käme für William alles völlig anders.

Es war erst ein gutes Jahr her, da hätte er fast eine andere, ältere Frau geheiratet. Doch dann trat Jayne wieder in sein Leben.

Yvonne Sleightholme traf William das erste Mal 1979 auf einem Neujahrsfest des Rugby Clubs. Sie wußte sofort, daß sie diesen Mann wollte. Yvonne trug einfache, saloppe Kleidung und hatte einen praktischen Haarschnitt. Sie war ein etwas sprödes, kräftiges Yorkshire Mädel voller Energie und Tatkraft. Und sie setzte meist rücksichtslos ihren Willen durch.

William war immer sehr bedächtig und langsam gewesen, also trieb sie die Sache voran.

Anfangs war William froh, daß Yvonne die Initiative ergriff. Jeder Moment, den sie gemeinsam verbrachten, war von ihr geplant. Sie organisierte sein Leben für ihn und hatte Freude daran.

Denn auf diese Art hatte sie alles unter Kontrolle. Sie bestimmte, wen sie sahen und wen nicht, welche seiner Freunde willkommen waren und welche nicht.

Yvonne hatte große Pläne für sie beide, und dazu gehörte auch die Ehe.

William drang anfangs kaum ins Bewußtsein, was sie anstrebte. Er war so sehr mit seiner Arbeit auf der Farm beschäftigt, daß alles andere an zweiter Stelle kam. Wenn sie vom Heiraten redete, widersprach er nicht und machte sich weiter keine Gedanken darüber. Nur ab und zu kam ihm in den Sinn, daß eigentlich alles viel zu schnell ging und daß er sich die Sache erst gründlich überlegen müsse; aber dann war er wieder so von seiner Arbeit in Anspruch genommen, daß er gar nicht dazu kam. Er wollte eigentlich nur sein Leben in Frieden fortführen, verheiratet oder nicht. Für ihn machte das keinen großen Unterschied.

Nachdem sie nun schon 18 Monate zusammen waren, konnten sie genauso gut auch heiraten. Er wurde bald dreißig. In diesem Alter wagten die meisten den Schritt in die Ehe, warum also nicht auch er?

Aber dann wurde ihm nach und nach immer klarer, daß eine Heirat mit Yvonne wohl doch keine gute Idee war. Sie hatte zwar die großartige Fähigkeit, sein Leben zu organisieren, aber es mußte doch noch mehr geben, was er an seiner zukünftigen Frau mochte. Sie war schon lange zu ihm gezogen, und er fand es angenehm, eine Frau um sich zu haben. Doch deswegen mußte man schließlich nicht gleich heiraten.

So faßte er sich eines Tages ein Herz, lud sie zum Essen ein und brachte ihr ruhig und taktvoll bei, daß es zwischen ihnen aus wäre.

Yvonne war völlig fassungslos. Sie war dabei, ihre Hochzeit vorzubereiten – wie konnte er sich plötzlich anders entscheiden und sich ohne jede Vorwarnung von ihr trennen? Und das, obwohl es noch nicht einmal eine andere gab.

Yvonne war eine Frau, die regelmäßig zur Kirche ging. In William glaubte sie jemanden gefunden zu haben, mit dem sie das heilige Sakrament der Ehe, nach dem sie strebte, erfüllen und den sie für den Rest ihres Lebens lieben und ehren könnte. Er war so sanft, höflich und rücksichtsvoll. Bei ihm erreichte sie alles, was sie wollte. So leicht würde sie ihn nicht davonkommen lassen.

Ein paar Wochen später bestand sie darauf, daß sie sich ein letztes Mal trafen.

William war einverstanden, denn er wollte ihre Gefühle nicht verletzen. Doch schon bald wünschte er, er hätte nicht eingewilligt.

»Ich habe Leukämie, und du bist schuld.« Den Tränen nahe, machte sie ihm Vorwürfe. »Es ist viel schlimmer geworden, seit du mit mir Schluß gemacht hast. Du mußt etwas tun.«

William war sprachlos. Er hatte die Beziehung zu dieser Frau auf freundliche und saubere Art abgebrochen, und jetzt warf sie ihm vor, daß er sie zum Tode verurteilt habe, weil er nicht mehr mit ihr zusammensein wollte.

William war ein bescheidener Mann, der sich nichts zuschulden kommen ließ. Wieso sagte sie so etwas? Das konnte doch kaum seine Schuld sein. Aber er war gutgläubig, und Yvonne Sleightholme überzeugte ihn davon, daß sie seinetwegen krank wäre. Voller Schuldbewußtsein ließ er sich darauf ein, ihre Beziehung fortzuführen. Er konnte es nicht ertragen, jemanden so leiden zu sehen. Vielleicht würde sie sich mit ihm zusammen ja wieder erholen.

Wie durch ein Wunder waren einige Wochen nach dem Neubeginn ihrer Beziehung tatsächlich alle Spuren der

Krankheit verschwunden. William begann zu glauben, daß sie vielleicht wirklich zusammengehörten. Womöglich hatte das Schicksal sie wieder vereint. Und Yvonne war schließlich eine gute Frau, er konnte sich nicht beschweren.

So war er auch nicht erstaunt, als Yvonne aufs neue mit Hochzeitsvorbereitungen begann.

Und dieses Mal war sie fest entschlossen, ihn nicht wieder entkommen zu lassen. »Ich möchte diese Heirat«, sagte sie, »und sie wird stattfinden. Es wird der schönste Tag meines Lebens werden.«

Yvonne war in ihrem Element. Ihr Beruf als Arzthelferin nahm eindeutig nur noch den zweiten Platz hinter ihrer neuen Aufgabe ein – der Organisation ihrer bevorstehenden Hochzeit.

Das Ereignis sollte in sechs Monaten stattfinden, damit sie genug Zeit hätte, sich um alles zu kümmern, was dazugehörte: die Kirche, ihr Hochzeitskleid, das Fest, die Flitterwochen. All das nahm viel Zeit in Anspruch, und Yvonne hatte solche Freude am Organisieren.

Währenddessen arbeitete William wie immer hart auf der Farm. Er hatte kaum Zeit auszugehen, außer für die endlosen Anproben des Hochzeitsanzugs und für die Gespräche mit dem Pfarrer über den Ablauf der Zeremonie.

Doch eines Tages traf er auf einer der seltenen Fahrten in das benachbarte Salton seine alte Freundin Jayne Wilford wieder.

Sie hatten früher eine sehr enge Beziehung zueinander gehabt; aber das war noch während der Schulzeit gewesen, und bald danach gingen beide ihre eigenen Wege. William dachte oft an Jayne und fragte sich, was wohl aus ihr geworden wäre. Er hatte sie ein paarmal zufällig getroffen, aber sie hatte immer einen Freund bei sich gehabt, und so nahm er an, daß ihre ehemalige Beziehung für sie keine Bedeutung mehr hatte.

Jayne wußte von seinen Heiratsplänen und wünschte ihm Glück. Dann gestand sie ihm, daß auch sie viel an ihn gedacht habe.

»Weißt du, ich habe immer geglaubt, daß wir eines Tages heiraten würden. Es ist immer mein heimlicher Traum gewesen.«

William war erschrocken, aber zugleich auch erfreut. Eigentlich hatte er im Grunde seines Herzens gehofft, daß sie so etwas sagen würde. Zwischen ihnen war einmal etwas ganz Besonderes gewesen, und wenn sie sich auch vor Jahren aus den Augen verloren hatte, war in ihm immer das Gefühl lebendig geblieben, daß das Schicksal sie eines Tages wieder zusammenführen würde.

Jayne sorgte sich um Williams Zukunft, und da sie ihn noch immer mehr als jeden anderen liebte, hatte sie beschlossen, ihn mit der unangenehmen Wahrheit zu konfrontieren.

»Ich glaube, du läßt dich da in eine Heirat hineinziehen, die bestimmt nicht das Richtige für dich ist.«

Richard hörte ihr aufmerksam zu. Jayne sprach aus, was er tief in seinem Innern selbst befürchtete.

Jayne fuhr fort: »Du läßt dich von einer Frau zur Heirat verleiten, die falsch ist und lügt.«

William nickte. Er wußte, daß sie recht hatte. Aber wie konnte er seine Beziehung zu Yvonne lösen? Er hatte ja schon erlebt, wie sie darauf reagierte.

Durch das Treffen mit Jayne war William bewußt geworden, wie verkehrt es wäre, Yvonne zu heiraten, und er nahm sich vor, sich erneut von ihr zu trennen. Aber jedesmal, wenn er sich ein Herz faßte und es ihr sagen wollte, ließ sie ihn gar nicht erst zu Wort kommen und redete ohne Unterbrechung von den Hochzeitsvorbereitungen. Er kam einfach nicht dazu, ihr seinen Entschluß mitzuteilen.

Dann tat William etwas, was er nie im Leben hatte tun wollen. Er ließ sich auf ein Verhältnis mit Jayne ein, obwohl er noch mit Yvonne zusammen war. Viele Männer spielen ihr Leben lang mit falschen Karten, aber William war nicht der Typ für so etwas.

Er litt darunter, mit zwei Frauen gleichzeitig eine Beziehung zu haben. Es war für ihn eine enorme psychische Belastung und zerriß ihn innerlich fast. Und außerdem wurde er von Gewissensbissen geplagt, denn er handelte gegen seine eigenen Moralvorstellungen. Dabei wußte er nicht einmal, ob Yvonne etwas merkte. Sie war so völlig in Anspruch genommen von diesen verdammten Heiratsvorbereitungen.

Yvonnes Familie war froh, daß sie endlich ihr Glück gefunden hatte. So lange hatte sie zu Hause auf der Farm gelebt, daß man schon befürchtete, sie könnte für immer unverheiratet bleiben. Und dann war William auch noch so ein netter Mensch, die ganze Familie hatte ihn gern.

Für William wurde es dadurch nur noch schwieriger, die Beziehung wieder zu lösen. Yvonne wohnte schon lange bei ihm auf der Farm und war nun eifrig dabei, der Einrichtung ihren eigenen, unverwechselbaren Stempel aufzudrücken. Sie kümmerte sich um neue Vorhänge, Haushaltsgeräte und andere Gegenstände, die es nicht gab, solange William allein auf der Farm gelebt hatte.

Durch seine Zaghaftigkeit verschlimmerte William die Situation noch, und das war ihm auch klar. Je länger er sie in dem Glauben ließ, daß er sie heiraten würde, desto tiefer verstrickte er sich in seine Probleme.

Auch Jayne drängte ihn, Yvonne endlich die Wahrheit zu sagen. Sie litt gleichfalls darunter, ein heimliches Verhältnis zu haben, und sie stellte sich vor, wie es ihr ginge, wenn es umgekehrt wäre. Niemand sollte ihretwegen unnötig leiden.

Dann passierte etwas, was die schon so vorfahrene Angelegenheit noch komplizierter machte. Yvonne wurde schwanger. Sie befürchtete, nicht mehr in ihr Hochzeitskleid zu passen, und aus Angst vor der Schande erzählte sie niemandem ihr Geheimnis. In North Yorkshire rümpft man noch immer die Nase über Kinder, die außerhalb der Ehe gezeugt werden.

Die durch die Schwangerschaft zum falschen Zeitpunkt ausgelöste psychische Belastung hatte für Yvonne tragische Konsequenzen. Schon einige Tage, nachdem sie davon wußte, hatte sie eine Fehlgeburt. Niemand außer dem Arzt teilte ihr Geheimnis.

Mittlerweile wurde William von so starken Schuldgefühlen geplagt, daß er sich endlich dazu durchrang, Yvonne die Wahrheit zu sagen.

»Ich habe jemanden anderen gefunden. Es wäre auch bestimmt nicht gut gegangen mit uns beiden. Laß uns Schluß machen, Yvonne, dieses Mal für immer.«

Er versuchte, sich so ehrenhaft wie möglich zu verhalten. Seinen Betrug hatte er gestanden, und nun wollte er nur noch, daß sie friedlich auseinandergingen. Zwar hatte er sich falsch verhalten, aber jetzt hatte er reinen Tisch gemacht.

Yvonne brach zusammen. Ihr Schmerz war unermeßlich, sie liebte William so sehr, und ihre Heirat stand kurz bevor … Und was sollte sie jetzt ihren Verwandten und Freunden erzählen?

Aber am meisten litt sie darunter, daß sie gerade sein Baby verloren hatte. Und er hatte noch nicht einmal davon gewußt. Gerade in dieser schwierigen Zeit brauchte sie seine Liebe und Unterstützung. Sie wollte es einfach nicht glauben, daß der Mann, der schon fast ihr Ehemann war, sich in eine andere Frau verliebt hatte. Es war zu schrecklich.

»Ich hatte ein Baby von dir, und ich habe es verloren.«

William wußte nicht, was er machen sollte. Was sie sagte, machte die Lage für ihn noch unangenehmer, aber nach ihrem letzten Versuch, ihn durch Lügen an sich zu binden, war er noch nicht einmal sicher, ob es stimmte.

Er fühlte sich furchtbar, aber diesmal konnte kein noch so großes Mitleid sie wieder zusammenbringen. Er würde sie nicht mehr heiraten.

»Ich habe nicht mehr den Wunsch, mit dir zusammen zu sein. Versuch doch, mich zu verstehen.«

Es tat William fast genauso leid wie ihr. Aber er mußte das sagen.

»Wir haben uns beide so viel Mühe gegeben, aber es kann nichts werden. Ich möchte frei sein, um herauszufinden, wie ehrlich meine Gefühle für Jayne sind.«

William wählte seine Worte bedächtig, sogar in diesem schwierigen Moment. Yvonne war klar, daß sie sich damit abfinden mußte, daß es aus war, aber unter der Fassade des Verstehens wuchsen in ihr Groll und Haß.

Einige Monate später zog Jayne Milford in das Farmhaus ein.

Noch war der Geist von Yvonne Sleightholme nicht endgültig daraus verschwunden. Sie wollte nicht wahrhaben, daß es wirklich vorbei war, und so ließ sie erst einmal ihre Sachen in dem Haus. Es sah so aus, als sei sie überzeugt davon, daß William und Jayne sich bald wieder trennen würden und daß sie dann von neuem einziehen könnte.

Nach einigen Monaten tauchte sie dann schließlich doch im Farmhaus auf, um ihre Sachen zu holen. Die Atmosphäre war äußerst angespannt, die drei sprachen kaum ein Wort.

Bald fuhr sie wieder ab. William und Jayne hofften, daß sie nun für immer aus ihrem Leben verschwunden war.

Die Stimme am anderen Ende der Telefonleitung war drohend und kalt.

»Ich bring dich um, du Hure.«

Dann knackte es nur noch, und die Leitung war tot.

Jayne Smith war gerade erst mit ihrem neuen Ehemann von den Flitterwochen zurückgekehrt.

Derartige Anrufe sind keine Seltenheit und oft rein zufällig. Nur kam Jayne die Stimme irgendwie bekannt vor.

Nein, dachte sie, das kann nicht sein. Es war alles schon zu lange her. Mit der Zeit vergehen Ärger und Zorn. Als sie William von dem Anruf erzählte, tat sie ihn als bedeutungslos ab. Die Smiths waren ein glückliches, vertrauensvolles Paar. Sie konnten sich nicht vorstellen, was in manchen Menschen Furchtbares vor sich geht und wollten es auch nicht wissen.

»Schnell, schnell! In der Scheune brennt es!«

William rannte in den Hof. Eine halbe Stunde lang schlug

er mit Decken die Flammen aus und goß Wasser auf die Stelle, dann hatte er den Brand erstickt.

Wäre es nicht so schnell entdeckt worden, hätte das Feuer eine riesige Katastrophe auslösen können.

William konnte sich nicht erklären, wie der Brand entstanden war. Dann kam er auf die Idee, daß ihn vielleicht jemand absichtlich gelegt hätte. Vielleicht steckte sogar *sie* dahinter? Aber er verwarf den Gedanken wieder, denn er konnte nicht glauben, daß Yvonne so weit gehen würde.

»Jetzt reicht's. Ich hab' jetzt genug von diesem Unsinn. Ich geh' zur Polizei.«

William Smith verlor selten die Geduld. Aber dieses Mal war sie zu weit gegangen.

William hielt einen Zettel in der Hand, auf dem stand: »Jayne. Ich werde immer an dich denken.«

Er war außer sich.

»Sie ist krank. Man muß etwas tun, damit das aufhört.«

Die Polizei nimmt Streitereien zwischen Familien normalerweise nicht sehr ernst. Aber als William darauf bestand, versprachen ihm die Polizisten, zu Yvonne zu gehen, um herauszufinden, ob sie hinter den Zwischenfällen steckte. Sie hatten jedoch kein wirkliches Interesse an der Sache. Ihrer Meinung nach waren sie dafür da, sich um wirkliche Verbrecher zu kümmern, nicht um liebeskranke alte Jungfern.

Als die Polizeibeamten dann mit Yvonne sprachen, sprühte sie nur so vor Charme. Nun waren die Polizisten erst recht davon überzeugt, daß sie keine Gefahr für die Smiths darstellte, im Gegenteil schien sie eine sehr nette, verantwortungsvolle Person zu sein, nicht der Typ für einen bösartigen Rachefeldzug. Außerdem war es keine Seltenheit, daß eine Frau, die sitzengelassen wurde, ihren ehemaligen Liebhaber eine Zeitlang belästigt. Sollte sie also doch hinter dem einen oder anderen Vorfall stecken, versicherte die Polizei William und Jayne, so würde sie sich im Laufe der Zeit bestimmt wieder beruhigen.

Nur kurze Zeit später beschloß Yvonne tatsächlich, daß es nun genug wäre. Sie mußte sich von der Vergangenheit lösen und wieder neu anfangen.

Die erste Station ihres Neubeginns war eine Reise nach Schottland. Dort wollte sie ein Ferienhäuschen mieten und all ihren Kummer und ihre Sorgen vergessen.

Yvonne hatte sogar einen neuen Freund. Sie mochte den Krankenhausfahrer Anthony Berry und war froh, überhaupt wieder einen Mann zu haben. Er befriedigte wenigstens ihre physischen Bedürfnisse, wenn auch nicht ihre gesellschaftlichen. Auf dem gottverlassenen Land nahe der Grenze wollte sie nun mit ihm einige Tage verbringen, in denen sie nach Herzenslust ihr Liebesverlangen stillen konnte. So würde sie William und ihren Kummer hinter sich lassen.

Freunden erzählte sie, daß sie sich auf diese Tage sehr freue, aber ganz tief in ihrem Innern schwelten noch immer Zorn und Haß. Sie konnte den Mann einfach nicht vergessen, der sie sitzengelassen hatte. Jedesmal, wenn sie ihren neuen Geliebten ansah, sah sie auch William. Und jedesmal, wenn sie mit ihm Hand in Hand über die Felder ging, dachte sie an William.

Es hatte keinen Sinn, sich etwas vorzumachen – sie mußte ihn zurückhaben. Und sie mußte diese Hexe Jayne dafür bestrafen, daß sie von ihr so gedemütigt worden war. Ihretwegen war sie zum Gespött all ihrer Verwandten geworden, und ihretwegen hatte William sie verlassen, als sie ihn am dringendsten brauchte.

Am 14. Dezember fiel Anthony auf, daß Yvonne wie ausgewechselt war. Sie hatten jetzt eine Woche in Schottland verbracht, und es war, als wären mit einem Mal alle Sorgen der Welt von ihren Schultern genommen. Sie strahlte vor Zufriedenheit und war so leidenschaftlich wie nie zuvor.

Nachdem sie allein einen Ausflug unternommen hatte und ziemlich lange weg gewesen war, wollte sie jetzt Sex von Anthony.

Er fing an, ihren Mund mit seiner Zunge zu erkunden.

Dann ließ sie ihn ihren Körper streicheln. Sie schloß die Augen und genoß die Wellen der Lust, die sie durchströmten.

Yvonne stellte sich vor, daß es William wäre, nicht Anthony, der ihren Körper erforschte. Sie konnte sein Gesicht über sich sehen, während er sie küßte, streichelte, liebte. So hatte sie noch mehr von dem Sex mit Anthony.

Während Yvonne sich genußvoll ihrem neuen Freund hingab, wanderten ihre Gedanken 24 Stunden zurück. Vor ihrem inneren Auge entstand eine sehr lebendige Erinnerung, die ihre Erregung noch steigerte.

Geduldig hatte sie darauf gewartet, daß William die Farm verließ, um zu einem regelmäßig stattfindenden Fußballtraining zu gehen. Nach der langen Zeit, die sie zusammengewesen waren, wußte sie natürlich noch genau, daß er jeden Dienstag Fußball spielte. Seine Frau blieb auf der Farm allein zurück.

Yvonne hatte einen günstigen Beobachtungspunkt etwas abseits der Straße genau an der Kurve gewählt. Sie wußte, daß er hier vorbeikommen mußte. Schließlich tauchte sein Auto auf, fuhr an ihr vorbei und verschwand in Richtung Stadt. Obwohl sie nicht nahe genug war, um sein Gesicht zu erkennen, verursachte allein das Bewußtsein seiner Nähe, daß sie unruhig wurde.

Bald würde sie ihn wiederhaben, bald würde er wieder ihr gehören.

Geduldig wartete sie in ihrem Auto, falls er noch einmal zurückkehren sollte. Womöglich hatte er seine Fußballschuhe oder seine Sportkleidung vergessen. Sie konnte gar nicht vorsichtig genug sein. Nach zehn Minuten war sie jedoch sicher, daß er für einige Stunden nicht zurückkommen würde.

Sie stieg aus dem Wagen und holte tief Luft. Ein rauher Wind blies von den Mooren herüber. Der Regen schlug ihr ins Gesicht und peitschte über die Straße. Das eiskalte Wasser traf mit solcher Wucht auf, daß es kleine Fontänen bildete, wenn es auf den Asphalt klatschte.

In der pechschwarzen Dunkelheit waren die zwei erleuchteten Fenster im Farmhaus deutlich zu erkennen. Dicht vor Yvonne starrten sie die opalisierenden Augen des Fuchses an, dann verschwand das Tier im dichten Unterholz am Rand des Weges. Yvonne blieb einen Moment stehen. Sie verzog den Mund zu einem Lächeln, das ausdrückte, daß nichts sie heute Nacht erschrecken konnte.

Drüben im Farmhaus sah sie eine dunkle Silhouette an dem erleuchteten Fenster vorbeigehen. Die süße kleine Jayne war zu Hause.

Als Yvonne über den aufgeweichten Hof zum Hauseingang ging, spürte sie Erregung in sich aufsteigen. All der Haß und die Wut, die sie während vieler Monate in sich verborgen gehalten hatte, waren mit einem Mal wieder da und trieben sie vorwärts.

Sie atmete jetzt tief durch die Nase ein und durch den Mund wieder aus. Die ganze Zeit über trainierte sie die Muskeln ihrer Finger, indem sie sie bewegte, als spielte sie Klavier. Ihre Finger mußten locker sein und genau das tun, was sie wollte.

Als sie das Haus erreicht hatte, griff sie mit einer Hand unter ihre Windjacke und fühlte das warme, glatte Holz des Gewehrkolbens. Das Gewehr war ziemlich schwer, und sie brauchte beide Hände, um es hervorzuziehen.

Yvonne hatte jetzt eine Hand am Abzug, die andere umfaßte das obere Ende des Laufs. Dann drückte sie mit dem Gewehrlauf auf die Klingel

Lauernd kniff sie ihre Augen zusammen, während sie darauf wartete, daß die Tür geöffnet wurde. Das Gewehr war auf die Mitte des Eingangs gerichtet.

Jayne gehörte nicht zu den Frauen, die Angst haben, wenn es spät abends klingelt. Sie hatte das typische Vertrauen von Landbewohnern, den Glauben an das Gute im Menschen, und konnte sich nicht vorstellen, daß jemand ihr etwas antun wollte, nicht einmal nach den Vorfällen mit Yvonne.

Jayne war gerade erst von ihrem Abenddienst im Altenheim zurückgekommen, wo sie als Krankenschwester arbeitete. Sie hatte noch nicht einmal die Zeit gehabt, sich umzuziehen.

Als sie die Tür öffnete, erschien auf ihrem hübschen Gesicht ein Ausdruck der Überraschung.

Sie sah Yvonne in die Augen. Dann schaute sie auf das Gewehr. Sie stand wie erstarrt, unfähig zu reagieren.

Yvonne brach das Schweigen.

Sie befahl Jayne, auf den Hof zu gehen und stieß sie mit dem Gewehr vorwärts. Jayne wußte jetzt genau, was passieren würde.

Yvonnes Verbitterung war grenzenlos, Jayne hatte das Gute in ihr überschätzt.

Die beiden Frauen standen auf dem Hof, der sintflutartige Regen ergoß sich über sie. Sie sprachen kein Wort. Der Gewehrlauf zeigte auf Jaynes Hinterkopf. Das Warten war das Allerschlimmste, die Momente, bis Yvonne endlich den Abzug betätigen würde.

Aber Yvonne zögerte noch, nicht etwa aus Zweifel oder Angst, sondern weil sie Jaynes Leiden genoß. Dann konnte sie dem Drang abzudrücken nicht mehr widerstehen. Sie hielt die Waffe ganz fest und erinnerte sich an das, was sie vor Jahren auf dem Schießplatz gelernt hatte. Sie wollte es ordentlich machen, schnell und sauber.

Yvonnes Finger zog den Abzugshahn durch. Sie spürte, wie der Rückstoß den Gewehrkolben gegen ihre Schulter drückte, als die Kugel in Jaynes Kopf drang. Im Bruchteil einer Sekunde war es vorbei.

Yvonne blieb ganz ruhig. Befriedigt sah sie auf den gekrümmten Körper zu ihren Füßen. Sie hatte noch ausreichend Zeit, um alles so herzurichten, daß man nicht sie des Mordes verdächtigen würde.

Aber erst mußte sie noch dafür sorgen, daß nur er wissen würde, daß sie es gewesen war.

Sie griff nach Jaynes linker Hand und versuchte, ihr den Ehering abzuziehen. Er rührte sich nicht. Der strömende Regen hatte Jaynes Finger anschwellen lassen. Panik ergriff

Yvonne. Der Mord war so einfach gewesen – aber der Ehering war ein unverzichtbarer Teil ihres Vorhabens. Sie mußte ihn abbekommen, egal wie.

Jayne durfte den Ring nicht mehr tragen, wenn sie in ihrem Grab liegen würde.

Sie selbst war Mrs. William Smith, nicht Jayne. Diese raffinierte Hexe hatte kein Recht auf William, sie hatte ihn ihr gestohlen. Und jetzt wollte sie sich noch im Tod den Ring nicht nehmen lassen ...

Yvonne drehte, schob und zog so lange, bis sie es schließlich schaffte, den Ring von Jaynes Finger zu ziehen.

Zufrieden überlegte sie den nächsten Schritt. Natürlich würde man glauben, daß sie es getan hätte; sie mußte also etwas tun, um die Aufmerksamkeit von dem Naheliegenden abzulenken. Ihre Idee war, daß es so aussehen sollte, als hätte ein Mann die Tat begangen.

Sie kniete sich über den Körper und riß Jaynes Krankenschwesternkittel auf. Zuerst lösten sich die fest angenähten Knöpfe nicht, nach einem mächtigen Ruck fielen sie jedoch ab. Yvonne stand auf und begutachtete ihr Werk. Es sah nicht sehr überzeugend aus.

Noch einmal beugte sie sich hinunter. Die ganze Zeit fegte der Regen über sie hin und schlug ihr manchmal direkt ins Gesicht. Aber das hielt Yvonne nicht im mindesten davon ab, ihre Arbeit ordentlich zu erledigen.

Sie zog das Kleid von Jaynes Schultern und Armen herunter. Nicht einen Moment hielt sie inne, um die Schönheit der Frau wahrzunehmen, deren Leben sie gerade vernichtete hatte. Sie öffnete den Büstenhalter, bewegte ihre Finger wieder hin und her wie ein Konzertpianist und drückte dann Jaynes Brüste so hart sie konnte, um Flecken zu hinterlassen, die ein deutlicher Hinweis auf ein sexuelles Motiv sein würden.

Wahrscheinlich verhielten sich Männer so, wenn sie Frauen vergewaltigten, dachte sie.

Yvonne war wieder einmal in ihrem Element. Sie liebte die organisatorische Seite dieser Aufgabe. Damit der Plan glückte, mußte man methodisch denken können, und diese Fähigkeit hatte Yvonne in besonderem Maß.

Als nächstes zog sie Jaynes Unterhöschen aus. Dabei rutschte sie auf dem schlammigen Boden fast aus. Sie zog das Höschen über Jaynes Oberschenkel und die Waden hinab und streifte es über die schlanken Knöchel.

Nun war sie fast fertig. Nur ein wichtiges Detail fehlte noch, um ein Sexualverbrechen glaubhaft vorzutäuschen.

Sie stopfte das tropfnasse Höschen in ihre Tasche, dann beugte sie sich hinunter und krümmte ein letztes Mal ihre Finger …

Yvonne stand kurz vor dem Höhepunkt, während Anthony sich über ihr auf und ab bewegte.

Die ganze Zeit hatte sie an die Ereignisse gedacht, die zwanzig Stunden zurücklagen. Es kam ihr jetzt so phantastisch vor … Und doch war es eine Tatsache, daß William bald wieder ihr gehören würde.

Mit Rücksicht auf die Leute würden sie eine angemessene Zeit verstreichen lassen, und dann könnte sie endlich den Mann wiedersehen, den sie wirklich liebte. Dieses Mal würde nichts mehr ihre Heirat verhindern. Bis dahin würde sie Anthony behalten. Er war ein guter Liebhaber und gab sich so große Mühe, ihr zu gefallen.

Yvonne fühlte sich wie in einem warmen Kokon. Sie war vollkommen sicher, daß sie nach ihrem Verbrechen alles getan hatte, um die Polizei auf die falsche Fährte zu locken.

Die zwei Polizeibeamten waren sehr freundlich. Sie wollten nur ein paar Worte mit Yvonne wechseln, und Anthony ließ sie sofort ein.

Er hatte nicht die geringste Ahnung, was seine Geliebte auf ihrem Ausflug getan hatte. Als die Polizisten Yvonne die Nachricht von Jaynes Tod überbrachten, schien sie völlig schockiert zu sein. »Das kann nicht sein. Wie furchtbar.«

Sie brach in Tränen aus. Es war offensichtlich, wie erschüttert und entsetzt sie war. Die Polizisten waren darauf vorbereitet worden, daß Yvonne womöglich hart und gefühllos reagieren könnte, aber nun weinte sie heftig. Es sah weiß Gott nicht aus wie die Reaktion einer Mörderin.

Die Beamten bezeugten dann auch, daß sie sich keineswegs verdächtig benommen hätte.

Auch Williams Mutter glaubte nicht, daß Yvonne zu solcher Tat fähig wäre. Schließlich hatte sie sogar am Tag nach Jaynes Tod von ihr eine fröhliche Weihnachtskarte erhalten.

Auf der Karte stand ein handgeschriebener Gruß. »Ich habe einen sehr netten Freund. Wir sind jetzt schon seit einiger Zeit zusammen, und das hilft mir, über meinen Kummer hinwegzukommen.«

Diese Worte überzeugten alle, daß sie sich jeden Gedanken an eine Ehe mit William endgültig aus dem Kopf geschlagen hatte.

Yvonne hatte die Karte eingeworfen, bevor sie sich auf den Weg zur Farm machte.

Sie war wirklich sehr überlegt vorgegangen.

William Smith war völlig verzweifelt. Er wußte nicht, ob Yvonne seine Frau getötet hatte oder nicht, und es beschäftigte ihn auch nicht. Der Schmerz hatte ihn betäubt, er konnte sich um nichts anderes kümmern als um Jayne.

Eine Sache mußte unbedingt noch erledigt werden, bevor sie seinen Liebling, seine schöne Frau begruben.

Die High Street war voller Menschen. William schaute suchend die Straße hoch. Es war schwierig für ihn, sich in seinem Zustand zu konzentrieren, aber nach ein paar Minuten war er ziemlich sicher, den richtigen Laden gefunden zu haben.

Zögernd trat er ein.

»Ich habe vor einiger Zeit bei Ihnen einen Ring gekauft …«

William setzte zu langwierigen Erklärungen an, aber der Juwelier hatte ihn sofort wiedererkannt.

Detective Superintendent Geoff Gash war froh, daß es in dem Mordfall Jayne Smith endlich Fortschritte gab. Jeder sagte, daß es Yvonne Sleightholme gewesen sein müsse, aber das Verbrechen sah aus, als wäre es von einem Mann mit sexuellen Motiven verübt worden. Dann entdeckten die Beamten, daß Yvonne in der fraglichen Nacht nicht in dem Ferienhaus nahe der schottischen Grenze gewesen war. Und sie fanden Blutflecken in Yvonnes Wagen, deren Blutgruppe mit der des Opfers übereinstimmte.

In der Begräbnishalle ging William Smith auf den offenen Sarg zu, um seine Frau ein letztes Mal anzuschauen.

Sie sah im Tod fast so wunderschön aus wie im Leben.

In einigen Minuten würde der Sarg mit ihr zu der Beerdigungszeremonie getragen werden, und die wertvollen Momente bis dahin sah er sie an und erinnerte sich an die schöne Zeit, die sie miteinander verbracht hatten – die Hochzeit, ihr glückliches Heim, all die Pläne für die Zukunft, Jaynes Lächeln.

William lehnte sich über den Sarg und steckte sanft den goldenen Ring an Jaynes Finger. Jetzt waren sie wieder vereint.

Am 10. Mai 1991 wurde Yvonne Sleightholme vom Leeds Crown Court zu lebenslänglichem Gefängnis verurteilt.

Kurz nach ihrer Festnahme wegen des Mordes an Jayne Smith wurde festgestellt, daß sie nach dem Trauma der Trennung blind vor Wut und Zorn gewesen wäre.

Richter Waite sagte zu Yvonne Sleightholme: »Als Ihr Verlobter das Verlöbnis mit Ihnen löste und eine andere Frau heiratete, beschlossen Sie, sich auf fürchterliche Art an dem neuvermählten Paar zu rächen. Sie haben die Ermordung Ihrer Rivalin voll kalten Zorns geplant und mit skrupelloser Präzision ausgeführt.«

10
Opfer der Nazis

Das Haus wirkte anspruchslos mit seinen unverputzten, glatten Ziegeln und dem schrägem Dach. Nichts daran war besonders. Es war ein Bungalow mit vielen Fenstern, aber ohne ausgeprägten Stil. Etwas abseits der Straße gelegen, hätte er mit seinem schlichten, geradlinigen und modernen Äußeren eher in die Vororte von Los Angeles gepaßt als in diese abgelegene Gegend von Wales.

Es regnete viel in dem kleinen Dorf Pant Perthog. Für die Handvoll Einwohner waren graue Wolken und rauhe Windböen ständige Begleiter, und das Klima trug dazu bei, die Schönheit der Landschaft noch zu unterstreichen. Der Ort war von saftig grünen Hügeln umgeben, die hier und da von einem Morgen alten Waldes geschmückt wurden.

Es war ein malerischer Ort wie aus dem Bilderbuch, in dem sich seit mehr als einem Jahrhundert kaum etwas verändert hatte.

Nur fünfzig Meter hinter dem Haus befand sich der hauptsächliche Grund dafür, daß es gerade hier erbaut worden war. In Windungen und Kurven schlängelte sich der Fluß Dovey durch das wallisische Land. Er teilte üppige Wiesen, und auf weiten Strecken waren seine Ufer von dichtem Buschwerk und Bäumen gesäumt.

Ohne den Fluß gäbe es auch die romantischen, bogenförmigen Brücken nicht, die noch in viktorianischer Zeit aus grauem Naturstein erbaut worden waren.

Die meisten Besitzungen hier hatten Namen, z. B. Pear Tree Cottage oder Alamo. Wanda Chantler hatte ihrem Bungalow keinen Namen gegeben. Seine bloße Existenz war ihr Glück genug, denn hier hatte sie eine Heimat gefunden, um sich vor der Welt zu verstecken. An Menschen hatte Wanda kein Interesse. Sie empfand eine tiefe Dankbarkeit dafür, daß sie am Leben war und daß es ihr gut ging. Damit war sie völlig zufrieden und stellte darüber hinaus keine Ansprüche.

Wanda und ihre Ehemann Alan hatten absichtlich die abgelegene Gegend von Machynlleth als Heimat gewählt, weil sie dort den Frieden und die Ruhe fanden, die sie vorher so vermißten. Beide waren zu lange tragischen Umständen unterworfen gewesen, die außerhalb ihrer Kontrolle gelegen hatten. Nun wollten sie endlich selbst über ihr Leben bestimmen.

Vor zwanzig Jahren hatten Wanda und Alan jedes Detail des Hauses liebevoll geplant. Es wurde zu ihrem Heiligtum, ihrem kleinen Paradies in einer bösen Welt. Vor den unaussprechlichen Grausamkeiten, die sich jeden Tag irgendwo auf der Erde ereigneten, hatten sie an diesem Ort eine Zuflucht gefunden. Hier konnten sie ohne Sorgen ihre zwei Söhne großziehen. Ihre kleine Welt bestand aus vier Personen, die eine selbstgenügsame Einheit bildeten. Sie störten die Welt nicht, und die Welt störte sie nicht. Häufig unternahmen sie ausgedehnte Wanderungen in die Umgebung, und manchmal fuhren sie zur Küste, um an den verlassenen Stränden des Atlantiks zu picknicken.

Aber dann machten sie einen großen Fehler. Die Kinder waren erwachsen, und schweren Herzens entschlossen sie sich, den Bungalow zu verkaufen, um nach Australien zu fahren und dort bei einem ihrer Söhne zu leben. Es schien eine passende Gelegenheit, ihr Schneckenhäuschen in Pant Perthog zu verlassen und die Wiederentdeckung der großen weiten Welt zu wagen. Ihr Unternehmen ging schief. Sie mußten erkennen, daß die Welt außerhalb ihrer kleinen Zuflucht sich nicht verändert hatte.

Noch immer herrschten dieselben bösen Kräfte, gab es dieselben Probleme. Verheerende Kriege wüteten. Für die Chantlers war es eine bittere Enttäuschung. Sie hatten gehofft, daß es in der neuen, modernen Welt besser zugehen würde, aber das war nicht der Fall.

Außerdem war Australien in keiner Weise der richtige Ort

für sie. Was sie sich so schön vorgestellt hatten, Sonne, Sand und Meer, gefiel ihnen nicht. Die sanften Wellen der walisischen Küste waren für sie ein weitaus schönerer Anblick als die gigantische Brandung von Bondi Beach. Sie fühlten sich nicht dazugehörig zu dieser Welt, in der fast keiner älter als vierzig war.

Wanda war 57 Jahre alt und eine sehr intelligente Frau, auch wenn sie auf sympathische Art etwas chaotisch erschien. Sie war freundlich und voller guter Absichten, aber die meiste Zeit sehr ernst und introvertiert, immer ein wenig auf der Hut. Ihr Beruf war Physiotherapeutin, und sie sprach neun Sprachen. Australien kam ihr seicht und oberflächlich vor. Sie hatte mit den Leuten, die sie dort kennenlernte, nichts gemeinsam und sehnte sich nach dem Anblick der saftigen Wiesen von Pant Perthog zurück.

Ihr liebstes Hobby war die Malerei. Nun vermißte sie schmerzlich die atemberaubend schöne walisische Landschaft, um sie mit ihren Wasserfarben wiederzuerschaffen. In ihrem Bungalow hatte sie viele Stunden damit zugebracht, liebevoll ihre eigene Interpretation der Umgebung auf die Leinwand zu bannen. Darin konnte sie sich völlig verlieren und dabei alle schmerzhaften Erinnerungen vergessen.

Alan fühlte sich in der sogenannten »Neuen Welt« genauso unwohl wie seine Frau. Er war gerade sechzig geworden, trug eine Brille, hatte noch einen dichten Haarschopf und ein unauffälliges Äußeres. Sehr gut wußte er, wie glücklich Wanda wäre, wenn sie wieder nach Wales zurückkehrten. Es bedeutete ihnen beiden so viel. Sie stellten sich vor, wie geborgen sie sich in ihrer alten Heimat fühlen würden und fragten sich immer wieder, wie sie ihren Traum hatten aufgeben können. Sicher, sie hatten bei ihren geliebten Kindern sein wollen. Aber beide waren erwachsen und führten ihr eigenes Leben. Wanda und Alan mußten sich daran gewöhnen, daß sie nicht mehr bei ihnen waren. Alles wäre soviel leichter, wenn sie wieder da wären, wo sie hingehörten.

So beschlossen die Chantlers Ende der siebziger Jahre, Australien zu verlassen und nach Wales zurückzukehren.

Als sie wieder in ihrer Wahlheimat eintrafen, fühlten sie große Erleichterung. Sie waren so froh beim Anblick der alten, vertrauten Umgebung, und es war so sympathisch, mit welcher Ruhe sich hier das Leben abspielte. Die Menschen waren freundlich und gelassen, nichts schien sich verändert zu haben.

Jeder in Pant Perthog hieß sie herzlich willkommen, als wären sie nicht Jahre lang fortgewesen. Das angenehme Gefühl von Wärme und Sicherheit kehrte langsam zurück.

Es war so viel schöner hier als in Australien. Im Dorf gab es ein Postamt und einen kleinen Laden, alles, was man brauchte. Es war nicht zuviel und nicht zu wenig, es war genau richtig.

Sie waren froh, wieder durch das Land wandern zu können, ohne das Unbekannte fürchten zu müssen. Unter einer solchen Angst hatten sie vor langer Zeit gelitten, und in Australien waren sie wieder von ihr heimgesucht worden.

Wanda fehlte nur noch eines: ihr Bungalow. Sie sehnte sich danach, wieder dort zu wohnen, wo sie so glücklich gewesen war. Schon auf ihrer Rückreise nach Wales hatte sie Alan immer wieder gesagt, wie wunderbar es wäre, wenn sie das Haus zurückkaufen könnten. So viele glückliche Erinnerungen waren damit verbunden. Auch Alan hätte gern wieder in ihrem alten Haus gewohnt, aber er befürchtete, daß das kaum möglich sein würde.

In Wanda jedoch setzte sich diese Idee fest. Sie lebte in der Vorstellung, bald wieder dort wohnen zu können, wo all die glücklichen Erinnerungen an die Kinder sie umgaben.

Als Roger und Josie Hartland den Bungalow von den Chantlers gekauft hatten, waren sie entzückt. Für sie war es genau der Ort, wo sie den Rest ihres Lebens verbringen wollten. Wie früher einmal die Chantlers auch, so planten sie jetzt, für immer dort zu bleiben.

Die Gegend hatte etwas ganz Besonderes. Sie war einfach und klar, und das schien auf das Leben abzufärben, das hier so unkompliziert verlief.

Für die Hartlands war mit dem Kauf des Hauses ein Traum in Erfüllung gegangen. Roger hatte mit 48 Jahren beschlossen, aus dem ständigen Konkurrenzkampf auszusteigen und seine Arbeit als Industriechemiker in den Midlands aufzugeben. Er konnte das rastlose Leben und den ständigen Druck nicht mehr ertragen. Pant Perthog schien der ideale Ort für einen neuen Anfang zu sein, und seine junge Frau war genauso wie er überzeugt davon, daß sie das Richtige taten.

Beiden gefiel der Geschmack der Chantlers. Sie bewunderten die Art, wie sie in dem von außen so nüchtern wirkenden Haus eine warme und gemütliche Atmosphäre geschaffen hatten. Roger und Josie fühlten sich vom ersten Moment an darin wohl.

Sie empfanden sogar ein Gefühl der Dankbarkeit gegenüber den Chantlers und konnten gut verstehen, wie schwierig es für sie sein mußte, auszuziehen. Also versuchten sie, ihnen Mut zu machen für ihre Fahrt nach Australien.

»Es soll ein schönes Land sein. Sie werden sich bestimmt schnell einleben.«

Allerdings bekam die ganze Situation durch das offensichtliche Widerstreben der Chantlers, das Haus zu verlassen, einen traurigen Beigeschmack. Es schien ihnen solchen Schmerz zu bereiten. Andererseits zeigte es auch, wie gern sie in dem Haus gewohnt hatten, und das wiederum war eine Beruhigung für Roger und Josie. Sie hätten nicht gerne von jemanden ein Haus gekauft, der nicht daran hing. Es wäre für die Hartlands nicht das Gleiche gewesen.

Als sie endlich einzogen und die Chantlers losfuhren, waren Roger und Josie erleichtert. Mit allen guten Wünschen verabschiedeten sie sich von dem alten Paar, das sich auf die lange Reise ans andere Ende der Welt machte. Sie glaubten, daß sie die beiden zum letzten Mal gesehen hätten.

Daher waren sie äußerst überrascht, als Wanda ungefähr drei Jahre später wieder auf ihrer Türschwelle stand. Sie schien noch dieselbe sanfte und freundliche Person zu sein, die sie kannten. Es tat den Hartlands von Herzen leid, daß der Umzug nach Australien so unglücklich verlaufen war. Wanda schien sehr bekümmert darüber. Sie tranken Tee, während Wanda sich ihren Kummer von der Seele redete, doch die ganze Zeit über hatten die Hartlands das Gefühl, daß sie ihnen etwas anderes sagen wollte und um das herumredete, was sie eigentlich beschäftigte.

Sie sprachen über die Wälder, die Flüsse, die Bäume, die Kinder, die glücklichen Erinnerungen. Aber alles machte Wanda nur noch trauriger. Dann wechselte sie plötzlich das Thema.

»Würden sie uns das Haus wieder verkaufen? Wir möchten es so gerne zurückhaben.«

Die Hartlands waren völlig überrascht. Sie konnten Wandas Gefühle verstehen, aber sie sagten ihr auch ganz klar, wie glücklich sie sich hier fühlten und daß sie das Haus nicht verlassen könnten. Die Situation war ihnen sehr unangenehm. Wandas Reaktion ließ deutlich erkennen, wie sehr sie gehofft hatte, zu dem Ort ihrer Träume zurückkehren zu können.

Die meisten Menschen hätten die Entscheidung der Hartlands wohl respektiert, aber Wanda ließ sich nicht so leicht von ihrer Absicht abbringen. Sie mußte das Haus einfach wiederhaben. Es war der einzige Ort, an dem sie den Alptraum vergessen konnte, den sie durchgemacht hatte, ihre einzige Chance, wieder ein normales Leben zu führen. Wenn sie dort nicht wieder leben konnte, würde die Vergangenheit sie nie mehr loslassen.

All die furchtbaren Visionen tauchten wieder auf. Es war, als wenn die Hausbewohner zu Besatzern geworden wären, die sie gefangennahmen und folterten. Sie befahlen ihr, etwas zu unterlassen. Sie wollten sie daran hindern, wieder an dem Ort zu leben, der die einzige Zuflucht für ihren gemarterten Geist darstellte, und sie verwehrten ihr, sich vor den bösen Mächten in Sicherheit zu bringen, die sie mehr als vierzig Jahre lang geplagt hatten.

Die Weigerung der Hartlands, den Bungalow wieder zu verkaufen, löste bei Wanda einen Schock aus, der sie in einen furchtbaren Abschnitt ihres Lebens zurückwarf. Alte Wunden brachen auf. Sie entstammten einem Alptraum, der 1939 seinen Anfang nahm.

Wanda war gerade 17 Jahre alt geworden, hatte eine kräftige, wohlproportionierte Figur, dichtes blondes Haar und strahlte Optimismus und Selbstvertrauen aus. Sie bot das reizvolle Bild eines attraktiven Mädchens auf der Schwelle zur Frau.

Ihre Familie lebte in Westrußland, und sie war nach Berlin gekommen, um Jura zu studieren. Für eine so außergewöhnlich talentierte Schülerin wie Wanda war ein Studium in Westeuropa durchaus üblich, wenn die finanziellen Bedingungen es gestatteten.

In den ersten drei Monaten war es schwierig für Wanda, all die neuen faszinierenden, aber auch beängstigenden Eindrücke der großen Stadt zu verkraften. Es war nicht leicht, so jung und ganz auf sich gestellt das Leben in Berlin zu meistern. Aber ihr Aussehen und ihr natürliches, freundliches Wesen halfen ihr bei der Bewältigung von Schwierigkeiten und öffneten ihr viele Türen. Berlin war so aufregend, und eine Atmosphäre exzessiver Lebenslust und manchmal auch von Gefahr, machte alles nur noch faszinierender. An jeder Ecke standen Uniformierte, aber sie belästigten Wanda nicht, sondern machten höchstens anerkennende Bemerkungen über ihre Beine. In den Bars und Cafés brodelte das Leben, Künstler und solche, die es sein wollten, führten hitzige Diskussionen bis zum Morgengrauen.

Es war eine wunderbare Zeit für Wanda. Sie lernte das Leben einer Weltstadt kennen, und am Ende ihres dreijährigen Aufenthalts würde sie mit vielen Erfahrungen und einer juristischen Ausbildung nach Hause zurückkehren. Es bedeutete ihrer Familie viel, daß sie dieses Ziel erreichte. Vielleicht könnte sie sogar im Ausland arbeiten? Die Welt stand ihr offen. Es gab so vieles, was sie mit ihrem Leben anfangen konnte, niemand und nichts konnte sie daran hindern, ihren selbstgewählten Weg zu gehen. So dachte sie jedenfalls.

Anfangs nahm sie die Gewalt in den Straßen noch nicht einmal wahr und achtete nicht auf die uniformierten Männer mit Hakenkreuzarmbinden. Sie war zu sehr von dem Ehrgeiz erfüllt, Erfolg zu haben. Alles andere kam an zweiter Stelle.

»Raus jetzt!«

Die Männer verschwendeten keine Zeit mit Erklärungen.

Sie trieben alle zusammen, die auf ihrer Liste standen. Wanda gehörte dazu. Sie hatte keine Ahnung, warum, und sie wußte auch nicht, wohin sie gebracht wurde. Aber der Ausdruck der Angst auf den Gesichtern der anderen sagte ihr genug.

Sie waren alle Studenten, junge, intelligente Menschen. Es ergab keinen Sinn. Sie waren nicht Deutschlands Feinde, sie studierten nur in Berlin. Was sollte das Ganze bedeuten?

Vielleicht war es nur ein Irrtum, und in ein paar Stunden wurden sie wieder freigelassen? Aber die Stunden wurden zu Tagen und die Tage zu Wochen.

Sie wollten alles über Wanda wissen, über ihre Familie, ihr bisheriges Leben, ihre Fähigkeiten. Besonders interessiert waren sie an ihrer Intelligenz. Immer wieder wurde sie ausgefragt: Welche Sprachen sprechen Sie? Was haben Sie alles gelernt? Was ist Ihr Vater von Beruf? So ging es ständig, und ihr wurde klar, daß eine bestimmte Absicht dahinterstecken mußte. Bestimmt hatten sie etwas Schreckliches mit ihr vor. Aber was? Wenn sie wenigstens gewußt hätte, was es war. Die Unsicherheit war kaum zu ertragen.

Sie dachte an Flucht. Aber es gab keine Möglichkeit dazu.

Und dann wurde Wanda an einen anderen Ort gebracht, in eine Art Gefängnis, von der sie noch nie gehört hatte. Es bestand aus mehreren Gebäuden, die auf einem großen, eingezäunten Gelände standen. Die anderen Gefangenen waren ungefähr in Wandas Alter, fast alle waren Mädchen. Verglichen mit dem Gefängnis, in dem Wanda vorher festgehalten worden war, konnten sie sich hier relativ frei bewegen. Aber gerade diese scheinbare Freiheit war beunruhigend. Etwas an dem Ort war unheimlich. Oberflächlich machte er den Eindruck einer Landschule oder eines Ferienlagers; aber hinter dieser Fassade konnte man das Leid der Jugendlichen spüren, ihre Ängste und Qualen. Auf dem Rasen vor dem Gelände saßen die Studenten, aber niemand lächelte. Der Zaun des Geländes wurde von Wachtposten in Uniformen und mit Gewehren strengstens bewacht.

Alle Mädchen waren auf ähnliche Art gutaussehend. Ihre Figuren waren stattlich und wohlproportioniert, und sie hatten klare und schöne Gesichter. Der furchtsame Ausdruck in den Augen aller machte deutlich, daß niemand wußte, warum sie hier waren.

Einmal weinte ein junges Mädchen – sie war etwa vierzehn Jahre alt – herzzerreißend. Wanda war erfüllt von Mitleid und Angst. Dieses quälende Gefühl, daß etwas Schreckliches vor ihr lag, das sie nicht kannte, würde sie ihr Leben lang nicht wieder verlassen.

Die Wachtposten waren auch jung, viele nicht einmal zwanzig. Sie sahen typisch deutsch aus, waren gut gebaut und hatten blonde Haare. Alle trugen glänzende Schaftstiefel.

Aber die Atmosphäre der Bedrohung ging von den Erwachsenen aus. Die meisten waren Ärzte oder Krankenschwestern. Den ganzen Tag über herrschte auf dem Gelände ein geschäftiges Hin und Her.

Eines Tages mußte Wanda eine körperliche Untersuchung über sich ergehen lassen, die mit nichts zu vergleichen war, was sie jemals erlebt hatte. Erst dachte sie, es würde wie ein normaler Besuch beim Arzt verlaufen, aber es erwies sich als eine entsetzliche Prozedur, die sie nie mehr vergessen würde.

Die Ärzte untersuchten nacheinander jedes Mädchen mit klinischer Wißbegierde. In jede Körperöffnung drangen sie ein. Wanda wimmerte vor Schmerz, als ein Arzt sie grob untersuchte. Dann wurde ihre allgemeine Gesundheit überprüft, ihre Stärke und ihre Kondition. Wanda konnte sich noch immer nicht vorstellen, was das alles bedeuten sollte. Wieso wurde sie von all diesen Ärzten untersucht? Was hatten sie vor? Es war ihr Glück, daß sie nicht wußte, daß alle, die diese erste Prüfung nicht bestanden, sofort in ein Lager geschickt wurden, in dem der Tod sie erwartete.

Lange Wochen lebten sie in dieser quälenden Ungewißheit. Sie bekamen gut zu essen und Bücher, und man ermunterte sie zum Lernen. Immer wieder wurden sie zahllosen Tests unterzogen.

Wanda bemerkte bald, daß die Ärzte mit ihr zufrieden waren. Sie sagten Wörter wie »perfekt« und »sehr schön geformt«, als beschrieben sie ein Tier und kein menschliches Wesen.

Dann wurde Wanda eines Morgens befohlen, den Chefarzt des Lagers aufzusuchen. Wieder fragte sie sich voller Angst, was wohl kommen würde. Sie hatte alle Tests durchgemacht, was konnten sie jetzt noch von ihr wollen?

Sie betrat den Untersuchungsraum. Neben dem Arzt stand ein großer, gutgebauter deutscher Mann mit blondem Haar und markanten, ebenmäßigen Gesichtszügen.

Er betrachtete Wanda prüfend mit scharfem Blick. Seine Augen tasteten ihren Körper ab. Ihr wurde befohlen, stillzustehen und nicht zu sprechen, und sie kam sich vor, wie eine Schaufensterpuppe, deren Körper einem völlig Fremden zur abschätzenden Musterung preisgegeben ist.

Schließlich stellte der Arzt dem Mann eine Frage.

»Was halten Sie davon?«

Wieder fiel das Wort »perfekt«.

Langsam dämmerte Wanda, wozu sie hierher gebracht worden war. Die Ärzte, der Mann, die vielen Tests und Fragen ... Der Gedanke, der ihr kam, war so abscheulich, so unmenschlich und abstoßend und so entsetzlich für sie, daß sie ihn nicht zu Ende zu denken wagte.

Aber es war eine Tatsache. Sie war hier, um perfekte Babys für die Erschaffung der perfekten Rasse zu gebären.

Man hatte sie zum Werkzeug für die Verwirklichung einer von Hitlers unglaublich schrecklichen Wahnvorstellungen auserkoren.

Sie war noch Jungfrau, und jetzt hatte sie für Sex mit Ungekannten zur Verfügung zu stehen, sobald man es ihr befahl. Gefühle und Liebe gab es nicht.

Wanda wurde in ein angrenzendes Zimmer gebracht. In einer Ecke lag eine Matratze. Sie wurde gezwungen, sich auszuziehen.

Vierzig Jahre später in Pant Perthog durchlebte Wanda diesen schrecklichen Alptraum noch einmal. Sie konnte das Zeugungslager nicht aus ihren Gedanken löschen. Jeden Tag ihres Lebens hatte sie daran denken müssen. Niemand konnte so etwas je vergessen. Aber bisher hatte sie diese schrecklichen Erinnerungen unter Kontrolle gehabt, jetzt jedoch wuchsen ihr Schmerz und ihre Wut mit jedem Tag. Die Hartlands standen ihr im Weg und bestraften sie. War sie nicht hart genug bestraft worden im Leben? Sie konnte das nicht zulassen. Sie mußte etwas tun, sich dagegen wehren. Für Wanda waren die Hartlands zu Nazischergen geworden. Ihre Weigerung, ihr das Haus wieder zu verkaufen, war genauso eine Grausamkeit wie das Benehmen dieser blonden arischen Bestien.

Wandas Ehemann Alan war außer sich vor Kummer. Er konnte sehen, wie Wanda immer besessener von ihrer Idee wurde und versuchte, sie davon zu überzeugen, daß sie auch anderswo in Frieden leben konnten. Aber für Wanda kam nichts anderes als ihr alter Bungalow in Frage.

Die Hartlands würden büßen für das Leid, das sie ihr zufügten.

Wanda meldete sich beim Schießsportverein der Gegend an. Die Mitglieder des »Aberyswyth Rifle Club« waren hauptsächlich Männer. Das Clubgebäude lag im Herzen des walisischen Landes, und vor allem Schützen aus Passion und Farmer trainierten dort.

Als Wanda das erste Mal auftauchte, um schießen zu lernen, gab es einige erstaunte Blicke. Aber die Mitglieder des Vereins gewöhnten sich schnell an den Anblick der alten Dame, die das Gewehr an die Schulter hob und eine Patrone nach der anderen abfeuerte.

Sie hatte schon bald den Ruf einer sehr guten Schützin. Niemand fragte sie, wozu sie eigentlich schießen lernen wollte. In Wales ist man nicht neugierig. Kümmere dich um deine eigenen Angelegenheiten, stell keine Fragen, und das Leben ist einfacher.

Josie Hartland war den Tränen nahe. Sie knüllte den Brief zusammen, den sie gerade aus dem Briefkasten geholt hatte. Die Drohungen beunruhigten sie. Die Hartlands wußten genau, von wem sie stammten: von Wanda Chantler.

Es war der dritte derartige Brief, den sie innerhalb von ein paar Wochen bekommen hatten, und er war noch absurder und beängstigender als die anderen. Diesmal war davon die Rede, daß unter der Badewanne ein Schatz versteckt sein sollte.

Wanda Chantler zog sich mehr und mehr zurück. Sie und ihr Ehemann wohnten jetzt in dem nahegelegenen Ort Garth Owen. Aber es war nicht wie in ihrem Bungalow. Die Landschaft sah nicht genauso aus, und auch die Geräusche waren anders. Es gab mehr Häuser, alles schien lauter und weniger privat.

Wandas Besessenheit, ihren alten Bungalow zurückhaben zu wollen, nahm zu. Sie konnte es nicht ertragen, auf den Straßen in der Nähe ihres neuen Hauses Menschen zu treffen. Sie fand sie nicht so freundlich wie die Leute in Pant Perthog.

Das Haus verließ Wanda kaum noch. Nur in den Schießsportverein ging sie regelmäßig. Alan Chantler machte sich immer größere Sorgen um die Gesundheit und den Geisteszustand seiner Frau; sie redete über nichts anderes mehr als den Bungalow. Immer wieder sagte sie, daß sie ihn zurückhaben müsse.

Erfolglos versuchte er sie zu überreden, doch endlich davon abzulassen und ihr altes Haus zu vergessen.

Dann war sie plötzlich davon überzeugt, daß sie einen unter der Badewanne versteckten Schatz zurückgelassen hatte, der aus Goldschmuck und einer Sammlung wertvoller Dinge bestand. Es war schlimm genug, daß sie das Haus verloren hatte, aber der Schatz gehörte rechtmäßig ihr. Niemand durfte ihn ihr wegnehmen. Sie fragte die Hartlands danach, aber sie antworteten, daß es keinen Schatz gebe. Dabei wußte sie, daß er da war. Sie wußte es ganz genau.

Wanda schrieb wieder einmal einen Brief. Dieses Mal war er an die Lokalzeitung gerichtet. Das Gift floß nur so aus ihrer Feder. Sie attackierte die Hartlands. Wenn Wanda sie nicht davon überzeugen konnte, das Haus aufzugeben, dann würde sie die Hartlands so lange schikanieren, bis sie irgendwann den bloßen Anblick des Bungalows hassen würden. Schließlich war Wanda es gewesen, die das Haus zu dem gemacht hatte, was es war.

»Sie müssen etwas tun. Die Frau ist nicht mehr bei Sinnen.«

Roger Hartland hatte jetzt genug von den Drohungen. Als er vor einer Stunde nach Hause gekommen war, hatte er seine Frau in Tränen aufgelöst vorgefunden. Es war ein Skandal, daß jemand, den sie kaum kannten, sie auf so bösartige Weise belästigte.

Es mußte etwas geschehen, also wandte Roger sich an die Polizei.

In Pant Perthog gab es praktisch keine Verbrechen; es passierte überhaupt nicht viel Außergewöhnliches. Das machte es schwierig für die Polizei, schnell und angemessen zu reagieren, wenn einmal ein Problem auftauchte. Die Beamten zeigten Mitgefühl mit den Hartlands, aber sie taten die Drohungen als Verwirrtheiten einer alten Großmutter ab, die nicht daran dachte, sie jemals wahrzumachen und die daher keine Gefahr darstellte.

Roger Hartland dachte anders darüber. Er spürte, daß hinter den Briefen bitterer Ernst steckte, der Grund zu wirklicher Besorgnis gab.

»Rufen sie uns einfach an, wenn es noch mal Probleme gibt.«

Die Polizei tat ihre Pflicht, mehr nicht. Warum auch sollten in Pant Perthog plötzlich Dinge geschehen, die es hier noch nie gegeben hatte?

Auch Alan Chantler wußte es besser. Nach fast vierzig Jahren Ehe kannte er die inneren Zwänge, denen Wanda ausgeliefert war. Sie hatten sich zum ersten Mal getroffen, als die alliierten Truppen 1945 auf das Zeugungscamp stießen und die Insassen befreiten. Er war damals einer der Soldaten, und es war eine psychisch sehr belastende Zeit gewesen. Aber für ihn gab es eine besondere Belohnung: er traf Wanda.

Schon nach kurzer Zeit hatten sie geheiratet und waren nach Großbritannien gezogen. Der Horror der Vergangenheit schien hinter ihnen zu liegen. Wanda sprach nie viel über das Lager, aber sie mußte stets daran denken, ohne daß sie selbst ihren engsten Freunden davon erzählte. Sie staute alles in sich zurück. Früher oder später mußte es aus ihre herausbrechen.

Alan war klar, daß seine Frau am Rande eines Nervenzusammenbruchs stand. Sie war jetzt zwanghaft ängstlich und weigerte sich, das Haus zu verlassen. Nur zum Schießtraining ging sie noch immer.

Alan begab sich schließlich widerstrebend zur Polizei und veranlaßte, daß Wandas Waffenschein eingezogen wurde, bevor eine Tragödie geschah. Er fühlte, daß ihre Gedanken in diese Richtung gingen.

Wandas Ehemann war überzeugt davon, daß es nur eine Frage der Zeit wäre, bevor etwas Furchtbares passieren würde. Dafür sprachen die Drohungen und die Briefe. Sie war sogar persönlich bei den Hartlands gewesen und hatte versucht, sie einzuschüchtern, damit sie ihr das Haus wieder verkauften.

Wandas Hauptgesprächsthema zu Haus war der Schatz unter der Badewanne. Alan wußte, daß es ihn nicht gab, aber er wußte auch, daß er im Kopf seiner Frau ein Stück Realität darstellte, an das sie sich klammerte.

In ihren Augen waren die Hartlands genauso schlimm wie die SS. Sie dachte, daß sie vielleicht sogar aus Deutschland kämen.

Die Hartlands und das Zeugungslager wurden in Wandas Kopf zu Synonymen. Vielleicht bekamen sie ihre Befehle vom Lagerkommandanten? Womöglich waren sie hier, um sie einzufangen und dorthin zurückzubringen ...

Montag, der 16. Juni 1980, war ein sonniger Tag in Garth Owen. Wandas Laune war so gut wie seit Wochen nicht mehr. Alan freute sich über die Verbesserung ihres Befindens und beschloß, sie einige Stunden allein zu lassen und einkaufen zu gehen.

Kaum hatte er das Haus verlassen, ging Wanda hastig zum Schrank und zog sich an. Sie fühlte sich wohl und voller Energie, denn sie mußte heute eine besondere Arbeit erledigen. Das erste Mal seit Monaten hatte sie ein Ziel, und das gab ihr neuen Lebensmut. Vielleicht war das seit langem ihr Problem gewesen? Sie brauchte etwas, wonach sie streben konnte. Man mußte Aufgaben im Leben haben, wozu war es sonst da?

Josie Hartland in Pant Perthog war an diesem Morgen in ähnlicher Stimmung. Sie hatte sich an die Erledigung der Hausarbeit gemacht, putzte alle Räume, wischte Staub und räumte auf. Sie tat diese Arbeiten gerne und hatte Freude daran, wenn der Bungalow frisch und sauber war.

Auch das Wetter versetzte sie in gute Laune. In dieser Gegend waren so schöne Tage selten.

Die letzten Wochen hatte es zum Glück keine Probleme mehr mit der alten Frau gegeben. Es sah so aus, als hätten sie das letzte Mal von ihr gehört.

Wanda parkte das Auto etwa fünfzig Meter vom Eingang des Bungalows entfernt, so daß sie von dort aus nicht gesehen werden konnte. Sie öffnete den Kofferraum, nahm zwei Luftdruckpistolen heraus und steckte sie wie ein Cowboy links und rechts in den Pistolengurt, den sie umgeschnallt hatte. Dann holte sie ein Gewehr mit Doppellauf hervor. Es war weitaus schwerer als die Pistolen, aber dafür mit Sicherheit tödlich.

Zum Schluß nahm sie noch ein Bild aus dem Auto, das sie besonders liebte. Es zeigte die Landschaft, die den Bungalow umgab. Sie selbst hatte vor Jahren viel Liebe und Mühe darauf verwandt, es zu malen.

Mit dem breiten Ledergürtel über der ländlichen Tweedkleidung, dem Gewehr und dem Bild in den Händen bot Wanda einen sonderbaren Anblick. Ohne die Waffen hätte sie wie die typische Frau eines Gutsbesitzers ausgesehen, die sich auf einen Spaziergang begibt.

Es war schwierig, das Gewehr und das Bild gleichzeitig zu tragen. Aber Wanda schaffte es. Sie hatte einen guten Grund, um sich anzustrengen, und daher hätte sie an diesem Tag alles mögliche fertiggebracht.

Denn jetzt mußte sie die Nazis loswerden, mußte sie für immer aus ihrem Leben tilgen, sie zerstören, vernichten, bevor sie von ihnen vernichtet wurde.

Als sie auf die Haustür zuging, waren ihre Gedanken bei dem Zeugungslager. Sie dachte an die Experimente, die Untersuchungen, die klinischen Vergewaltigungen. Jetzt würde sie sich für immer von diesen Erinnerungen befreien.

Sie würde ihre Rache bekommen – und ihren Schatz unter der Badewanne und ihr Haus.

»Ich habe ein Geschenk für Sie!«

Die Hartlands waren völlig überrascht, als sie die Tür öffneten und Wanda auf der Treppe stehen sahen, bis an die Zähne bewaffnet.

»Es ist ein Bild, das ich von der Gegend gemalt habe. Ich dachte, es würde Ihnen gefallen.«

»Sie müssen schnell kommen. Sie hat drei Waffen bei sich ...«

Wenn man die Situation bedenkt, war Roger Hartland in einer bemerkenswert ruhigen Verfassung, als er Alan Chantler anrief.

Mrs. Chantler wartete derweil draußen auf der Treppe.

Dann ging Roger wieder zur Haustür. Er wollte Wanda sagen, daß ihr Mann unterwegs sei, um sie abzuholen. Wanda zielte mit dem Gewehr auf den Eingang. Als Roger die Tür öffnete, sah er das Gewehr auf sich gerichtet – dann drückte Wanda auch schon ab.

Die Wucht des Schusses warf Roger Hartland zu Boden, wo er leblos liegen blieb.

In der Küche griff Josie Hartland entsetzt nach dem Telefon und wählte die Nummer des Notrufs. Sie betete, daß die Vermittlung sich sofort melden würde, bekam auch Anschluß, mußte aber warten, bis ein Polizeibeamter an den Apparat kam.

Sekunden vergingen, und noch immer war niemand am anderen Ende der Leitung. Wann würde endlich jemand kommen? Schnell, mein Gott, schnell ...

Wanda war jetzt im Haus und suchte nach ihren Peinigern. Sie betrat in aller Ruhe die Küche und sah Josie in einer Ecke hocken, das Telefon vor sich auf dem Boden. Wie wild schrie sie in den Hörer, in der verzweifelten Hoffnung, daß ihr jemand helfen würde.

Doch gerade dadurch hatte sie Mrs. Chantler den Weg gewiesen. Wanda starrte Josie einen Moment lang an, dann drückte sie ab.

Zwei Kugeln trafen Josie, aber sie war noch immer am Leben und rang nach Atem.

Wanda lud ruhig das Gewehr nach und feuerte noch einmal. Diesmal hatte sie den Feind erledigt. Wenn man ihnen direkt gegenübertrat, waren sie ja so schwach. Feiglinge, die in einer Ecke saßen und vor Angst zitterten. Sie hatte noch nicht einmal all ihre Munition verbraucht.

Am 24. Oktober 1980 gestand Wanda Chantler, daß sie die Hartlands getötet hatte. Sie wurde ohne zeitliche Begrenzung im Broadmoor Hospital untergebracht.

Als Richter Hodgson ihre Strafe verkündigte, sagte er: »Was wir soeben gehört haben, wird bei jedem das allergrößte Mitleid hervorrufen. Sie sind ein Opfer Ihrer Erlebnisse unter den Nazis, und die Hartlands wurden gewissermaßen Opfer desselben Schreckens.«

Danksagung

Als ich die Arbeit an diesem Buch begann, sollte es eigentlich nur eine Studie von Kriminalfällen werden, in denen es um Frauen geht, die getötet haben. Aber schon bald wurde es zu einem faszinierenden Einblick in die Rolle, die Frauen in unserer Gesellschaft spielen.

Anfangs nahm ich an, daß meine Informationsquellen wie üblich vor allem Polizeibeamte und enge Familienangehörige sein würden. WENN FRAUEN TÖTEN wurde jedoch schließlich viel mehr als ein weiteres Buch über Verbrechen, die wirklich stattgefunden haben …

Zu denen, deren Hilfe für mich von unschätzbarem Wert war, gehört die Psychoanalytikerin Jenny Craddock, die mir ausführlich erklärte, von welchen Motivationen viele dieser Frauen getrieben wurden.

In Australien hörte ich dank des nüchternen Humors von Detective Sergeant Glenn Burton eine bis heute noch nicht sondierte Interpretation des berüchtigten Falles der lesbischen Vampirmörderin.

In Brisbane war die Hilfe des Staatsanwalts Adrian Gundelach und seiner Mitarbeiterin genauso konstruktiv.

In Nordamerika waren mir Neil Blincow und Drew Mackenzie von großem Nutzen. Dank ihrer scharfsinnigen Beobachtungen konnte ich zwei sehr wichtige Geschichten in den Vereinigten Staaten verfolgen. Ein besonderer Dank gebührt auch Clare Lissaman, die ihre wertvolle Zeit opferte, um mir bei den Recherchen zu helfen.

In Deutschland verdanke ich vor allem dem Fernsehjournalisten Tewe Pannier die bemerkenswerte Charakterisierung der Mutter, die den Mörder ihrer Tochter erschoß.

Aber in England habe ich die meiste Unterstützung erfahren. Die Liste derjenigen, die mir hier geholfen haben, ist zu lang, um sie an dieser Stelle wiederzugeben. Unter ihnen waren Graeme Gourlay, Susan Barber, Ricky Search, Rupert Maconick, Angehörige der Chantler Familie und viele andere.

Und schließlich möchte ich ganz besonders Christine English für ihre Geduld und ihr Verständnis danken.